ТАТЬЯНА УСТИНОВА
РЕКОМЕНДУЕТ

Екатерина Островская

МЕРТВАЯ ЖЕНА И ДРУГИЕ НЕПРИЯТНОСТИ

ЭКСМО

ТАТЬЯНА
УСТИНОВА
РЕКОМЕНДУЕТ

ТАТЬЯНА УСТИНОВА
РЕКОМЕНДУЕТ:

«Екатерине Островской и ее детективам удалось подарить мне не один головокружительный вечер за увлекательным чтением, и поэтому я советую вам эти книги!»

ТЕМНИЦА ТИХОГО АНГЕЛА

ЖЕЛАТЬ НЕВОЗМОЖНОГО

ЗАПОВЕДНИК, ГДЕ ОБИТАЕТ СМЕРТЬ

МЕРТВАЯ ЖЕНА
И ДРУГИЕ НЕПРИЯТНОСТИ

МОТЫЛЕК АТАКУЮЩИЙ

Екатерина Островская

МЕРТВАЯ ЖЕНА И ДРУГИЕ НЕПРИЯТНОСТИ

Москва

УДК 82-3
ББК 84(2Рос-Рус)6-4
О-77

Оформление серии *А. Старикова*

Островская Е.
О-77 Мертвая жена и другие неприятности : роман / Екатерина Островская. — М. : Эксмо, 2012. — 320 с. — (Татьяна Устинова рекомендует).

ISBN 978-5-699-59159-6

Валерий Борисович Ладейников единственный раз в жизни был влюблен. Но Елена исчезла, словно растворилась, и отыскать ее Валерий не сумел. Он начал преподавать в университете, женился на аспирантке и вскоре развелся, но все это оказалось только тенью настоящей жизни... А настоящая жизнь началась, когда однажды утром раздался телефонный звонок. Следователь пригласил Валерия Борисовича на опознание его бывшей жены. В морге Ладейников почувствовал себя плохо. Настолько плохо, что опознал как свою супругу совершенно незнакомую женщину. Впрочем, убитая Варвара Николаевна носила фамилию Ладейникова и была замужем за ним. Это подтверждалось печатью в паспорте. А вскоре выяснилось: она оставила Валерию Борисовичу в наследство две огромные квартиры и ценные бумаги на внушительную сумму. Попытки узнать больше о загадочной «жене» стали первым звеном в цепи покушений и убийств... Кто-то затеял с Ладейниковым страшную игру. Но он должен выиграть. Ведь в финале ждет приз, который стоит любого состояния...

УДК 82-3
ББК 84(2Рос-Рус)6-4

ISBN 978-5-699-59159-6

Татьяна Устинова

СВОБОДА ОТ УСЛОВНОСТЕЙ

Екатерина Островская продолжает радовать читателей — и вас, и меня! — удивительными и загадочными детективными историями.

Нет, нет, не жизненными, не надейтесь даже! Наоборот, фантастическими, необыкновенными, невероятными! Я вообще никогда не понимаю, почему детектив должен быть «жизненным», ничего он не должен! Кто вообще придумал, что детективы должны отражать реальность?!

Они — детективы и их авторы — должны развлекать читателей, помогать развеяться, выбросить из головы наскучившую, утомительную серость повседневности. С моей точки зрения, хороши истории захватывающие, легкие, летящие. Позволяющие полностью погрузиться в придуманную автором реальность.

Как у Екатерины Островской.

Она с легкостью и бесконечным, осязаемым и нами, читателями, удовольствием создает миры, в которых возможно все то, чего нам так не хватает здесь и сейчас: приключений, миллиардных состояний, влюбленностей, беременностей — да, да! — молниеносных потерь и обретений, погонь, перестрелок. Той жизни, о которой удается помечтать, когда открываешь ее новую книгу.

«Мертвая жена и другие неприятности» как раз из таких произведений.

А еще мне нравится, что ее герои — интересные, честные и, безусловно, думающие люди. Сейчас это большая редкость. Главный герой не с пушкой за ремнем — символом чрезвычайной крутости и мужской брутальности, — а со светлой головой и трезвым взглядом на происходящее. Сила героев Екатерины Островской в их способности думать и принимать серьезные решения.

Наконец-то был написан детектив, где главное действующее лицо — не расчетливый убийца, не наркоманящая телезвезда и не озлобленный на весь мир золотоискатель — бывший оперативник, а кандидат наук, доцент Санкт-Петербургского университета!

Новое время требует новых героев, и мне это нравится!

Ну и, конечно, мне нравится, как развивается сюжет. Неизвестный труп, который главный герой почему-то опознал как свою жену, старый друг — бывший спецназовец, помогающий в расследовании, история нескольких злодеяний — все это нешуточно затягивает и интригует. Когда до последней минуты ничего не понятно, когда с каждой новой страницей осознаешь, что герой — уже успевший понравиться тебе человек — все больше впутывается в то, во что запрещено. Это и страшно, и увлекательно, и волнующе одновременно.

Мне нравится, что в «Мертвой жене и других неприятностях» добро побеждает (впрочем, как и всегда) и что влюбленные, в конце концов, обретают друг друга, а это ведь самое главное, правда? А еще эта книга хороша тем, что вселяет уверенность: есть еще и настоящая дружба, и любовь до гробовой доски, и возможность заработать миллиард.

Все это близко. Главное — поверить.

Екатерина Островская свободна от условностей — и в этом ее сила.

Совсем недавно моя племянница в своем сочинении на тему выбора будущей профессии написала очень запомнившуюся мне фразу: «Я предпочла реальности фантазию. Наверное, поэтому я мечтаю снимать кино». Теперь я поняла: Островская пишет — как будто бы снимает кино. Безумное, захватывающее, странное, фантастическое и очень детективное.

Весной у меня день рождения. Замечательный и талантливый писатель Екатерина Островская подарила мне — и всем своим читателям — эту великолепную книгу. О лучшем подарке и мечтать нельзя!

ЧАСТЬ ПЕРВАЯ

Глава 1

Валерий Борисович открыл дверь и заглянул в приемную декана. Сидящая за секретарским столом Юля продолжала смотреть на монитор, не обращая внимания на просунутую в щель голову посетителя. Ладейников хотел уже было потихоньку исчезнуть, но секретарша, все так же не оборачиваясь, крикнула:

— Ну, что вы там встали? Проходите! Декан ждет.

Валерий Борисович вошел в приемную, покосился на дверь кабинета главы факультета, украшенную табличкой, и вздохнул.

— Страшно? — равнодушно произнесла секретарша. — Раньше надо было думать.

О чем надо было думать раньше, Ладейников не знал, а переспрашивать у девушки, увлеченной раскладыванием пасьянса, не решился. Снова посмотрел на табличку, на которой значилось:

«Декан экономического факультета,
доктор экономических наук,
профессор
Николай Михайлович
Храпычев»

— Заходите же! — приказала секретарша. — И так на полчаса опоздали.

Ладейников открыл створку. Декан, откинувшись на кожаную спинку широкого кресла, прижимал к уху телефонную трубку:

— Нет, нет. Рад бы помочь, но лично я восстановлением не занимаюсь, все через ректорат... Если там удастся договориться, тогда можете приходить на факультет, однако не ко мне, а к методисту по ведению учебного процесса, который и занимается восстановлением...

Декан поднял голову, увидел Ладейникова и приглашающе махнул рукой. Валерий Борисович вздохнул еще раз и вошел. Остановился возле стола для заседаний, а потом, заметив рядом с собой выдвинутый стул, опустился на него.

— И отца попросите не звонить мне больше по этому вопросу, — сказал декан, заканчивая телефонный разговор.

Еще не положив трубку на рычаг аппарата, он тут же потянулся к другому.

— И вот так постоянно, — произнес Николай Михайлович устало и раздраженно. — Отчисляем кого-то за нерадивость, потом начинается... Ладно бы сами студенты трезвонили, а то ведь родителей подключают, знакомых. У этого разгильдяя папаша в канцелярии вице-губернатора служит. Ну и что с того? Устал я от всего. И без того дел по горло.

Храпычев посмотрел в окно, потом на трубку в своей руке. Подумав немного, положил ее на место. Снова глянул в окно, за которым летали первые редкие снежинки, и вспомнил о Валерии Борисовиче:

— А теперь с тобой. Ты понял, зачем я тебя вызвал?

Ладейников потряс головой, не догадываясь. Его можно было вызвать по целому ряду причин. Может быть, из-за того, что он написал заявление с просьбой о переносе даты защиты докторской еще на полтора месяца.

Храпычев откинулся на спинку кожаного кресла.

— Все, Валера. Увольняют тебя.

— За что? — удивился Ладейников. — И почему в начале года?

— Это не мое решение. Я тебя и так по старой дружбе прикрывал сколько мог. В университете ты пьяным появлялся?

— Никогда!

— Мне-то не ври. Выхлоп был? Был. Потом еще романы со студентками...

— С какими? С одной только аспиранткой. Так я женился на ней, ты же сам свидетелем у меня на свадьбе был.

Открылась дверь, и в кабинет вошла секретарша. Она улыбнулась декану, а на Ладейникова покосилась так, словно тот лишний здесь.

— Юлечка, попозже, — сказал декан.

Секретарша двинулась назад. Она еще не вышла, а Храпычев, наклонившись над столом, понизил голос:

— К тому же, Валера, ты студентам пишешь курсовики и дипломы.

— Что за бред?

— Да, да. Не изображай удивление. Студентка второго курса Хакимова подписала заявление и указала в нем, что ты предложил ей свое покровительство в обмен на...

Николай Михайлович поднял глаза и увидел застывшую в дверях улыбающуюся Юлю.

— Я только хотела напомнить, что в час совещание у ректора, — сказала секретарша.

Храпычев кивнул, показывая, что он прекрасно помнит обо всем. Девушка с достоинством удалилась, притворив за собой дверь осторожно и — неплотно.

— Хакимова не ходила на лекции и семинары, — начал объяснять Ладейников. — Я только сказал ей, что с таким отношением к выбранной специальности она никогда не сдаст мне экзамен.

— Ну, вот видишь... Что тут отрицать? Короче, приказ об увольнении ректором уже подписан. Получи обходной листок и...

Валерий Борисович поднялся, пересек кабинет и закрыл дверь. То, что сейчас сказал декан, не умещалось в его голове: почему вдруг сразу увольняют? И почему об этом так спокойно говорит декан — человек, с которым они пять лет проучились на одном курсе, в одной группе... Да что там — человек, с которым столько лет дружили!

Ладейников посмотрел на Храпычева и понял: тот менее всего расположен сейчас вспоминать далекое прошлое. И все же Валерий Борисович попытался использовать последний аргумент:

— Коля, а кто мой курс возьмет?

Храпычев вздохнул, опять бросил взгляд на снежинки за окном, потом начал листать лежащий на столе ежедневник. И наконец кивнул.

— Согласен, некому его взять. Значит, придется мне лично, хотя не представляю, как совместить, времени совсем нет. Но, в конце концов, моя докторская как раз касалась экономического обоснования бизнес-проектов...

Ладейников обернулся на плотно прикрытую дверь, шагнул к столу и перешел на шепот:

— Ну, только мы с тобой знаем, кто писал за тебя диссертацию.

— Это что, шантаж? — возмутился декан, однако тоже шепотом. — Да, ты помог мне немного, но речь сейчас не об этом... И потом, не я принимал решение об увольнении.

— А где я работу сейчас найду?

Николай Михайлович поднялся и застегнул пуговицу на пиджаке.

— Все, Валера. Извини, я очень занят.

Возле кафедры экономического планирования Ладейникова караулил профессор Бродский.

— Добрый день, Валерий Борисович. Мне тут навязали оппонировать на защите кандидатской. Не могли бы вы уделить мне часок-другой? Посмотрели бы текст...

Валерий Борисович молча покачал головой и взялся за ручку двери. Но Бродский ухватил его за рукав.

— Может, завтра?

— Не знаю. Меня сегодня уволили, — ответил Ладейников и вошел на кафедру. Но на пороге обернулся: — Счастливо оставаться.

— Как так? — удивился Бродский. Затем спросил уже у закрытой двери: — За что?

Профессор увидел заместителя декана по учебной работе Бабелюк, куда-то спешащую, и попытался остановить ее:

— Бэлла Аркадьевна, вы слышали: Ладейникова уволили!

Ученая дама чуть сбросила темп и ответила на ходу, нисколько не удивленная известием:

— Вот и поделом. Вы что, не знаете, что Ладейников — запойный пьяница?

Бабелюк поспешила дальше, но остановилась, вспомнив самый большой грех уволенного доцента. Оглянулась и зло бросила:

— Еще и бабник к тому же.

А потом побежала по коридору с удвоенной скоростью, чтобы компенсировать время, потерянное на короткую дискуссию.

— Да что вы говорите? — удивился профессор Бродский. — Кто бы мог подумать! А ведь столько лет притворялся порядочным человеком...

Если бы Валерий Борисович знал, что о нем думают некоторые коллеги, он бы тоже удивился. Пьяницей он не был, хотя в последнее время по вечерам частенько захаживал в одно не очень чистое заведение по соседству со своим домом. В заведении он общался с приятелями и выпивал пару кружек пива. Иногда больше. А потом возвращался домой. Всегда один. И дома его никто не ждал. Может, он и не отказался бы стать чуть-чуть бабником, но женщины отнимают слишком много времени. Так что пиво было единственной слабостью, которую Ладейников мог себе позволить. Да еще на праздничных вечеринках профессорско-преподавательского состава он вместе со всеми выпивал немного шампанского или коньяка. Совсем чуть-чуть. Последнее — по двум причинам сразу: во-первых, потому что не любил напиваться, а во-вторых, потому что его все время выхватывала из-за стола Бабелюк и тащила танцевать.

— Экая вы неугомонная, Бэлла Аркадьевна, — говорил ей Ладейников.

— Да, я такая, — шептала ему в ухо заместитель декана. — Вы еще меня не знаете! Проводите же меня сегодня домой, я приказываю...

Однажды он согласился. Причем отнюдь не потому, что хотел узнать о неугомонности Бэллы Аркадьевны как можно больше. Просто ему показалось, что Бабелюк сама не доберется. Он поймал такси, довез замдекана до дома на окраине города в новостройках, вытащил из машины и попросил таксиста подождать немного. Сделал только одну ошибку — заплатил вперед. Потом довел Бэллу Аркадьевну до лифта, поднял на восьмой этаж и долго выяснял, где дверь ее квартиры. Пришлось разбудить соседей. От них Валерий Борисович узнал не только номер квартиры, но и много чего еще о Бэлле Аркадьевне. Затем он нашел в сумочке Бабелюк ключ, открыл дверь и пожелал засыпающей на ходу коллеге спокойной ночи.

Но та вдруг очнулась и, оказавшись совершенно трезвой, стала требовать осмотреть ее квартиру. Когда Ладейников все же начал спускаться по лестнице, Бабелюк плюнула в него, хотела ударить ногой, но промахнулась и упала. В результате сломала ногу и затем пару месяцев ходила в гипсе, что не помешало ей в дальнейшем носиться по факультету со скоростью «Невского экспресса».

После второй пары Валерий Борисович вышел на улицу. Стоял и курил.

Мимо пробегали студенты, проходили сотрудники и преподаватели факультета. Прошмыгнул мимо профессор Бродский, который на всякий случай, пока никто не видит, поздоровался с Ладейниковым еще раз. Пронеслась на всех парах Бабелюк, прошел доцент кафедры политической экономии Крышкин, известный тем, что десять лет назад, выступая на ученой конференции с докладом о необходимости введения продовольственных пластиковых карточек, заявил, что Адама Смита не существовало вовсе. Мол, это литературный персонаж, и его выдумал Пушкин в «Евгении Онегине», чтобы срифмовать со словом «Феокрита». Были бурные овации... Потом Ладейникову кивнул профессор Амбре-Мелидзе, который еще совсем недавно представлялся всем знакомым главным консультантом президентской комиссии по финансовому мониторингу, а незнакомым — членом-корреспондентом Королевской экономической академии в Лондоне. Потом от него ушла жена, и Амбре-Мелидзе позабыл о своих амбициях. Жена, кстати, ушла к владельцу парикмахерской для собак. Прошли доцент Скрипкин и профессор Шпунтиков, громко обсуждающие какой-то фильм, пробежал к своему «БМВ» доцент Пинтусевич, возглавлявший сгоревший недавно банк «Динамо-инвест», проплыла старший преподаватель Юшкина, прозванная радисткой Кэт за то, что в годы своего студенчества она являлась на все экзамены с чемоданом в руках и с диванной подушечкой под обтягивающим платьем. На госэкзамен она пришла и в самом деле беременной — по слухам, от Амбре-Мелидзе.

Ладейников курил уже третью сигарету подряд. И думал, что уже почти тринадцать лет, не считая студенческие и аспирантские годы, он выходил сюда в обеденный перерыв и вот так стоял, покуривая сигаретку за сигареткой, потом возвращался в факультетский буфет, брал чашку кофе и круассан. А теперь мимо пробегают люди, на которых он смотрел все эти годы и которых никогда больше не увидит, если, конечно, не встретит где-нибудь в общественном транспорте.

В пяти шагах от Валерия Борисовича курила нерадивая студентка Хакимова. Ей не стоялось на месте, потому что в ушах у нее виднелись наушники плеера, а рядом, обнимая ее, топтались двое молодых людей с не очень свежими лицами. К Хакимовой подошла студентка Ермакова, известная своей патологической тупостью, а также тем, что она на интернет-форуме факультета обсуждала, во что одеваются преподаватели, и давала советы, какой галстук с какой рубашкой надо носить, какой должна быть длина юбки у доцента и глубина декольте у старшего преподавателя.

Ермакова притормозила возле Хакимовой и тоже начала пританцовывать. Но у нее это получалось плохо. Потом один из ухажеров Хакимовой попросил у нее двести рублей. Ермакова, поправив вязаную шапочку, сделала вид, что у нее тоже плеер. Парни ей не поверили и обозвали не вполне приличным словом.

Ладейников вытащил из пачки очередную сигарету, и тут из дверей вышел Храпычев.

Декан достал из кармана автомобильные ключи и нажал кнопку брелока. Стоящий рядом с Хакимовой внедорожник моргнул фарами и пискнул. Храпычев сел в машину и включил двигатель. Ладейников подошел к пассажирской двери и постучал пальцем по окну. Стекло медленно поползло вниз.

— Ну, что ты хочешь? — раздраженно спросил декан.

— Куда я сейчас ткнусь посреди учебного года? — обратился к нему Валерий Борисович, пытаясь просунуть голову в окошко. — Все учебные планы подписаны, программы утверждены. Мне даже совместительство нигде не дадут.

— К сожалению, ничего не могу поделать. Не я принимал решение, — буркнул декан. Задумался и вспомнил: — Ты же вел курсы для руководителей фирм.

— Да когда это было!

Из дверей факультета выбежала секретарша Храпычева. Ладейников посторонился. Юля запрыгнула во внедорожник и посмотрела через опущенное стекло на Валерия Борисовича.

— И потом, там платили копейки, — сказал Ладейников. — А сейчас я даже не знаю...

Секретарша нажала на кнопочку, и стекло поползло вверх. Храпычев едва успел крикнуть:

— Валера, я, если смогу, помогу.

Внедорожник потихоньку начал отъезжать.

Валерий Борисович обернулся и увидел, что за всем происходящим наблюдали и продолжают наблюдать нерадивая студентка Хакимова и поучающая весь мир тупица Ермакова. Два парня, обнимающие Хакимову, тоже вытянули шеи, прислушиваясь. Но Ладейникову было наплевать на их интерес. Только стало обидно оттого, что его судьбу, судя по всему, решил не бывший приятель, а секретарша, с которой тот спешил на обед в какой-то ресторанчик.

— Поможешь ты, как же... — тихо произнес обиженный Валерий Борисович.

Машина декана, притормозив, дала задний ход и подъехала к нему. Стекло снова опустилось. Храпычев склонился над своей секретаршей и крикнул в окно:

— Валера, знаешь, как тебя студенты называют?

Ладейников кивнул.

А бывший друг, расхохотавшись, озвучил прозвище:

— Верблюд.

— Так это Бродский придумал, — усмехнулся уволенный доцент. — Сказал, что «Валерий Борисович Ладейников» в сокращении звучит как «Врблд».

— Ага! Просто ты сутулишься, как будто груз на себе тащишь. Ну, ладно, я обедать, а потом к ректору.

Глава 2

Сразу после окончания аспирантуры Ладейников с Храпычевым поехали в Геленджик.

На вокзале к ним подскочила пожилая усатая женщина и предложила комнату с видом на море. Храпычев сразу согласился. Правда, потом упрекал Валеру, что тот не остановил его.

До моря, впрочем, было не так далеко: две автобусных остановки, а пешком не больше двадцати минут. Хотя Ладейников не переживал по этому поводу: пешком так пешком. Тем более что по пути встречались открытые кафе, где готовили шашлыки и подавали пиво. А потому каждый раз, идя на пляж, друзья брали по кружечке, а на обратном пути — по две и по шашлыку.

В один из дней они расположились, как обычно, за столиком. День был в самом разгаре, и солнце припекало изрядно. Храпычев пошел к стойке, а Валера просто отдыхал, поглядывая на окружающих людей и поблескивающее вдали море. Взгляд его выхватил двух девушек, сидящих через столик от них. Девушки обедали — ели окрошку и тихо беседовали. Правда, им пытался помешать местный армянин. Он подошел, опустился за их стол и стал внимательно наблюдать, улыбаясь во весь рот, демонстрируя ослепительно сверкающие золотые зубы. Армянин улыбался так открыто и доверчиво, словно сидел на концерте артиста разговорного жанра Хазанова и верил всему, что слышал. Но девушки продолжали свой разговор, беседуя тихо, словно никого постороннего за их столиком не было вовсе.

— С работой тебе, Лена, повезло, конечно, — говорила брюнетка своей светловолосой подруге, — в двадцать два года уже — главный бухгалтер. Да еще такие обороты. Не трудно?

— Я справляюсь, — очень тихо ответила блондинка. — Если ко всему ответственно относиться...

Тут местный армянин решил, что наконец настал его момент. Он поставил локти на стол, придал лицу серьезное выражение, внимательно посмотрел на светловолосую девушку и сказал:

— Хочиш, я тебе такой работ предлажу — совсем справляться не надо. Там вообще ничего делат не надо. Никакова ответственного взаиматнашения, никакие обороты — все честна будет. Хочешь — даже денег дадут. Много...

— Спасибо, — по-прежнему тихо ответила девушка, — но у меня есть работа.

Армянин уже не мог успокоиться:

— Ты меня послушай, а! Никакого другого работа не захочишь сразу. Я тебе скажу и...

— Молодой человек, мы не одни, — попыталась остановить его брюнетка. — Эти места заняты, сейчас наши мужья подойдут...

Она подняла голову и стала вытягивать шею, старательно делая вид, будто высматривает кого-то.

— Какие мужья? — удивился армянин. — Ты меня слушай! Меня Ромиком зовут. А тебя?

Храпычев вернулся за столик к Ладейникову, и Валера показал ему на девушек:

— Кажется, наша помощь требуется.

Храпычев, оказывается, тоже обратил на них внимание.

— Там местный пасется. Охота тебе связываться?

Но Ладейников все же решил вмешаться.

Армянин тем временем придвинулся к брюнетке и сказал:

— Ты шашлык любиш? Тогда скажи, как твоего подруга зовут?

— Отстаньте, — обиделась брюнетка.

В тот момент к их столику подошел Ладейников со словами:

— Мы задержались немного. Простите.

Он сел напротив девушек и махнул рукой Храпычеву:

— Коля, мы здесь.

Приставала тут же вскочил:

— Ну, я пошел. Если хорошего шашлык хотите, то приходите на пляж. Там у меня мангал есть. Ромика спросите.

Армянин начал шарить по своим карманам. Ощупал брючные, потом нагрудные на белой рубашке и вздохнул озабоченно:

— Хотел для вас своего визитка дать. Наверно, в пиджаке его оставил.

Когда армянин вышел из кафе, за столик к девушкам перебрался и Храпычев.

— Спасибо вам, ребята, выручили нас, — улыбнулась брюнетка. — Меня Соней зовут.

— Я Коля, — представился Храпычев, — а это мой друг Валерий.

Ладейников взглянул на светловолосую, и все внутри его оборвалось.

— Я — Лена, — тихо произнесла девушка и опустила глаза...

Глава 3

Телефонный звонок разрезал Вселенную. Звезды задрожали от ужаса и стали быстро бледнеть. Растаяло в утренних сумерках море. Где-то звякнул трамвай и грохнула, едва вскарабкавшись на девятый этаж, кабина лифта.

Ладейников открыл глаза. Сквозь оконные шторы в комнату пробивалось серое осеннее утро. Телефон продолжал надрываться. Снимать трубку не хотелось. Было только одно желание — снова закрыть глаза и вернуться в солнечный летний день того года. Валерий Борисович посмотрел на зеленые цифры электронных часов: 8.40. Обычно в это время он уже был на пути к университету. Но сегодня можно не торопиться — лекций и семинаров в ближайшее время не предвидится. Может, поэтому он засиделся накануне в баре и выпил пива больше, чем обычно. И, кажется, не только пива.

Ладейников снял трубку и, все еще лежа, прижал ее к уху.

— Ладейников слушает, — едва выдавил он из себя.

— Валерий Борисович, — раздался голос в трубке, — вас из шестидесятого отдела полиции беспокоят. Следователь Пименов. Вы не могли бы к нам сегодня подъехать?

— Не могу, у меня дела сегодня, — соврал уволенный доцент.

— Прямо сейчас подъезжайте, — настойчиво произнес незнакомый Ладейникову следователь, будто и не слышал слов собеседника. — Постарайтесь не задерживаться, а то я после суточного дежурства...

Какой следователь? Почему? И при чем здесь какое-то суточное дежурство?

— С чего вдруг такая срочность? Что случилось? — спросил Валерий Борисович, недовольный, что его вырвали из такого приятного сна.

— Это касается вашей жены, — спокойно сообщил следователь. И постарался придать голосу трагические нотки: — С ней произошло несчастье.

— Несчастье? Но... мы уже не живем вместе.

«При чем тут Лариса? Впрочем, она могла куда-то влипнуть. А куда?» Ладейников понял, что до сих пор не проснулся. А может, это еще сон? Он сел в постели и спросил в трубку:

— Что хоть произошло?

— Вашу жену убили, — объяснил следователь Пименов. — Подъезжайте!

Валерий Борисович опустил ноги на пол и переспросил:

— Что вы сказали?

Но следователь повторять не стал.

— Хорошо, я подъеду через часок, — согласился Ладейников.

— Тогда сразу к моргу Покровской больницы. Проведем опознание, и потом я задам вам пару вопросов.

— А как-нибудь без морга опознать нельзя? Я покойников боюсь.

— Покойники тоже люди, только не разговаривают, — попытался успокоить его следователь. — К тому же это ваша жена.

— Хорошо, — вздохнул Ладейников, — подъеду к моргу.

Хотя, конечно, в том, что Лариса умерла, хорошего мало. А точнее, совсем ничего хорошего.

Валерий Борисович встал с кровати и подошел к зеркалу платяного шкафа. Посмотрел на себя, потрогал щеку, проверяя, насколько необходимо побриться, и вдруг вспомнил, как пять лет назад Лариса примеряла вот перед этим зеркалом свадебное платье. Крутилась, поглядывая на свое отражение, довольная собой, а потом попросила расстегнуть крючки. Крючочков оказалось много, все они были малюсенькие и не хотели слушаться пальцев Валерия Борисовича.

— Ты поосторожней, — напоминала счастливая невеста, — а то я договорилась: у меня в салоне платье обратно примут. Практически за ту же цену, всего только десять процентов удержат. Если, конечно, пятен не будет.

Ладейников тогда поцеловал ее шею. Сам-то он не то чтобы был очень счастлив, но доволен: все-таки тридцать четыре года — и первый брак.

Да-да, поцеловал ее шею, и Лариса спросила:

— А ты договорился по поводу моей защиты?

Она была его аспиранткой. Выбрала научным руководителем и пришла на кафедру утверждать тему диссертации. На кафедре было пусто. Ладейников сидел за своим столом, когда Лариса вошла — скромная такая. Конечно, Валерий видел ее и раньше. Она ходила по факультету в мини-юбках и обтягивающих блузках, густые мелированные волосы спускались до середины спины, движения ее были медлительны и плавны, а взгляд всегда цепкий, юркий... Ей в спину глядел не только Амбре-Мелидзе.

Но Лариса выбрала именно Ладейникова. И вошла на кафедру тихая, словно боялась, что он накричит сейчас на нее. Прошептала еле слышно:

— Добрый день, Валерий Борисович.

Ладейников показал ей на стул рядом с собой:

— Присаживайтесь, Лариса.

Она опустилась на краешек и попыталась дотянуть до колен коротенькую юбочку.

Ладейников сделал вид, будто не заметил ее потуг. Взял со стола папку с материалами, которые она оставила накануне для него на кафедре, и строго произнес:

— Я ознакомился с вашей работой, но, к сожалению, как тему будущей диссертации не могу принять. Хотя вроде бы вы опираетесь на хозяйственную деятельность конкретного, реально существующего предприятия, но у предприятия этого нет не только никакого финансового планирования, но и с бухгалтерской отчетностью большие проблемы. При первой же финансовой проверке...

Ладейников посмотрел на аспирантку, и та опустила глаза.

— Я просто не знала...

Он отодвинул немного свой стул.

— Чего вы не знали?

— Просто не знала... как к вам еще подойти.

Лариса подняла на него влюбленные глаза.

Доцент растерялся и вцепился в сиденье стула, желая еще отодвинуться, чтобы сохранить безопасное расстояние. А Лариса потянулась к нему всем телом...

В этот момент открылась дверь и на кафедру вошла Бабелюк на костяной ноге. То есть на загипсованной. Бэлла Аркадьевна сделала вид, будто не заметила аспирантку в непосредственной близости от научного руководителя, и поинтересовалась деловым тоном:

— Валерий Борисович, вы случайно не видели Колю Храпычева?

— Нет. Хотя он, кажется, в ректорат ушел.

— Ну-ну, — покачала головой Бэлла Аркадьевна.

Бабелюк вышла, закрыла за собой дверь. А потом долго из коридора доносилось стук-стук-стук-стук-стук-стук...

Лариса вздохнула и спросила с отчаянием:

— Валерий Борисович, а можно я вам домой позвоню?

Ладейников согласился, не представляя, чем это может закончиться.

Вечером того же дня Лариса позвонила. Но только в квартирный звонок...

Он открыл дверь и увидел аспирантку — в коротенькой юбочке и мокрой шелковой блузке, прилипшей к телу.

— Вот, под дождь попала, — виновато улыбнулась Лариса и протянула ему бутылку виски «Лонг Джон».

Глава 4

Ладейников стоял на остановке маршруток и размышлял. С одной стороны, он не очень рвался в морг опознавать Ларису, а с другой стороны, все равно придется рано или поздно. Не будут же ради этого вызывать из Макеевки Ларисиного отца, который к тому же вряд ли приедет: у Ларисы с ним были более чем натянутые отношения. Отец даже с бракосочетанием ее не поздравил, хотя Ладейников отправил ему на Украину деньги на авиабилет в оба конца.

«Двадцать восемь лет... — с грустью подумал Валерий Борисович. — Красивая молодая женщина, и вот как все для нее закончилось...»

Пассажиры подходили к остановке, набивались в маршрутки, но он не спешил вслед за ними. Большинство из тех, кто садился в микроавтобусы, были молодые люди и девушки с портфелями и сумками. «Студенты», — вздохнул Ладейников. И ему вдруг стало обидно оттого, что он никогда уже не войдет в знакомые аудитории, не почувствует ставшей родной атмосферы. Возможно, ему удастся найти работу в другом институте, но, возможно, его ждет нечто совершенно иное.

Уволенный доцент смотрел прямо перед собой и не видел, что ему машет рукой Александр Орешников. Тот высунулся из своей старенькой «шестерки» и пытался обратить на себя внимание. Наконец, поняв, что это не удается, позвал:

— Валерий Борисович!

Ладейников подошел.

— Садись, довезу, — предложил Александр. — Тебе куда?

И тогда Валерий Борисович понял, что встреча в морге неизбежна.

— В Покровскую больницу, — со вздохом ответил он.

— Поздно вчера разошлись? — спросил Орешников, когда машина тронулась с места.

— Честно говоря, не помню, — признался Ладейников. — Как ты ушел, сохранилось в памяти. И как сам домой добрался, тоже. А вот во сколько точно, не знаю. Часа в два, вероятно.

— В час только я ушел, а вы еще сидеть остались.

Александр Орешников был одним из ближайших друзей Ладейникова. А еще Аркадий Брадис и Сережа Богомолов. Хотя насколько крепко они дружили, трудно сказать. Встречались почти ежедневно, точнее, ежевечерне, в той самой кафешке, куда заходил Валерий Борисович. Сидели, разговаривали, попивали пивцо. Причем Орешников почти не пил, Ладейников употреблял немногим больше, Богомолов зашибал, а Брадис не просыхал вовсе. Но это не мешало им сидеть и обсуждать разные вопросы.

Орешников когда-то был членом легкоатлетической сборной страны и даже готовился стать олимпийским чемпионом. Однако Олимпиаду 1984 года в Лос-Анджелесе Советский Союз бойкотировал, и все достижения Орешникова, вся его подготовка пропали втуне. Хотя Александр был чемпионом страны и Европы, призером мировых первенств и вполне мог добиться титула олимпийского чемпиона. Да вот не удалось. Он женился на молоденькой гимнастке, которая успела стать олимпийской чемпионкой, а потом сломала позвоночник. И Саша окончательно бросил спорт, чтобы ухаживать за ней. Двадцать лет она прикована к постели, а он к жене. Не стал тренером, не нашел себе никакой другой работы, кроме той, что позволяет ему быть свободным и легко передвигаться: занялся частным извозом.

Сергей Богомолов дослужился до звания майора в спецназе ГРУ и был комиссован по ранению.

Аркадий Ильич Брадис — самый старший из всей компании, ему уже под шестьдесят. Не так давно у него был свой успешный бизнес, но он его потерял. Правда, никогда, даже в пьяном состоянии, не говорит, как это случилось. На что он живет — не понятно, чаще всего его угощают друзья. Брадис невысок ростом и худ и, скорее всего, ест один раз в день — когда вечером все встречаются в кафешке. Пардон, не ест, разумеется, а закусывает.

Сейчас Орешников вез Валерия Борисовича к больнице. Они вспоминали вчерашний вечер, и оба удивлялись тому, что доцент согласился после пива еще и водку пить с Брадисом.

— Меня с работы поперли, — объяснил Ладейников.

— Все уже в курсе, ты вчера целый вечер только о том и говорил.

— Ну да, — признал Валерий Борисович, — о чем же еще. Позавчера приказ объявили, вчера весь день с обходным листком бегал, а сегодня уже и бежать никуда не нужно... Денег кот наплакал, накоплений никаких, работы нет, а пока найду... Придется, как Брадису, бутылки и банки собирать.

— Тебя у какого корпуса высаживать? — спросил Орешников.

Ладейников пожал плечами: он не знал.

— А кто у тебя в больнице?

— Бывшая жена. Только она не в больнице, а в морге. Еду тело опознавать. Позвонил следователь и сказал, что ее убили.

— Жалко бабу. Симпатичная была. Я, правда, ее пару раз и видел всего, но все равно...

— Она во всякие аферы влезала консультантом, — попытался объяснить Валерий Борисович, — но только не в криминальные. Что же могло такое случиться?

Глава 5

Следователь Пименов оказался невысоким щуплым человеком лет тридцати пяти. С портфелем в руке он ожидал Ладейникова у входа. Валерий Борисович сам подошел к нему и назвал себя. Пименов кивнул и посмотрел на наручные часы, после чего сказал:

— Ладно. Пятнадцать минут — не опоздание.

— Не думаю, что есть люди, которые торопились бы в морг, — заметил Ладейников.

Но следователь оставил его сентенцию без ответа.

Они шли по кафельному полу коридора, и с каждым шагом Валерию Борисовичу все больше и больше хотелось оказаться где-нибудь в другом месте. Он с трудом гасил в себе желание остановиться и повернуть назад.

Наконец уткнулись в широкие двустворчатые двери, когда-то окрашенные в лимонный цвет. Теперь краска потемнела, потрескалась и местами облупилась, отчего двери казались покрытыми помятой пасхальной скорлупой.

Ладейников остановился и перевел дух, не решаясь взяться за ручку.

— Заходите, — кивнул головой Пименов.

Тут он заметил нерешительность доцента и усмехнулся:

— Что? Как-то иначе представляли ворота в иной мир?

Ладейников выдохнул, как перед прыжком в воду, и увидел: следователь, чуть поморщившись, отвернулся.

— Простите, — произнес Валерий Борисович, — вчера до часа ночи пил пиво с друзьями.

Двери отворились, и из них вышел врач.

— А-а... — произнес патологоанатом, видимо, узнав следователя. — Наконец-то. Я как раз чайник поставил.

Врач посмотрел на Ладейникова.

— Вы — муж?

Ладейников кивнул.

— Соболезную. Красивая женщина была.

И, не делая никакой паузы, патологоанатом спросил:

— Кофейку не хотите?

Валерий Борисович помотал головой, желая только одного — чтобы все это поскорее закончилось.

Следователь вошел первым, за ним патологоанатом. И только потом порог переступил Ладейников, стараясь не смотреть по сторонам. И сразу едва не задохнулся от едкого запаха.

— Ну и вонь! — скривился Ладейников. — Мерзость какая!

— Кому как, — отозвался врач и обвел рукой пространство, показывая на столы, на которых лежали прикрытые простынями покойники, — а этим гаврикам все равно.

Мужчины подошли к одному из столов. Врач откинул простыню. Ладейников, увидев белое женское тело, инстинктивно отвернулся.

Следователь, куда-то спешащий, дернул его за рукав:

— Валерий Борисович!

А врач весело посоветовал:

— Вы представьте, что она пьяная или притворяется.

Ладейников посмотрел на стол, на котором лежало тело женщины.

— Можете опознать в представленном вам теле вашу жену? — официально спросил Пименов.

— Нет, — помотал головой Валерий Борисович, который ничего не видел и не желал ничего разглядывать.

Но следователь хотел поскорее освободиться. Как, впрочем, и Ладейников.

— То есть можете опознать тело вашей жены? — чуть иначе задал вопрос Пименов.

Ладейников снова осторожно посмотрел на тело. Взгляд скользнул по незнакомому лицу, и он опять поспешно отвернулся. Но успел заметить на груди и на лбу мертвой женщины черные отверстия.

— А что у нее... на лбу и на теле? — спросил Валерий Борисович.

— Это входные пулевые отверстия, — объяснил врач. — Оба ранения смертельные. Сначала ей метров с пяти выстрелили в сердце, а потом уже в голову. Весьма профессионально, между прочим. Стреляли из пистолета...

— У вашей жены есть на теле особые приметы? — перебил следователь, поворачиваясь к Ладейникову.

— Родинка на бедре сбоку, — вспомнил Валерий Борисович.

Врач тут же начал осматривать труп.

— С какого бока?

— С левого. Или с правого... Не помню уже.

Патологоанатом выпрямился и громко произнес:

— Прошу присутствующих обратить внимание: на левом бедре трупа имеется круглое родимое пятно. Светлое, диаметром семь-восемь миллиметров.

— Ну вот, — бодро произнес следователь, — уже кое-что. А другие приметы имеются? Шрамы, татуировки...

— Она тату хотела сделать, — сказал Валерий Борисович.

— Действительно, — подтвердил патологоанатом, — на левом предплечье имеются следы недавно выведенной татуировки.

Пименов достал из портфеля бланк протокола. Валерий Борисович быстро направился к выходу.

— Вы куда? — попытался остановить его Пименов.

— Позвольте мне выйти.

— Опознаете тело?

Ладейников, держась рукой за горло, кивнул.

— Ладно. Идите. Мы сейчас протокол опознания заполним, а вы в коридоре подпишете.

Протокол Ладейников подписал, не читая.

— Что это вы так поспешно? — удивился следователь. — Ознакомились бы.

— Зачем? Ведь не банковский же договор.

— Вы работаете в банке? — спросил Пименов.

— В институте преподаю. Вернее, преподавал. Сейчас безработный.

— А где вы вчера пиво пили?

— Рядом с домом. А что, запрещено?

Следователь пожал плечами.

— Не запрещено. Пейте сколько влезет.

Он заглянул Ладейникову в глаза и спросил вкрадчиво:

— До часу ночи, говорите?

Ладейников кивнул.

— Если быть точным, с десяти вечера до начала второго. Никуда не отлучался.

Пименов внимательно оглядел Валерия Борисовича.

— Вчера выпивали, а с утра стрелочки на брюках навели.

— Привычка, — объяснил Валерий Борисович.

Протокол он подписал на подоконнике в коридоре и теперь шагал рядом со следователем к выходу. Когда оказались на свежем воздухе, разговор закончился.

Ладейников увидел «шестерку» Орешникова и его самого, стоящего рядом с машиной.

— Ваша жена погибла как раз около часа ночи в километре отсюда, — произнес Пименов и спокойно зевнул, прикрыв рот ладонью. — Простите, ночь была бессонной, — сказал он. — Вчера допоздна задержался, только хотел домой отправиться, так не дали... Кто-нибудь может подтвердить ваше алиби?

Ладейников попытался вспомнить, сколько народа было поздним вечером в кафе, и не смог, но все равно твердо произнес:

— Полтора десятка человек.

— Много же у вас друзей, — с трудом сдерживая очередной зевок, удивился следователь. — А когда вы видели жену в последний раз?

— Не помню, — ответил Ладейников.

Вдвоем они подошли к машине Орешникова.

— Не подбросите до отдела? — попросил следователь.

Александр молча кивнул.

Сев в салон, Пименов вдруг начал рассказывать:

— Около часа ночи ваша жена припарковала принадлежащий ей автомобиль «Мерседес» во дворе дома, где снимала квартиру. Когда она вышла из машины, к ней кто-то подошел и выстрелил из пистолета в грудь. А потом сделал еще один выстрел, в голову...

— Нельзя ли без подробностей? — сказал сидящий за рулем Александр.

Следователь внимательно посмотрел на него.

— Простите, ваша фамилия Орешников?

— Допустим.

— Я с вашей женой в школе олимпийского резерва учился, — сказал Пименов. — Только она спортивной гимнастикой занималась, а я — легкой атлетикой. Бегом на средние дистанции.

— Ну и какие результаты были? — поинтересовался Александр.

— В пятнадцать лет один раз на восьмисотке из двух минут выбежал. А потом не получалось, и я спорт бросил. А жена ваша в пятнадцать уже олимпийской чемпионкой стала. Как она?

— Лежит.

— И никакого улучшения? Остановите здесь...

Орешников затормозил у подъезда отдела полиции.

— Нужна операция. Но она стоит столько, что... Да и то — подобные операции лишь в Германии делают.

— Спорткомитет таких денег не даст, конечно, — покачал головой следователь.

Он вышел из машины. И тут же наклонился к окошку, посмотрел на Ладейникова.

— Валерий Борисович, я хотел вас через пару дней вызвать. Надо кое-какие вопросы задать и вернуть вам личные вещи жены. Но поскольку вы уже здесь... Чтобы потом не беспокоить, давайте, может, сейчас побеседуем? Полчаса, не больше. Обещаю.

В кабинете следователей, плотно прижавшись друг к другу, стояли два рабочих стола. На узкой щели между ними примостился телефонный аппарат — одним боком на столе Пименова, а вторым — на столе его отсутствующего коллеги. На стене висел плакат, на котором суровая женщина в красной косынке прижимала палец к губам. Внизу плаката стояла размашистая подпись: «Не болтай у телефона — болтун находка для шпиона!» Еще на стене висели листы с нечеткими фотографиями каких-то людей под одинаковой шапкой «Внимание — розыск». Один лист был большего размера, чем остальные. На нем значилось: «Их разыскивает милиция» — и фотографии оказались более четкими.

Ладейников присмотрелся и узнал Романа Абрамовича, Филиппа Киркорова, полуголую Анжелину Джоли, Джима Керри в зеленой маске и Микки-Мауса.

На столе Пименова возвышался монитор компьютера, но следователь записывал показания Валерия Борисовича по старинке — вручную. Наконец он закончил и подвинул листы протокола Ладейникову.

— Ознакомьтесь!

Валерий Борисович пробежал глазами по тексту и отложил листы:

— Уже ознакомился.

Пименов сделал удивленные глаза.

— Просто я обладаю навыками быстрого чтения, — объяснил Ладейников. — Освоил в студенческие годы, когда приходилось перерабатывать большой объем литературы.

— Тогда напишите «С моих слов записано верно. Мною прочитано» и поставьте подпись.

Пименов открыл стоящий на полу сейф и стал что-то доставать из него.

Ладейников написал, что от него требовалось, расписался и перевел взгляд на стол, где появились женская сумочка, документы, мобильный телефон, деньги, часики и украшения. Последним к общей куче лег лист с описью.

— Вот вещи, которые были при вашей жене, — пояснил следователь. — По идее, их надо бы еще подержать, но не вижу смысла. Ничего не пропало, ограбления не было. Вещи опознаете?

— Но ведь они не мои, принадлежали ей...

— Насколько мне известно, вы единственный близкий человек погибшей. К тому же все это приобреталось, когда убитая состояла в браке с вами. Так что других претендентов не может быть.

— Ну да, отец жены живет на Украине, но отношения с ним прервались лет двадцать назад. Матери давно нет.

— Тем более принимайте по описи: паспорт, водительское удостоверение, техпаспорт на автомобиль, ключи от машины, ключи от квартиры, женская сумочка из бежевой кожи, две цепочки из желтого металла, часы из желтого металла с камнями, серьги, мобильный телефон «Верту» в корпусе из желтого металла, три перстня из желтого металла с камнями...

Следователь явно спешил домой. Ладейников понимал это, но все равно сказал:

— Если честно, то я ее в морге и не узнал даже. Другая прическа, цвет волос...

— Я заметил, вы не очень вглядывались в лицо. Но прическа и цвет волос — вещи непостоянные. Особенно у женщин, — отмахнулся следователь. — И потом, после смерти люди сильно меняются. В моей практике был случай, когда...

— Не надо, пожалуйста, — попросил Валерий Борисович, — я еще от морга отойти не могу.

Он в растерянности смотрел на вещи, лежащие на столешнице. Пименов услужливо протянул ему помятый полиэтиленовый пакет.

— Складывайте сюда.

И, подвинув к Валерию Борисовичу лист с описью, сказал:

— Я же сутки дежурил, на вызове с дежурной машиной был вместе с операми и экспертами. Все, что при убитой имелось, сам же и описывал. Ничего не пропало. И «мерс» тоже я перегнал. Он сейчас во дворе отдела стоит. Можете забрать его.

На помятом полиэтиленовом пакете была реклама сигарет «Camel» с одногорбым верблюдом.

Прежде чем сесть в дорогой автомобиль, Ладейников внимательно осмотрел отделанный серой кожей салон. Внутри пахло лимоном, было уютно и чисто. На заднем сиденье лежал пакет с рекламой магазина «Французские вина». Валерий Борисович заглянул в него и обнаружил коробку с коньяком «Remi Martin» и стеклянным коньячным бокалом. Обнаружил и удивился: ведь полицейские наверняка осматривали машину, а значит, видели дорогой коньяк, могли взять его. Но не сделали этого.

Сев в водительское кресло, бывший доцент положил на соседнее пакет с верблюдом и завел двигатель. Мотор работал бесшумно.

Когда-то у Ладейникова имелась машина, и он был вполне доволен ею. Хотя куда отечественной «девятке» до роскошного «Мерседеса»! Полтора года назад, как раз после того, как ушла Лариса, в автомобиль Ладейникова врезался внедорожник. Из него вышел пьяный водитель, сунул Валерию Борисовичу десять стодолларовых банкнот и укатил. Ладейников не успел даже номер внедорожника запомнить, а потому звонить в ГИБДД не стал. И машину ремонтировать не стал — продал ее с помятым крылом, расколотым бампером и разбитой фарой. Сначала предложил Орешникову, тот подумал и отказался, сказав, что денег все равно нет, а его «шестерка» еще бегает. Тысяча долларов и шестьдесят тысяч рублей, полученные за поврежденную «девятку», разлетелись мгновенно: Валерий Борисович выписал американские и английские книги по экономике, а на остаток купил новый телевизор, который, правда, все равно не смотрел. Некогда было.

Двигатель тихонько урчал, Ладейников откинулся на спинку сиденья, вспомнил Ларису и подумал: «Откуда у нее такие деньги? «Мерседес», дорогие украшения, телефон, стоимость которого, по словам следователя, не менее двухсот тысяч рублей... Еще при ней были обнаружены евро и доллары...»

Он поднял пакет с верблюдом и высыпал его содержимое на пассажирское сиденье. Взял в руки паспорт, открыл. Посмотрел на фотографию и оторопел: на фотографии была не Лариса. «Ладейникова Варвара Николаевна» прочитал Валерий Борисович. Полистал и нашел штамп с регистрацией брака. Увидел дату, свою фамилию, имя и отчество... Не может быть! Эту женщину он не знал, не видел ее никогда! Перевернул страницы: Ладейникова Варвара Николаевна была зарегистрирована по его адресу — в том же доме, в той же квартире, где он проживал уже многие годы и откуда с трудом удалось выписать Ларису.

«Мерседес» выехал со двора отдела полиции на улицу. Валерий Борисович уже не замечал достоинств машины, а думал о том, что произошло с ним сегодня. Почему неизвестная женщина решила подделать документы и назваться его женой? Если бы та была ему знакома, то еще можно придумать хоть какое-то объяснение... Но женщина мертва, и теперь никто, вероятно, не сумеет Ладейникову толком рассказать, почему именно на него свалилось все это.

Вернувшись домой, Ладейников продолжал размышлять. Поскольку с утра не удалось толком позавтракать, он приготовил себе яичницу, сел за стол, думая о случившемся, и тогда раздался звонок в дверь.

На пороге стоял Брадис. Аркадий Ильич заговорил, слегка запинаясь. Мол, только что узнал от Орешникова... Ну, будто бывшую жену Валерия замочили... Короче, он пришел утешить друга, а заодно помянуть невинно убиенную. Говоря все это, визитер достал из кармана куртки бутылку водки и протянул Ладейникову.

Мужчины прошли на кухню, уселись к столу и хозяин дома подвинул гостю тарелку с яичницей. Брадис начал есть, а пить в одиночку отказался.

— Что делать будешь? — спросил Аркадий Ильич.

— Хоронить надо, — вздохнул Ладейников. — Вот получу свидетельство о смерти, и сразу...

Валерий Борисович решил не говорить приятелю о том, что опознал как свою жену совершенно незнакомую ему женщину. Он же не специально это сделал! Узнал об этом уже после того, как получил ее вещи и документы. В голове роились разные мысли. Не поздно, конечно, и сейчас позвонить следователю и признаться во всем, вернуть вещи, деньги и автомобиль... Но, во-первых, Пименов наверняка уже дома, отсыпается после дежурства. А во-вторых, как объяснить ему штампы в паспорте убитой о регистрации брака и о прописке, где указаны его, Ладейникова, фамилия с адресом. Наверняка следователь заподозрит его в убийстве, и удастся ли потом оправдаться — неизвестно. Вдруг сразу отправят в следственный изолятор? А если не признаваться, просто похоронить убитую, оставить себе свалившееся с неба богатство с благодарностью и все забыть... Но как взять чужое? Кстати, ведь если промолчать, то никто у него отбирать ничего не будет: Пименов сказал, что у женщины нет близких родственников. А если имеются дальние? Вдруг они бедные, больные, нуждаются в помощи, лечении, и эта Варвара Николаевна, выдававшая себя за его жену, была их единственной опорой?

— Да-а, дела... траты тебе предстоят не маленькие по нынешним-то временам, — уминая яичницу, посочувствовал Брадис.

— Что делать, — со вздохом согласился Валерий Борисович.

— Я вообще-то ее помню плохо. Мы же тогда с тобой так плотно не общались. Видел вас вместе в магазине пару раз. Красивая, конечно. Но что ты в ней нашел — до сих пор понять не могу. Она ж с тобой рядом стояла, а глазами по сторонам стреляла.

— Теперь уже не стоит и не стреляет.

— А не бросила бы тебя, может, жила бы еще сто лет.

Аркадий Ильич посмотрел на стоящую на столе бутылку и устремил свой взгляд на хозяина:

— Может, все же помянем невинно убиенную?

Вдруг Ладейников понял, что надо сделать.

— Сидите здесь, ждите меня. Я отъеду на часок, — сказал он. — Вернусь и поговорим. А вечерком и помянем. Покойная нам для этого бутылку хорошего коньяка приготовила...

Глава 6

Валерий Борисович припарковал «Мерседес» в непосредственной близости от подъезда, возле которого убили незнакомую ему женщину. Едва вышел из машины, как стоящий рядом мужчина громко произнес, обращаясь, судя по всему, именно к нему:

— Знакомая машина! А вы кто Варваре, простите, будете?

— Муж, — ответил Ладейников. — А вы что, с ней знакомы были?

— Сосед по площадке. Машины рядом во дворе ставили. Вон моя «Тойота» стоит, — показал мужчина рукой.

— На каком этаже вы живете? — поинтересовался Валерий Борисович.

— Так на седьмом. Двери наших квартир рядом. Но мы почти не общались. Я знал только ее имя, а она мое. «Здрасте» и «до свидания», вот и все общение. Варвара вообще очень тихо жила, к ней и не приходил никто... Кто хоть ее и за что?

— Следствие должно установить.

— Понятно, — покивал сосед, идя рядом с Ладейниковым по направлению к подъезду. — Обеспеченная вроде...

Сосед, очевидно, решил не отпускать Валерия Борисовича. Но только он Ладейникову не нужен был вовсе.

— А у вас с ней никаких ссор не было? — спросил уволенный доцент. — Ведь бытовые причины в первую очередь рассматриваются полицией.

— Так я же сказал, что мы и не были практически знакомы.

— Теперь все так говорить будут. Вы на всякий случай оставьте мне свои данные. Я потом следователю передам...

— Ой, что это я? — встрепенулся разговорчивый сосед и хлопнул себя по лбу. — Совсем забыл! Я же спешу... мне срочно надо в этот... как его...

Мужчина засеменил к своей «Тойоте», а Валерий Борисович произнес громко:

— Ищи потом вас!

И вошел в подъезд.

Дверь квартиры оказалась опечатанной. Ладейников заслонил собою дверь — на случай, если кто-то наблюдает за ним через глазок из других квартир, — и осмотрел печать. И сразу заметил, что она сорвана. Или кто-то заходил уже сюда, или соседи, проходя мимо, случайно задели бумажку. А может, и полиция опечатала дверь так неаккуратно. Валерий Борисович не стал гадать, прислонил ухо к створке и прислушался. Из квартиры не доносилось никаких звуков. Тогда он осторожно вставил ключ в замочную прорезь — связку он получил вместе со всеми вещами убитой — и повернул его. Замок открылся совершенно бесшумно. И дверь отворилась без скрипа. За ней оказалась вторая дверь, но та была не заперта.

Валерий Борисович осторожно вошел в квартиру и огляделся. В квартире, вероятно, была сделана перепланировка. Он стоял на пороге просторного холла, из которого можно было попасть в кухню, а на другом конце комнаты виднелась еще одна дверь — возможно, за ней находилась спальня.

Если в квартире производился досмотр, то полиция провела его весьма неаккуратно, если вообще тут что-то искал именно следователь Пименов со товарищи. Дверцы шкафов были распахнуты, ящики вытащены и брошены на пол. Находившиеся в шкафах вещи тоже разбросаны без особого к ним почтения. Посреди комнаты раскинулись бежевая норковая шубка и полушубок из чернобурки. Повсюду были разбросаны бумаги и среди них — фотографии. Валерий Борисович пересек холл и открыл дверь спальни. Комната оказалась небольшой, в ней едва уместились двуспальная кровать с высокой спинкой, платяной шкаф и туалетный столик. И здесь тоже все было перевернуто вверх дном. Даже матрас с кровати подняли и на место не положили. Затем Валерий Борисович заглянул в туалетную комнату. Похоже, тот, кто побывал здесь до него, рылся и в грязном белье: вещи из ящика, предметы женского туалета валялись на полу, на дне розовой ванны, в розовой раковине. Содержимое настенного шкафчика — духи, кремы, лосьоны — также сброшено вниз.

Валерий Борисович не знал, зачем примчался сюда. Решил осмотреть квартиру убитой в надежде, что ситуация как-то прояснится, но загадок стало еще больше. Он снова пересек холл, остановился перед тем, как уйти, на пороге, обвел взором пространство, посмотрел себе под ноги, наклонился и увидел фотографию, явно свадебную. Та самая женщина, чье лицо было ему знакомо лишь по портрету в паспорте, стояла на снимке в пышном белом платье и с букетиком в руках. Рядом с ней находился, тоже с букетом, мужчина, чье лицо было наполовину прикрыто цветами. Ладейников вгляделся — и узнал себя.

Это был именно он! Не кто-то очень похожий на него, а он, Валерий Борисович Ладейников, который стоял, расплывшись в счастливой улыбке. Но ведь такого не было! Он один-единственный раз позировал для свадебного фото, поскольку всего один раз был женат, и на ком именно, прекрасно помнил. А здесь рядом с ним не Лариса. Тоже вполне обаятельная женщина, но только не его жена. И тем не менее на снимке он смотрел на незнакомку так, будто чувствовал себя безмерно счастливым.

На полу лежали и другие фотографии. И все были сделаны на свадьбе, которой никогда не было...

Среди них обнаружился еще один снимок — квадратный, полароидный. Ладейников наклонился за ним, взял в руку и тут же присел на корточки, потому что вдруг как-то обессилел... На маленьком, слегка выгоревшем отпечатке он увидел себя, молодого и счастливого, а рядом стояла, прижавшись к нему, Лена. За их спинами плескалось море и зависли в вечности беспечные чайки.

Глава 7

Они шли по набережной парами. Впереди Коля Храпычев, обнимающий за талию Соню, а следом Валера с Леной, взявшись за руки. Ветер приносил с моря ароматы морской травы и свежести, отбрасывая в сторону все ненужное, вроде запахов дыма и жареного мяса.

Неподалеку суетился у мангала армянин-шашлычник и орал на всю округу:

— Куда пошел? Сюда давай! Шашлык кушай! Сладкий, как девушка! Такой вкусный шашлык — палец свой оближешь, потом откусишь, спасибо скажешь!

— О! — обрадовался Храпычев, узнав продавца. — Это же Ромик, который визитку в пиджаке забыл. Возьмем у него по шашлычку, он нам скидочку по старой памяти сделает...

Ладейников посмотрел на Лену, и та покачала головой.

— В другой раз, — сказал Валера.

Храпычев с Соней остановились возле уличного фотографа, снимающего на «Полароид».

— Сколько стоит снимок? — поинтересовался Коля.

— Какие деньги, молодые люди? Это же память на всю жизнь. А память — бесценная вещь.

К фотографу подошли Ладейников с Леной.

— Сфотографируйте нас, пожалуйста, — попросила Лена.

Они отошли на два шага и встали на фоне моря. Лена обняла Валеру и прижалась к нему.

— Так сколько стоит один снимок? — продолжал выяснять Храпычев.

— Два доллара, — ответил фотограф. — Можно рублями по курсу.

— Ох, и ни фига себе! — возмутился Храпычев и потащил Соню в сторону. — Уж лучше по шашлычку. В гробу я видал такую память!

Валера и Лена сфотографировались тогда дважды. Один снимок взял он, второй — Лена. Снимки немного отличались. Но чем? Ладейников, сидя на корточках в чужой квартире, пытался вспомнить — и не мог. Его фотография наверняка дома в альбоме, значит... значит, этот, что он держит сейчас в руках, остался у Лены. Но почему он здесь — в квартире, хозяйка которой убита? Какое отношение эта женщина имеет к нему? И откуда тут фальшивые свадебные фотографии? С какой целью они смонтированы?

Вдруг Ладейников услышал едва различимый звук — словно кто-то вставил ключ в замок входной двери. Он поднялся и быстро пошел к выходу. Открыл первую дверь и только тогда сообразил, что ему нельзя здесь находиться, ведь квартиру опечатала полиция. И все же он посмотрел в глазок — пустая лестничная площадка.

— Кто здесь? — громким шепотом спросил Валерий Борисович.

За дверью стояла тишина.

И лишь через пару секунд раздался перестук каблучков, словно кто-то убегал вниз по лестнице.

Брадиса в квартире, когда Ладейников вернулся домой, уже не было. Аркадий Ильич ушел, оставив на кухонном столе так и не открытую бутылку дешевой водки. Посуду за собой он помыл, а заодно и ту, что стояла уже пару дней в мойке.

Убирая бутылку в холодильник, Валерий Борисович обнаружил под ней листок, вырванный из записной книжки. На листке мелким почерком очень аккуратного человека было написано: *«Знаешь, где меня найти»*.

Ладейников прошел в комнату, достал из шкафа альбом с фотографиями и начал перелистывать страницы. Фотографий было много, он даже и не думал, что столько их накопилось. Вот — школьные, на которых он вместе со своим классом из года в год позировал, стоя на одном и том же месте в школьном музее. Вот катается на лыжах... стучит по мешку, набитому опилками в боксерской секции... обнимает за талию какую-то девочку с огромными глазами... Вот свадебная с Ларисой, где жена в том самом платье, которое она наутро после брачной ночи отнесла обратно в салон и получила назад деньги... Вот Лариса на лодке загорает топлес — супруги тогда вдвоем вышли в Финский залив, выпросив моторку у доцента Крышкина. Хороший был день. Однако потом пришлось целую неделю ходить в библиотеку, чтобы «прилизать» докторскую Крышкина...

Валерий Борисович перебирал фотографии, просматривал их долго, наконец нашел старый полароидный снимок, который и правда хранился в альбоме. Затем сравнил с тем, что захватил из квартиры незнакомки. Снимки действительно отличались: на его фотографии они с Леной были запечатлены вдвоем, а на принесенной в кадр попал и Коля Храпычев, подтянувший живот и выглядящий почти стройным — теперь бы никто, даже, наверное, сам Николай Михайлович не узнал бы нынешнего декана. Ладейников положил на стол две фотографии и, продолжая их разглядывать, взял мобильник.

Номер Ларисы не изменился.

— Ну, чего звонишь? — спросила бывшая жена. — Зря только деньги переводишь. Я уже полгода в Москве живу. Не одна, если тебя это интересует. У меня очень серьезный роман с очень серьезным человеком. И намерения у него тоже очень серьезные. Прощай. И не надо больше мне звонить.

А он и не собирался. И сейчас не стал бы. Но на всякий случай решил проверить, жива ли Лариса.

Оказалось — более чем.

Ладейников вышел из дома, сел в «Мерседес» и поехал к кафешке. Можно было бы и пешком добраться — всего-то идти минуты две, — но на машине лучше. Не потому, что хотелось похвастаться дорогим автомобилем перед кем-то, просто теперь можно отказаться от пива, сославшись на то, что за рулем.

В кафе было пусто, только в центре сидела небольшая компания студентов и шумно обсуждала отсутствующую студентку. В углу тихо примостился Богомолов.

— Где Брадис с Орешниковым? — обратился к нему Валерий Борисович.

— Брадис только что ушел. А Сашка дома — у Наташи опять сильные боли. Ты посидишь со мной?

Ладейников опустился рядом.

— Только пить не буду, я за рулем.

— Я в окно увидел, на какой тачке ты подъехал. Наследство жены?

Валерий Борисович кивнул.

— Ну, дай ей бог покоя хотя бы на том свете. — Богомолов посмотрел на Ладейникова.

Тот промолчал.

— Что-то не так? — спросил Сергей.

— Все не так, — признался Валерий Борисович. — Моя бывшая жена живее всех живых, я с ней только что по телефону разговаривал. Мне, когда тело убитой в морге демонстрировали, показалось, что это не Лариса. Не знаю, зачем протокол подписал. А потом деньги получил, техпаспорт на «Мерседес». Я только час назад увидел, что машина оформлена на мое имя... Но я-то никаким боком! Что теперь делать?

— Значит, машина твоя, и никто не сможет у тебя ее отнять. Деньги еще были, говоришь? Сколько, кстати?

— Две евро, три долларов.

— Тысячи?

Ладейников кивнул.

— Еще рублями около семидесяти тысяч.

— Неплохо! — восхитился Богомолов.

— И две пластиковые карты. Но сколько на них — неизвестно, я же не знаю пин-кода. Да и сколько бы ни было на них — все равно деньги не мои.

— Знаешь, сколько стоит операция для жены Саши?

— Он говорил — тридцать тысяч евро.

— Орешников копит на операцию уже двенадцать лет. Пока накопил на дорогу в оба конца. А в спорткомитете для помощи олимпийской чемпионке денег нет. Зато нынешним чемпионам отваливают бешеные премиальные, дорогие машины дарят. Потом эти мальчики и девочки устраиваются депутатами и тусуются на гламурных вечеринках. Ноготок лакированный обломают — вся страна будет сопереживать.

— Я понял, — сказал Валерий Борисович. — Спасибо тебе, а то я сразу не догадался. Стыдно даже...

Глава 8

Он вышел из дверей факультета, направился к своей машине, достал из кармана ключи с брелоком и тут столкнулся с Храпычевым. Декан, судя по всему, увидел его первым и потому не растерялся.

— Привет! — приветствовал Ладейникова бывший друг. — А ты что здесь делаешь?

— Да мне обходной в библиотеке подписали, а я вчера обнаружил дома две книги библиотечные. Вот привез.

— Ничего себе! — возмутился Храпычев. — Так они все фонды растранжирят! Надо навести порядок...

— Удачи! — бросил Валерий Борисович и хотел уйти.

Но Храпычев удержал его.

— Вообще-то я хотел тебе позвонить через пару дней...

— Зачем?

— По поводу трудоустройства. Есть возможность неплохо заработать разово, а можно и постоянно получать.

Храпычев покрутил головой, нет ли кого из знакомых поблизости, а потом добавил:

— Давай пройдем в мою машину, я сделаю тебе предложение, от которого...

Валерий Борисович нажал на кнопку брелока, и «Мерседес», возле которого они стояли, гордо крякнул.

— Посидим в моей, — пригласил Ладейников.

— Это твоя машина? — изумился декан.

Ладейников распахнул перед ним дверцу, и Храпычев осторожно залез внутрь. Не успел сесть и сразу начал восхищаться:

— S-класс! Кожа! Навигация! Это же сотня тысяч евро, не меньше! Валера, ты даешь! И ведь скрывал! Я человек, ты знаешь, не завистливый, но... Откуда такие деньги?

— Наследство получил, — объяснил Валерий Борисович и спросил: — Что ты хотел?

Храпычев перестал крутить головой, оглядывая салон, и вздохнул.

— Ты же понимаешь, что твое увольнение — не моя инициатива.

— Ты уже говорил это.

— Ну да. Просто некий высокий чиновник попросил пристроить на работу брата своей жены. Тот кандидатскую защитил, сейчас ему докторскую пишут. Ставок свободных не было, вот и решили тебя...

— А для высокого чиновника новую ставку не могли открыть? — усмехнулся Ладейников.

— Наверное, нет. И я ничего не мог сделать. Но сейчас лучше о другом. Тут поступило предложение...

— От высокого чиновника?

— Нет... то есть... Ну да. Вице-премьер правительства в январе собирается в Давос на экономический форум. Будет выступать там с докладом о причинах экономического кризиса и способах преодоления негативных последствий...

— Высокий чиновник попросил тебя тот доклад написать, но так, чтобы весь мир восхитился его знанием проблемы. А ты решил предложить мне помочь тебе в этом.

— Да... то есть...

Храпычев замолчал и потрогал пальцем кожу обшивки.

— Какая мягкая...

— То есть ты написал диссертацию сначала для него, — прищурил глаза Ладейников, — сейчас для его родственника, потом уволил меня и взял родственника на факультет на мое место. Что тебе обещали за написание доклада? Назначить ректором, а родственника вице-премьера сделать деканом нашего факультета?

— Как ты догадался? Ох... Да нет, ничего еще не решено. Валера, я тебе хорошо заплачу. Потом возьму обратно на факультет.

Ладейников достал из кармана портмоне, вынул из него полароидный снимок и показал Храпычеву.

— Помнишь, как мы в Геленджике отдыхали?

— Надо же! — обрадовался декан. — Какими мы были! У меня, кстати, такой же есть.

— У тебя не может быть такого, их всего два: один у меня, а второй остался у Лены.

— Точно есть, — настаивал Храпычев. И вдруг вспомнил: — У Лены его нет.

— Как нет? — удивился Валерий Борисович. — Мы же с ней специально два раза сфотографировались.

Храпычев вздохнул и ответил:

— Поможешь с докладом для вице-премьера, расскажу.

— Хватит придуриваться! Отвечай!

— Да ладно, не кипятись, — пошел на попятную декан. — У Лены этого снимка нет, потому...

— Ну!

— Все очень просто: я его стащил, когда вы в аэропорту прощались. Карточка у нее в документах лежала вместе с билетом, и я, пока вы обнимались, ее взял — уж больно хорошо я там получился. С обратной стороны ты карандашом записал свой телефон и адрес, так что скажи спасибо, что я тебя спас...

Ладейников перевернул снимок, увидел бледные, едва заметные следы карандаша и не сдержался:

— Ну и сволочь же ты!

— Однако я декан, известный ученый, а ты — безработный преподаватель экономики... Кстати, откуда у тебя этот снимок? Ведь он у меня дома был.

— Долгая история.

— Так ты поможешь с докладом? — спросил Храпычев.

Ладейников не ответил и посмотрел за окно. Из дверей факультета вышла секретарша Храпычева. Юля остановилась возле «Мерседеса» и взглядом стала искать машину декана.

— Тебя высматривает, — кивнул на нее Валерий Борисович. — Симпатичная девочка. Дорого тебе обходится?

— Я неплохо зарабатываю. Не на факультете, конечно. Консультирую крупные фирмы — советую, куда вкладывать деньги. Недавно, кстати, один банк избавился по моей наводке от акций одной полудохлой нефтяной компании. Спихнули их некоему фонду финансовой взаимопомощи, а компания возьми да и выиграй правительственный тендер. Акции ее взлетели в цене, фонд поднял миллионов пять баксов, а банк соответственно лоханулся и потом на меня...

— Лариса была у тебя дома? — перебил Ладейников.

— Твоя жена бывшая? А что ей у меня делать? Я к чему про акции-то говорил... Тот фонд возглавляла роскошная женщина, и она приезжала на встречу точно на такой машине, как у тебя. Один в один.

Секретарша вдруг заметила в «Мерседесе» декана, наклонилась к стеклу и, постучав лакированными ноготками по стеклу, улыбнулась приветливо.

— Роскошную даму из фонда случайно не Варварой Николаевной звали?

Храпычев помахал пухлой ладошкой своей секретарше.

— Нет, только не Варвара. Фамилия ее... У меня где-то визитка осталась, надо поискать. Так как насчет доклада?

— Я подумаю.

— Думай побыстрей, а то времени в обрез. Обещаю, что возьму тебя обратно на факультет и даже часов прибавлю, если захочешь...

Храпычев открыл дверцу и стал вылезать. Секретарша в тот момент заглянула в салон и помахала рукой Ладейникову:

— Валерий Борисович, добрый день. Какой вы теперь респектабельный!

Бывший друг подхватил под локоть улыбающуюся девушку и направился к своему автомобилю, не забывая отвечать кивками на приветствия проходящих мимо студентов.

Храпычев сел за руль «Лексуса» и посмотрел на секретаршу.

— Ты бы, Юлечка, не лезла куда не просят. Видишь, что я в чужой машине, так стой и жди, когда выйду. Может, у нас разговор важный.

— А о чем вы говорили?

— Да ни о чем, — отмахнулся Храпычев, — Ладейников старую сплетню проверял, будто я был любовником его жены. Верблюд — он и есть верблюд. Ладно, поехали в тот ресторанчик, где вчера обедали.

Глава 9

— На ловца и зверь бежит, — обрадовался следователь Пименов, увидев входящего в кабинет Ладейникова. — Я как раз собирался набрать ваш номер.

— Есть какие-то новости? — спросил бывший доцент, опускаясь на стул.

— Новости есть всегда. Вот вы говорили, что ваша жена родом с Украины...

— Ну да. Там ее отец, который... Впрочем, я не видел его никогда.

— А по нашим данным, она сирота, воспитывалась в детском доме.

— Я не знал...

— А были в курсе, что ваша жена отбывала срок за мошенничество?

— Что-о? — удивился Валерий Борисович.

— Как вы познакомились?

— Это допрос?

— Просто спрашиваю, — спокойно сказал следователь. — Убитая Варвара Николаевна, имевшая до замужества фамилию Чернова, получила десять лет за организацию финансовой пирамиды. Освободилась досрочно, а через три месяца после освобождения вышла за вас замуж. Вы к тому времени только-только стали свободным человеком, разведясь с вашей первой женой.

Валерий Борисович наконец понял, что речь идет не о Ларисе, а об убитой женщине.

— Ну да, — кивнул он, — познакомились и поженились. Что тут особенного?

— Ничего. Она была красивой женщиной, вы — тоже мужчина видный. Или, как теперь говорят, брутальный. Но погибшая была осуждена за экономическое преступление, вы же известный экономист. Вот тут у меня даже ваш печатный труд имеется... — Следователь открыл ящик стола и достал небольшую книжку в мягкой обложке. — «Расчеты прибавочной стоимости по отраслям промышленности в условиях экономики переходного периода». Какое длинное название!

— Вы что, читали это? — удивился Ладейников.

— Почитал вчера перед сном. Доходчиво. Интересно. Но я о другом.

Пименов взял в руки пачку сигарет и кивнул Валерию Борисовичу:

— Можете покурить, если хотите.

Ладейников опустил руку в карман, потом проверил другой и не нашел пачки.

— Увы, — сказал он, — оставил сигареты в машине.

Пименов протянул ему пачку «Кэмела», и Ладейников, взяв ее, посмотрел на верблюда, изображенного на пачке.

— Не курите такие? — спросил, заметив это, следователь.

— Верблюда разглядываю.

— Вам известно, что после смерти вашей жены вы — состоятельный человек? — произнес Пименов вкрадчиво.

Ладейников усмехнулся и достал из пачки сигарету.

— Я сказал что-то смешное? — слегка нахмурился следователь.

— Просто вдруг пословицу вспомнил: богатому так же трудно попасть в рай, как верблюду пройти сквозь игольное ушко. — Ладейников достал из кармана зажигалку и прикурил.

— Давайте ближе к делу, — сказал Пименов, дождавшись, когда собеседник выпустит дым. — Нами обнаружены счета в разных банках, открытые на имя вашей жены. Интересует вас сумма вкладов?

Ладейников дернул плечом и сделал еще одну затяжку.

— На общую сумму девятнадцать миллионов рублей с хвостиком, — продолжил следователь. — Причем хороший такой хвостик — без малого на пятьсот тысяч. Через полгода вы сможете переоформить счета на свое имя, если...

— Если не будет других претендентов.

— И это тоже. Но главное, если не будет доказана ваша причастность к убийству. Пока любому ясно: смерть Варвары Николаевны Ладейниковой выгодна только вам. К тому же я проверил все входящие и исходящие звонки с ее телефона и выяснил, что вы никогда не звонили ей, а она вам. Убитая Варвара Николаевна вспомнила о вас только перед самой своей смертью — буквально за полчаса до гибели она звонила на ваш домашний номер шесть раз. И ни разу звонок не был принят.

— Так я же в баре был, — напомнил Валерий Борисович.

— Были. Я проверил. А также проверил регистрацию вашего брака в книге районного ЗАГСа. Видел даже свадебные фотографии.

— Так это вы в ее квартире все с ног на голову перевернули? — хмыкнул Ладейников.

— Ничего я не переворачивал! — возмутился Пименов. — Мы побывали там сразу после того, как осмотрели место преступления. В квартире все было на своих местах и аккуратно прибрано. И до нас было чисто, и после нашего визита. Я только фотоальбомы полистал, и все. А вы, стало быть, вскрыли опечатанную мною дверь и вошли.

— Печать была снята до меня, а в квартире все перевернуто.

Следователь внимательно посмотрел на Ладейникова, делавшего последнюю затяжку, пододвинул к нему пепельницу и произнес нарочито вежливо:

— Послушайте, у меня к вам просьба... Требовать я не могу, у вас вроде как стопроцентное алиби, просто прошу: не уезжайте никуда до конца расследования.

Глава 10

Они расположились в открытом кафе возле акустической колонки, из которой с хрипом вылетала популярная тем летом песенка:

> Он уехал в ночь на пустой электричке...
> В сумраке шагов ты все ждешь по привычке...
> Осень и печаль две подруги-сестрички...

— Так уезжать не хочется, — вздохнула Соня.

— Что? — крикнул Храпычев, сидевший под самой колонкой.

— Я говорю, что еще отдыхала и отдыхала бы, — повысила голос Соня.

— А кто тебе мешает? — снова выкрикнул Коля.

Лена сидела грустная: отпуск у девушек заканчивался через два дня, и уже завтра они должны были улететь.

— Задержаться не получится? — спросил Валера.

Лена покачала головой.

— Не могу, у меня работа.

— Тогда я свой билет сдам и с тобой полечу.

— В кассах билетов нет. Если сдашь свой, навсегда здесь останешься.

— Тогда я поездом следом.

— Отдыхай, у тебя же еще две недели. А я тебя ждать буду.

Музыка смолкла, и сразу из летних сумерек прилетел голос:

— Шашлык сладкий, как девушка! Палец лизать будешь, потом откусишь, спасибо скажешь...

— О, — воодушевился Храпычев, — опять здесь Ромик. Может, возьмем у него по шашлычку?

— Не надо, — грустно улыбнулась Лена, — он их из девушек делает.

— Тогда, может, купим шампанского — и к вам в пансионат? — предложил Храпычев.

Лена промолчала, зато Соня согласилась сразу.

Валера направился к барной стойке за шампанским. Настроение у него было отвратительным: предстояла разлука с девушкой, которую он полюбил сразу, как увидел, и с каждым днем любил все больше и больше. Две недели, конечно, не столь уж долгая разлука, но что он будет делать эти четырнадцать дней?

Ладейников посмотрел на друзей, которые вышли из кафе и теперь дожидались его у входа. Храпычев прижимал к себе Соню, а Лена наблюдала, как раскаленное солнце опускается в темнеющее море, отбрасывая розовую парчовую дорожку от горизонта и до входа в кафе. Валера посмотрел на эту полоску, призрачную и реальную одновременно, которая вот-вот исчезнет и, может, уже никогда не появится снова. И вдруг подумал: почему никто не пытается встать на нее и уйти по ней из этого мира туда, где не нужно будет расставаться и скрывать то, что давно уже на сердце, что терзает, мучает и наполняет сладостной тоской все пространство летнего вечера?

Он догнал бредущих не спеша друзей и взял Лену под руку.

— Мы вот что решили, — радостно объявил ему Храпычев. — Делим шампанское: вам — бутылка, и нам с Сонечкой бутылочка. Мы с ней идем в пансионат к девочкам, а ты с Леной к нам в частный сектор. О’кей?

Это было сказано так откровенно, что Валера не знал, стоит ли ему соглашаться. А вдруг Лена обидится?

Но Лена тихо произнесла:

— Хорошо.

Храпычев взял из рук Валерия бутылку шампанского, подмигнул ему и вместе с Соней стремительно двинулся по направлению к пансионату. Причем они так быстро работали ногами и находились на таком расстоянии друг от друга, что можно было подумать, будто два незнакомых между собой человека спешат куда-то, стараясь опередить друг друга, чтобы успеть к чему-то очень важному и жизненно необходимому — например, к бесплатной раздаче билетов на концерт Филиппа Киркорова.

А Лена и Ладейников никуда не спешили, потому что время все равно не остановишь. Они пошли вдоль моря за исчезающим солнечным лучом, стараясь не замечать наступающей ночи. Потом опустились на нагретую за день гальку, стали разговаривать и не могли наговориться, потому что оба понимали: все сейчас заканчивается. Может быть, потом будут и разговоры, и такие же звездные ночи, но все, что придет впоследствии, будет уже другое, а этот миг уже не повторится. Не повторится лето их встречи и сладостный миг узнавания тайны... Ладейников открыл шампанское, но пить не хотели оба. Они передавали друг другу бутылку и припадали к ее горлышку, но вина не становилось меньше. Набегала на берег ночная волна, перекатывая мелкую гальку. И тогда Валерий вдруг наклонился и, не обнимая Лену, просто нашел ее губы. Звякнула о камушки бутылка, забулькало, вытекая, шампанское, но все это осталось в другой жизни, где не было их поцелуев, признаний и любви...

Ладейников открыл дверцу шкафа и замер, не зная, с чего начать осмотр. Почти все валялось на полу. В шкафу висели лишь несколько предметов одежды: кожаная куртка, женский плащ, несколько платьев и пара мужских костюмов, укрытых чехлом из плотного полиэтилена на «молнии». «Откуда костюмы? — подумал Валерий Борисович. — Варвара ведь жила одна, и, если верить соседу, никто к ней не приходил».

Он оглядел то, что лежало в беспорядке на полу, поднял с пола фотографию и взглянул на нее: на снимке были запечатлены молодая женщина с девочкой лет двенадцати, которые ярким солнечным днем собирали ягоды с куста смородины и чему-то радовались. Молодая женщина была стройной, красиво улыбалась, но большую часть лица ее скрывали солнцезащитные очки. Вполне вероятно, что именно она и жила в квартире. А кто же тогда девочка?

Валерий Борисович поднял и свадебное фото, которое уже видел прежде. Начал разглядывать свое изображение, пытаясь обнаружить какой-то подвох. Нет, определенно это был он. Только вот костюма такого у него никогда не было. И прическа немного другая. То есть почти такая, какая у него уже много лет, только волосы чуть длиннее и уложены аккуратнее. Он хотел посмотреть и другие снимки, но тут... открылась дверь, и в квартиру вошел капитан полиции.

Это произошло так неожиданно, что Валерий Борисович вздрогнул.

— Предъявите документы. Только без резких движений! — приказал страж порядка.

— Я муж убитой, — представился Ладейников.

— А я — местный участковый капитан Суханов.

Валерий Борисович протянул ему паспорт и заодно свадебную фотографию. Участковый сверил официальный портрет на документе с оригиналом, потом посмотрел на свадебный снимок и сверил его с изображением в паспорте. Пролистнул книжицу и спросил:

— А почему нет штампа о браке?

— Я весной новый паспорт получил взамен утерянного. Забыли поставить, вероятно. Если есть сомнения, позвоните следователю Пименову.

Капитан вернул документ со словами:

— Бдительнее надо быть. Сходите и поставьте...

Потом он, видимо, понял бессмысленность своего совета и добавил:

— Ладно, можете не ставить, раз такое дело. Но на будущее учтите...

Участковый оглядел развал в квартире и покачал головой:

— Не знаете, кто мог такое учинить? А то мне Пименов позвонил, просил зайти, разобраться.

Страж порядка посмотрел на Ладейникова сквозь прищур, пытаясь, видимо, определить — соврет тот или нет.

Но Валерий Борисович лишь молча пожал плечами.

Тогда Суханов сказал:

— Мы тогда вместе с Пименовым квартиру осматривали и потом опечатали. А вы за вещами пришли?

Ладейников кивнул все так же молча.

— Вещички-то дорогие, — согласился капитан. — Шуба вон из норки. Костюмчики мужские фирмы «Бриони». Пименов, когда здесь был, сказал, что каждый по цене, как норковая шуба. Это правда?

Валерий Борисович опять кивнул.

— В спальне под кроватью чемодан, — сообщил участковый. И спохватился: — Хотя вы это не хуже меня знаете.

Валерий Борисович направился в спальню. Следом шел капитан Суханов и наблюдал за его действиями.

— Я уже нашел хозяйку квартиры, — говорил на ходу участковый. — Та сказала, что аренда оплачена до конца года, так что родственники убитой могут пользоваться ею до окончания срока, то есть еще три месяца. Вещей самой хозяйки здесь нет.

Потом он смотрел, как Ладейников запихивает в чемодан норковую шубу, полушубок из чернобурки, мужские костюмы. Помог застегнуть чемодан и сказал:

— Ну, забирайте раз так. Только мне расписку оставьте на всякий случай.

В холодильнике продуктов было немного. Суханов помог упаковать и их. Капитан посмотрел на четыре баночки с черной икрой и вздохнул:

— Живут же люди!

Две баночки Валерий Борисович отдал ему, как и литровую бутылку дорогой водки, обнаруженную в том же холодильнике.

Свадебные фотографии и снимок женщины с девочкой Ладейников положил себе в карман.

ЧАСТЬ ВТОРАЯ

Глава 1

Желающих купить дорогой автомобиль не было. Ладейников с Богомоловым пригнали «Мерседес» на авторынок и теперь стояли возле него, беседуя. Любопытные подходили, осматривали. Некоторые интересовались ценой.

— Пятьдесят тысяч евро, — отвечал Богомолов.

— Ого! — удивлялись любопытные и поскорее отходили.

Потом посетители рынка и вовсе перестали интересоваться дорогим автомобилем.

— Тебя, говорят, опять вызывали, — сказал Богомолов.

— Сам заходил. Мне все вещи ее вернули. И телефон. Они уже его проверили. Говорят — никаких зацепок. Я тоже в записную книжку заглянул. Там немного номеров — парикмахерской, солярия... И всего двоих мужчин. Но она по ним почти не звонила...

— Странная женщина, — согласился Богомолов. — Телефонов подружек нет, деловых контактов, как ты говоришь, никаких... Если она симпатичная, то должны быть телефоны любовников, поклонников, просто мужиков, которые могут зайти... гвоздь в стенку забить, в том числе.

— Меня больше волнуют свадебные фотографии, где и моя личность имеется — в качестве жениха. Но я-то не был на ее свадьбе: ни женихом, ни просто так...

— Если хочешь узнать, монтаж это или нет, дай снимки мне, — предложил Богомолов. — У меня есть один знакомый, который выявит компьютерное совмещение и фотошоп в два счета.

Тут подошел еще один любопытный и начал осматривать машину. Валерий Борисович и Богомолов не обращали на него никакого внимания. Скромно одетый человечек лет пятидесяти сел за руль, завел двигатель и стал прислушиваться.

— Мне эта история все меньше и меньше нравится, — задумчиво произнес Валерий Борисович. — То, что деньги привалили, конечно, хорошо, но просто так ничего не бывает. Вдруг потом потребуют отдать?

— Но машина по документам твоя. То, что при убитой нашли, уйдет на похороны и прочее. Ты никому ничего не должен.

— Просто я привык к тому, что в нашей жизни ничего просто так не бывает, что за все надо платить.

— Успокойся. Ты решил Наташе Орешниковой помочь? Вот и помогай. Или у нас кем-то запрещено хорошие поступки совершать?

— Благими намерениями вымощена дорога в ад, — вспомнил Валерий Борисович.

— Ницше сказал это совсем по другому поводу, — похлопал его по плечу Богомолов.

Ладейников промолчал, удивленный образованностью некоторых майоров спецназа. Отставных, правда.

— А прокатиться можно? — спросил любопытный покупатель.

— Отчего ж нельзя? Всегда пожалуйста, — согласился Богомолов.

Они выехали со стоянки и поехали по городу.

— Автомобилю полгода, — произнес сидящий за рулем покупатель, — пробег семь тысяч, состояние идеальное. Пятьдесят тысяч — цена более чем приемлемая. Машину возьму прямо сейчас. Только вы продадите ее за семьдесят, десятку вернете мне. Устраивает?

— Вполне, — кивнул Богомолов.

Они въехали во двор какого-то дома. Скромный человечек позвонил по мобильному, и вскоре из подъезда вышел помятый мужчина в банном халате. Из-под халата торчали голые волосатые ноги в шлепанцах. Он подошел к машине и спросил сидящего за рулем:

— Как лайба?

— Чистая, — прозвучало в ответ.

Личность в банном халате достала из кармана две пачки и протянула в окно скромному человечку:

— Оформи на себя.

К дому Орешникова друзья подъехали уже на «девятке» — отечественную машину приобрели на том же авторынке, куда вернулись после того, как продали «Мерседес». Валерий Борисович увидел точно такой же автомобиль, какой был у него когда-то — того же цвета и с той же тканью в салоне, и потому заплатил сто тысяч рублей, не торгуясь. Потом заскочили к Ладейникову домой, захватили чемодан и направились к Орешникову.

Бывший толкатель ядра открыл дверь, и тут же в прихожую в кресле на колесиках выкатилась его жена.

— А вот и я! — весело провозгласила Наташа.

Богомолов посмотрел на кресло, потрогал спинку и оценил:

— Хорошая тачка!

— Вчера привезли от спорткомитета, — сообщил Орешников. — Только заставили расписаться, что мы ее продавать не будем.

— А зачем ее продавать? — согласился Богомолов. — Потом твоя жена подарит ее кому-нибудь.

— Хорошая шутка, — улыбнулась Наташа.

Ладейников достал из кармана пакет с деньгами и протянул бывшей гимнастке.

— Вот. Мы тебе, Наташенька, на операцию в Германии собрали.

— Что? — не поняла женщина.

— Тут шестьдесят тысяч евро, — объяснил Богомолов. — На операцию, на дорогу, на проживание, на реабилитацию...

Наташа закрыла лицо ладонями и тихо заплакала.

— Мы не сможем вернуть такую сумму, — едва выговорил Орешников.

— А кто просит возвращать? — Богомолов посмотрел на Ладейникова, и тот кивнул. —

Для нас счастье помочь вам. Какие мы были бы друзья, если б катались на «Мерседесе», а твоя жена на этом драндулете?

— Неправда, — покачала головой Наташа, — очень хорошая колясочка.

— Поужинаете с нами? — предложил Орешников.

— У нас дела неотложные, — отказался за двоих Богомолов.

А Валерий Борисович вспомнил о чемодане, который стоял возле его ног.

— Возьмите, — сказал он, — в дороге пригодится. Скоро похолодает, зима впереди, а у Наташи ничего из верхней одежды. Вот мы для нее кое-что и приготовили.

В чемодане лежали норковая шуба и полушубок из чернобурки.

Глава 2

В помещении ресторанчика было уютно и тихо. А главное — пусто. Николай Михайлович специально его выбрал, чтобы не было посторонних лиц, не гремела музыка и ничто не мешало доверительному разговору. Храпычев не сомневался, что Ладейников согласится на его предложение, только «заломит» цену за свои услуги. Хотя у бывшего друга и появился неизвестно откуда роскошный автомобиль, но как был он лохом, так лохом и остался: наверняка попросит тысяч пять долларов и гарантии того, что его вернут на факультет. Вернуть можно без проблем, а сумму так же спокойно можно уменьшить вдвое... Три тысячи баксов — красная цена для этого дурачка.

Валерий Борисович появился ровно в час дня, как и обещал декану.

— Зачем вызвал?

Храпычев показал на место за столиком, а потом махнул рукой, подзывая проходившую мимо молоденькую официантку:

— Девушка, наши шашлыки готовы?

— Сейчас принесу.

— Прихватите еще свежих овощей, гранатовый сок, два по пятьдесят «Курвуазье» и лимончик.

— Я есть не хочу, — покачал головой Валерий Борисович. — И коньяк не буду: за рулем.

— Так и я тоже. И, между прочим, такую машину, какая у тебя сейчас, ни один гаишник не тормознет.

— Не буду, — твердо произнес Ладейников.

Не будет так не будет. Николаю Михайловичу было абсолютно все равно, что хочет или от чего отказывается бывший друг. Он посмотрел на Ладейникова и постарался придать лицу участливое выражение.

— Не обижайся на меня, Валера, я очень стараюсь вернуть тебя на факультет. Большую работу провожу в данном направлении.

— Тебе доклад для вице-премьера нужен.

— Нужен, конечно, но это не главное. Важнее всего дружба. В былые годы мы ведь неразлейвода были. Вспомни Геленджик хотя бы. Солнце, вино, девушки, с которыми мы тогда познакомились... Как же их звали?

Храпычев потер висок, припоминая.

— Соня и Лена, — подсказал Ладейников.

— Ну да! Помнишь, значит? И я не забыл. Валера, доклад не мне лично нужен. Дело в престиже страны.

— Я же обещал подумать.

— Соглашайся! А я, со своей стороны, гарантирую, что ты вернешься на факультет. Более того, завкафедрой тебя сделаю. А потом первым замом декана. Ну, и денег заплачу... — Храпычев помолчал секунду и выдохнул: — Три тысячи долларов.

Подошла официантка с подносом и начала выставлять на стол тарелки с шашлыками и прочими закусками. Поставила и коньяк в графинчике.

— А почему коньяк в графине? — возмутился декан. — Откуда я знаю, что вы туда налили?

— Простите, сейчас бутылку принесу, — сказала официантка, поставила графин на поднос и ушла.

— Везде норовят облапошить! — продолжал возмущаться Храпычев. — Что за страна!

— Твое предложение мне понятно, но я подумаю еще немного, — произнес Ладейников, поднимаясь из-за стола. И направился к выходу.

— Валера, неделю, не больше! — крикнул ему вслед Храпычев. — Будем считать это крайним сроком!

Ладейников вышел в вестибюль ресторана. Николай Михайлович видел, как отворилась и закрылась дверь.

— Козел, — негромко сказал он. — Еще и артачится! Ну, погоди, Валерик, заплатишь сполна за мои унижения...

Декан посмотрел на барную стойку и крикнул скучающему бармену:

— Любезный, скажите, чтобы один шашлык с моего стола унесли, а коньяку пусть нальют сто пятьдесят.

Варвару Николаевну Ладейникову похоронили тихо. Отпели в церкви, потом гроб довезли до могилы. Священник спокойно и невозмутимо исполнил необходимый ритуал, будто бы не удивляясь тому, что молодую женщину пришли провожать только четверо мужчин. Могилу быстро забросали землей.

«Кто она такая, женщина, которая столь неожиданно вошла в мою жизнь? — думал Ладейников. — Хотя нет, не вошла, а прошла мимо. Даже не приблизилась, но изменила во мне что-то, а я ничего не знаю о ней. Плохая она была или хорошая, добрая или злая? Кого любила и чего желала? Теперь этого не узнать. И какой бы она ни была прежде, ее уже нет. И все же для чего-то Варвара Николаевна появилась в моей жизни... По крайней мере, помогла одному человеку — Наташе Орешниковой...»

Валерий Борисович поднял голову и увидел стоящую поодаль молодую женщину в наброшенном на голову темном платке. Незнакомка смотрела в их сторону, но, перехватив его взгляд, отвернулась.

Когда выходили с кладбища, Валерий Борисович зачем-то оглянулся, однако женщины в темном платке не увидел. Почему ему показалось, что та и сейчас где-то поблизости, непонятно.

Вечером друзья собрались у Ладейникова. Сидели, не торопясь никуда, выпивали, закусывали и разговаривали. Все, как обычно. Убитую женщину почти не вспоминали: что они могли сказать о ней, если не знали ее совсем? Да и пили немного. Разве что Брадис подливал себе в бокальчик французского коньяка, становясь все более и более разговорчивым.

— Пять лет назад я и не предполагал, что у меня такая жизнь будет, — говорил он. — Предприятие мое крепко стояло на ногах, оборот был многомиллионный — я же сырую нефть загонял на НПЗ, получал не деньгами, а нефтепродуктами, затем реализовывал их успешно. А потом начался передел собственности. Меня оч-чень грамотно развели — кто-то от имени моего предприятия перезаключил все договоры. Когда начал разбираться, оказалось, что я и не собственник больше, а вместо моей фирмы какое-то ООО. Я в милицию, в прокуратуру, а у тех ребят все документы оформлены. И вроде как все на законных основаниях. Тогда ж про рейдерство никто и не слышал. Я один суд проиграл, второй... Против меня иски подавались, будто бы я незаконным образом получал прибыль. Жена упросила переоформить всю мою собственность на ее сына от первого брака. Я, конечно, спорить не стал: сделал то, что она просила. А жена тут же ушла и подала на развод. Меня через пару дней — в следственный изолятор по обвинению в мошенничестве и хищениях. До суда дело не дошло: следователь уговорил признать вину и отказаться от встречных исков. Не обманул... Меня выпустили, но, правда, до того почти два месяца прессовали в камере. Вышел — большая квартира продана, взамен пасынок купил мне хрущобу, в которой теперь проживаю. Хорошо, не знали ни он, ни жена бывшая, что я в пригороде коттедж строю. Хотел сюрприз сделать — думал, привезти их сразу во дворец с бассейном и садом. Молчал, и слава богу. Продал тогда недостроенный домик. За гроши, в сущности, отдал. Зато личные долги выплатил и уже пять лет на эти деньги живу. Еще на год хватит. А потом что? Цветной металл по помойкам собирать?

Ладейников увидел лежавший на полке мобильный телефон убитой, взял его и вышел на кухню. Сел за кухонный стол и включил аппарат. Пропущенных вызовов не было, словно никому его хозяйка не нужна. Открыл записную книжку, нашел запись «Сережа — билеты» и набрал номер.

Почти сразу отозвался сладкий голос:

— Аллеу...

— Сережа? — переспросил Валерий Борисович.

— Да-а, это я.

— Мне вас рекомендовала Варвара Николаевна.

— Кто-о?

— Ладейникова.

— Не знаю такую.

— Она у вас заказывала билеты.

— А-а-а... Ну да, на Криса де Бурга. Только за билетами так и не приехала. Я из-за нее сто баксов потерял.

— Как жаль, — притворно расстроился Валерий Борисович. — А мне как раз очень нужен билетик на... Криса.

— На Криса Нормана? Но он только через месяц будет. Рано пока заказывать.

— А на кого у вас сейчас имеется?

— На Криса Кельми, на Криса Ри, на «Агату Кристи», на Кристину Орбакайте...

— А вы только по «Крисам» специализируетесь?

— Да нет же! — возмутился голос. — Я их и сам терпеть ненавижу. Но достойные люди к нам нечасто заезжают. А вообще я могу помочь на Элтона Джона, и на Борю Моисеева, и на Пенкина...

— А как бы нам с вами увидеться?

— Ой, даже не знаю, я сейчас не свободен. — Голос собеседника стал еще более слащавым. — А вы себя опишите.

— Я бы хотел поговорить о Варваре Николаевне...

— Да что вы ко мне пристали с этой бабой? Говорю вам: в глаза ее не видел!

Ладейников отключился, прервав разговор. Нашел запись «Фил» и нажал на «вызов». Некоторое время звучали гудки, потом прекратились. Кто-то принял звонок, но молчал.

— Фил? — спросил Ладейников.

— Кто это?

Голос Фила был вполне мужественным.

— Я от Варвары Николаевны. Она просила передать вам несколько костюмов от Бриони.

— Когда просила?

— Неделю назад.

— Так что ж вы только теперь сообщаете? Я немедленно приеду... Нет, лучше вы привезите ко мне, за такси я заплачу. И за беспокойство.

— Я достаточно обеспеченный человек, чтобы получать с кого-то за мелкие услуги. Сейчас приеду. Только скажите, давно ли вы знакомы с Варварой.

— Полгода. Мы в боулинге познакомились, и она сделала мне предложение.

— Какое?

Фил помолчал, а потом все же ответил:

— Вас это не касается... Я выполнил ее просьбу, а потом видел ее всего два раза. Или три. Я сопровождал ее в клубы...

— Вы хотите получить костюмы? Тогда ответьте на вопрос.

— Она просила меня... Короче, я должен был изображать жениха на свадьбе... Если хотите подробности, то приезжайте с костюмами. Сколько их?

— Диктуйте адрес, — сказал Ладейников.

Валерий Борисович записывал адрес, а в дверях кухни стоял Богомолов, который слышал весь разговор.

— Я с тобой поеду, — сказал бывший майор спецназа. — Во-первых, я только одну рюмочку выпил, а во-вторых, подстрахую, ежели что...

Глава 3

Незнакомый Ладейникову Фил проживал на набережной Карповки. Парадная дверь здания не была оборудована ни замками, ни домофоном. Лифта в старом доме тоже не имелось. Валерий Борисович поднимался по лестнице, глядя на номера квартир. На площадке между вторым и третьим этажами он едва не столкнулся с человеком в куртке с наброшенным на голову капюшоном. Капюшон закрывал половину лица, мужчина спешил и потому заметил Ладейникова, когда уже чуть не врезался в него.

— Простите, — сказал Ладейников и отступил в сторону, освобождая проход у перил.

Незнакомец в куртке ничего не ответил и продолжил движение.

Квартира Фила располагалась на четвертом этаже. Валерий Борисович позвонил, но за дверью было тихо. Он снова надавил на кнопку, опять прозвучала мелодия звонка. И тут заметил, что дверь прилегает к косяку неплотно. Ладейников потянул за ручку, и створка открылась. Затем толкнул вторую дверь и вошел в прихожую.

— Фил, я по поводу костюмов, — громко произнес Валерий Борисович, предупреждая о своем вторжении.

В коридоре горел свет. Из комнаты донесся веселый женский голос:

— Итак, вы видите на экране девять букв, размещенных в произвольном порядке. Необходимо угадать зашифрованное слово. Первый, кто нам дозвонится, получит сто тысяч рублей.

В кресле перед телевизором, уронив голову на грудь, сидел мужчина. Вероятно, он следил за телевизионной игрой и заснул.

— Фил, я звонил вам, — произнес Ладейников, входя в комнату.

Подошел к креслу, коснулся плеча хозяина квартиры, но тот не обернулся и не вздрогнул. Сделав еще шаг, Ладейников заглянул ему в лицо.

Фил не спал — он был мертв. Во лбу у него была ранка — точно такая же, как у убитой женщины в морге.

Ладейников отпрянул и тут же услышал спокойный голос:

— Не дергайся! Одно резкое движение, и ты труп. Руки подними.

Валерий Борисович медленно поднял руки, так же медленно повернулся и увидел в дверном проеме того самого человека в куртке, которого встретил на лестнице. Опущенный капюшон по-прежнему прикрывал его лицо. В вытянутой вперед руке незнакомец держал пистолет с глушителем.

— Ты кто, мужик?

— Просто зашел к Филу, — ответил Валерий Борисович.

— Значит, не повезло тебе, — сказал киллер, — не туда ты зашел. Хорошо я волыну не сбросил. Как знал.

Ладейников увидел, как рот под капюшоном скривился в усмешке. И тут же киллер рухнул на пол. А из коридора в комнату вошел Богомолов.

— Кажется, я вовремя, — обронил он. Наклонился и поднял с пола пистолет с глушителем. — Руки-то опусти.

Ладейников опустил руки и показал глазами на лежащего киллера.

— Сережа, ты что — убил его?

— Да вроде нет. Просто ткнул слегка по почкам.

Мужчина застонал и пошевелился.

Богомолов присел на корточки, откинул капюшон и за ухо оторвал голову киллера от пола.

— Кто тебя послал сюда? Отвечай, а то резать сейчас начну.

— Мне этого Фила заказали... по электронке... Пять штук в камере хранения — аванс, еще пять после выполнения. Мужики, что при мне есть, забирайте. И то, что в камере будет, тоже. Только не убивайте! Я уеду, честное слово. У меня к вам ничего...

Богомолов отпустил ухо и приставил пистолет к голове киллера. Распахнул на нем куртку и быстро обыскал карманы. Вынул бумажник и мобильный телефон.

— Кому должен доложить о выполнении заказа?

— Никому. Заказчик как-то сам узнает. Мужики, не убивайте! Ох, брошу это дело... домой уеду. На Украину.

— А за женщину, убитую неделю назад, сколько получил? — спросил Валерий Борисович, подходя ближе.

— Ничего не знаю... Не моя работа.

— Обманывать нехорошо, — сказал Богомолов, вдавливая пистолетный ствол под скулу лежащего и прижимая его голову к полу.

— Десятку заплатили, — признался киллер. — Это мой обычный тариф. Я скажу, где деньги. Только не убивайте.

— Валера, спускайся в машину, — приказал Богомолов. — А я сейчас...

Ладейников вышел в прихожую, но уйти не решился.

— Иди, — махнул рукой бывший спецназовец. — Я его не убью, обещаю.

Валерий Борисович дошел до площадки третьего этажа и в тот момент услышал два негромких хлопка, вскрик и сдавленные стоны. Посмотрел наверх, услышал быстрые шаги, а потом увидел спускающегося друга.

Богомолов подхватил его под локоть.

— Пойдем быстрее.

— Ты же обещал!

— Жив он, успокойся!

Уже вдвоем друзья поспешили вниз.

Дверь одной из квартир на втором этаже открылась, и на площадку вышел мужчина с мусорным ведром в руке.

— Господа, сигареткой не угостите?

Но они молча пробежали мимо, выскочили из дома на набережную. Подбежав к «девятке», Ладейников открыл дверь и прыгнул в машину, а Богомолов размахнулся и бросил в воду какой-то сверток.

Когда автомобиль тронулся с места, Валерий Борисович спросил:

— Что ты выбросил?

— Лишние вещи, — ответил бывший майор. Помолчал и добавил: — Извини, но я ему коленки прострелил, чтобы не ушел. Его мобильник и хозяйский только что в речку выбросил. И трубку от квартирного стационарного тоже, чтобы подмогу не вызвал. Патроны туда же, в воду. А пустой пистолет на шкаф положил. Киллеру все равно самостоятельно далеко не уползти, так пусть его с уликой возьмут.

Богомолов остановил машину на светофоре и посмотрел на Ладейникова:

— Ручки дверей в квартире я протер. На случай, если ты за них брался. Ты больше ничего не трогал?

Валерий Борисович покачал головой.

— Больше ничего. Кажется...

— Вряд ли у мужика кто-то здесь есть. Его вызвали из другого города ради одного дела — убить твою жену. А Фила до кучи заказали, потому что засветился с твоей бывшей. Прости... Непонятно только, что столько всего вокруг тебя происходит, а самого тебя пока не трогают. Какие-то мысли по этому поводу есть?

Ладейников покачал головой.

— Тогда будем рассуждать так. Незнакомая женщина, ставшая неизвестно как твоей женой, была убита. Потом застрелен человек, изображавший ее жениха на свадьбе. А тебе никаких претензий никто не предъявлял. Значит, дело в той женщине... Может, она пострадала за твою бывшую...

— Я паспорт потерял весной, — вспомнил Ладейников. — Ходил в ЗАГС за свидетельством о расторжении брака и, когда домой вернулся, обнаружил: свидетельство при мне, а паспорта нет. Написал заявление, получил новый и забыл о пропаже. Вероятно, кто-то им потом воспользовался. Но зачем? Я понимаю, если бы попытались получить по моему паспорту кредит в банке...

— Ты говорил, что Лариса твоя во всякие аферы влезала.

— Но только не в криминальные. И потом, она, слава богу, жива и здорова...

— Ты все равно подумай.

Пока ехали к дому, Валерий Борисович пытался вспомнить что-то важное и упущенное, но перед глазами все время вставал направленный на него ствол с глушителем.

Три года назад Ладейников вернулся домой и застал в квартире Храпычева. Николай Михайлович сидел за столом в гостиной и о чем-то увлеченно беседовал с Ларисой. Старый друг был без пиджака, а грудь Ларисы обтягивала шелковая маечка с глубоким вырезом.

— Что отмечаете среди недели? — поинтересовался Валерий Борисович, увидев на столе бутылку французского коньяка.

— Да я так, по старой дружбе заглянул. Думал, тебя застану.

— Ты же меня каждый день на факультете видишь.

— Хотелось посидеть в нерабочей обстановке.

Храпычев посмотрел на наручные часы.

— О-о, восьмой час уже. Засиделся я, однако.

Он снял со спинки стула свой пиджак, быстро надел его.

— Николай Михайлович, еще немного посидите, — попыталась удержать гостя Лариса.

— Нет-нет. У меня дела. Спешу. Как-нибудь в другой раз.

Николай поспешно ушел. Ладейников несколько растерялся: если Коля пришел пообщаться в неформальной обстановке, то почему тут же исчез, как только друг появился?

— Так по какому поводу банкет? — спросил он у Ларисы.

— Банкет будет потом, — ответила она, — а сейчас отмечали наш договор.

Валерий Борисович подошел к столу, по пути прихватив в серванте рюмку. Наполнил ее коньяком. Поинтересовался:

— Какой договор?

— Валера, ты слишком много пьешь, — вздохнула жена.

— Одну рюмочку.

— Все равно тебе вредно. А договор такой: я нашла одного банкира, который очень хочет стать доктором экономических наук. Договорилась с Храпычевым, и он обещал обеспечить успешную защиту.

— А сколько у банкира работ опубликовано? Тему он согласовал? Кстати, о чем его диссертация?

— Он готов заплатить очень хорошие деньги тому, кто за него напишет.

— И такой умник уже нашелся? Храпычев сам будет писать?

— Нет, но я сказала Храпычеву, что ты отдашь ему свою тему.

— Какую тему? — не понял Ладейников. — Ты хочешь, чтобы я отдал свою докторскую кому-то дяде? Так она уже полностью готова, у меня защита через полтора месяца. Если ты думаешь, что все так...

— Напишешь другую, еще лучше, — не дала супругу договорить Лариса, — ты же умный. А мы зато поправим свое материальное положение...

— Нет, нет и нет! Я не собираюсь на своем горбу тащить кого-то в светлое будущее.

— Не надо никого тащить, мы просто получим очень большие деньги. Придется, правда, поделиться с Храпычевым за содействие... И ссориться с ним тоже не стоит: его деканом назначают. До конца месяца утвердят. Он, кстати, и приходил к нам, чтобы это событие отметить...

В то, что новоиспеченного доктора наук Колю Храпычева назначат деканом, Ладейников не поверил. Ведь тот даже профессором не был. И заведующим кафедрой макроэкономики тоже не являлся, а только временно исполнял обязанности. Тем более что заслуженных людей, более достойных, чем Храпычев, на факультете имелось достаточно.

Но деканом Николай Михайлович все же стал. А потом Лариса убедила мужа написать за некоего банкира Осина пару статей и следом продать ему свою докторскую. Банкир, надо сказать, заплатил огромные деньги — пятьдесят тысяч долларов. Правда, половину суммы хотел забрать Храпычев, но Лариса отдала ему только двадцать, заявив, что и так переплачивает, поскольку всю работу проделал ее супруг.

После этого Ладейниковы прожили вместе еще почти два года, в течение которых Валерий Борисович написал еще две диссертации для других банкиров, а еще одну — для владельца строительной корпорации. Работал и по заявке чиновника из мэрии, возглавлявшего комитет по науке, но у того, как выяснилось позднее, диплом оказался липовым. Странно только, что узнали об этом, лишь когда стали искать пропавшие полмиллиарда рублей, выделенные на науку. Деньги так и не нашлись, и от расстройства надумали проверить на подлинность диплом чиновника. Тот в это время отдыхал у себя дома на острове Реюньон, откуда в служебный кабинет решил не возвращаться. Ларисе он тоже больше не звонил, так что полученные женой Ладейникова в качестве предоплаты тридцать тысяч евро возвращены ею не были. О диссертации своей чиновник, видимо, забыл. А зря, тема была неплохой — «Расчет товарной стоимости научных разработок в сфере высоких технологий».

Богомолов и Ладейников поднялись в квартиру Валерия Борисовича, где обнаружили спящего на диване Брадиса. Стол был убран, посуда чисто вымыта. На кухне стоял прислоненный к стопке тарелок на столе листок плотной бумаги с запиской от Аркадия Ильича: «Коньяк допил. Простите». Ладейников взял записку и перевернул. Это была фотография Ларисы, на которой она нежилась топлес в лодке, освещенная лучами яркого солнца.

Глава 4

Вечером следующего дня Валерия Борисовича неожиданно посетил следователь. Пименов сразу сказал, что ненадолго, пообещал задать пару вопросов и сразу уйти.

— Что-то случилось? — поинтересовался Ладейников, едва нежданный гость переступил через порог.

Пименов не ответил. Дождался, когда хозяин закроет дверь, и спросил:

— Где вы были вчера вечером с девяти до одиннадцати?

— Дома. С друзьями поминал жену.

— Не сомневаюсь, что ваши друзья подтвердят ваше алиби.

— Какое алиби? Вы хотите сказать, что и другую мою жену... того?

Следователь не ответил и на этот вопрос. И снова спросил:

— Кому вы звонили вчера с мобильного телефона вашей покойной жены?

— А-а, вы об этом. Нашел у нее в трубке телефонные номера мужчин. Позвонил из чистого любопытства. Один спекулирует концертными билетами, а второй что-то вроде жиголо. Смешно даже...

— Кое-кому не до смеха. Один из тех, кому вы звонили вчера вечером — некий Филипп Андреевич Науменко тридцати четырех лет, около полуночи найден в своей квартире убитым. Я в сводке ночных происшествий увидел, созвонился с коллегами...

— Пива не предлагаю. Может, чайку? — проявил гостеприимство Ладейников.

— Разве вам неинтересно? — удивился следователь. — В квартире Науменко, кстати, нашли не только его тело. Там был еще один труп.

Валерий Борисович был поражен. Но не тем, как быстро Пименов вычислил его: в конце концов, это работа следователя, а тем, что Сергей обманул его. Ведь обещал не убивать киллера! Но, с другой стороны, может, он и правильно поступил. На совести наемного убийцы две человеческих жизни только за последнюю неделю.

И все же Валерий Борисович ответил спокойно:

— Я вчера звонил этому человеку, потом его нашли мертвым — какая связь? Я же не мог убить его по телефону...

— По телефону не могли, — согласился следователь.

Ладейников пошел на кухню, бросив на ходу:

— Я все же поставлю чайник.

Пименов посмотрел на часы и двинулся следом, одновременно рассказывая:

— Вы правы, убитый был и в самом деле жиголо. Вообще-то еще недавно он работал по клубам танцовщиком и стриптизером. Потом обслуживал одиноких дамочек на дому. Его убили выстрелом в голову. Самое удивительное, что убийцу... вернее, тело убийцы нашли рядом. Сначала киллеру прострелили оба колена, и он успел перевязать раны. А потом его задушили. Странно, не правда ли? Сейчас личность последнего устанавливается. Науменко сам никому не звонил. При нем даже телефона не нашли. А звонили жиголо только вы...

— Вы это уже говорили, — перебил бывший доцент. — Простите, но вчера я похоронил жену. И мне менее всего хочется говорить сейчас о каких-то убийствах.

— Вы ничего не хотите сообщить следствию?

Ладейников покачал головой.

— Дело в том, что есть свидетель, который видел двоих мужчин, предположительно вышедших из квартиры Науменко. Он описал их и готов помочь составить фотороботы. Мужчинам около сорока, оба выше среднего роста...

— Я-то тут при чем?

— Киллера убрали за ненадобностью и чтобы следы замести, — начал объяснять Пименов. — Вполне вероятно, что именно он убил вашу жену. Станет ясно наверняка, когда будут известны результаты экспертизы найденного при нем оружия. Пистолет был с глушителем, кстати. Когда киллер выполнил второй заказ, появились чистильщики и обрубили концы.

— Не понял.

— Вполне вероятно, что кому-то надо было избавиться от вашей жены и ее ближайшего окружения. Предположим, теперь эти люди подумают, что самым близким человеком для нее был муж. Улавливаете ход моих мыслей?

— То есть теперь мне надо опасаться покушения? — догадался Валерий Борисович. — И вы пришли, чтобы меня предупредить?

Пименов кивнул, посмотрел на чайник и вышел в коридор. Подошел к входной двери.

— Между прочим, мне звонил участковый Суханов и доложил, что застал вас в квартире жены. Вы что-то взяли там?

— Пару мужских костюмов, норковую шубу, полушубок, фотографии.

— Норковую шубу жены?

— Кроме нее, там никто не жил, — напомнил следователю Ладейников и распахнул входную дверь.

Пименов вышел на площадку.

— Желаю успехов в расследовании, — произнес Валерий Борисович, потянув створку на себя.

Но захлопнуть дверь не получилось: следователь подставил ногу.

— Кстати, как ваш «Мерседес» бегает? — спросил он.

— Наверное, быстро. Я его продал.

— А деньги уже потратили? На что, если не секрет?

— Купил акции «Газпрома».

Пименов убрал ногу и удалился.

Оставшись в квартире один, Ладейников вернулся на кухню, отключил конфорку под чайником, сел за стол, взял в руки вчерашнюю записку Брадиса и увидел, что рука трясется. Неужели он испугался?

Глава 5

Николай Михайлович вошел в приемную руководства банка, опустился в кресло для посетителей, и почти сразу к нему направилась девушка-секретарь.

— Господин Храпычев? — уточнила она.

Декан кивнул.

Девушка улыбнулась:

— Леонид Евгеньевич примет вас минут через десять. А сейчас у него другой посетитель.

Секретарша могла бы и не спрашивать имя посетителя: Николай Михайлович уже не первый раз приходил сюда. К тому же явился ровно на десять минут раньше, потому что лучше не рисковать, опаздывать к такому человеку, как Леонид Евгеньевич Осин, нельзя.

Осин возглавлял один из крупнейших банков региона, был не только председателем правления, но и основным акционером. Он этот банк создавал, развивал и поднимал. Конечно, и находящиеся под началом Осина опытные менеджеры вкупе с консультантами не зря ели свой хлеб.

Года два назад Храпычева познакомила с ним Лариса Ладейникова. Сказала, что известный банкир хочет побеседовать. Встреча, правда, состоялась не в банке, а в элитном клубе. За столиком они были втроем. Причем Лариса сидела к финансисту ближе, чем к нему, и это обстоятельство немного задело Храпычева. «Неужели Лариса спит с ним?» — подумал он тогда и испытал что-то вроде ревности. Но быстро успокоился: если так, то Лариса наверняка знает, для чего банкир пожелал встретиться с известным экономистом. Если у них настолько близкие отношения, то она поможет и ему, как-никак он — ее начальник, недавно назначенный декан факультета. Конечно, Лариса потребует что-то взамен: другую ставку или большее количество часов. Она и на близость с ним пошла наверняка ради какой-то выгоды... Но теперь, вероятно, их недолгая связь оборвется: банкир не захочет ни с кем делить любовницу. Храпычев вдруг вспомнил о Валере: «Интересно, Верблюд догадывается, что жена изменяет ему?»

Но тогда, в клубе, разговор шел исключительно о диссертации, которую для Осина уже подготовил Ладейников.

— Что хоть он за человек? — спросил Леонид Евгеньевич.

Храпычев скривился. Хотел сказать, что таких Верблюдов на свете много. Но, посмотрев на Ларису, дернул плечом.

— Хороший специалист, только корчит из себя непризнанного гения.

Ларису его слова все-таки задели, и она произнесла спокойно:

— Я даже знаю одного декана, за которого Ладейников написал диссертацию.

Николай Михайлович промолчал: уж кому-кому, а не этой дуре говорить — ведь вряд ли кандидатскую сама писала, до сих пор толком семинар у первокурсников провести не может.

— Очень хороший специалист, — повторил он.

Банкир кивнул.

Больше о Ладейникове не разговаривали. Потом, уже после защиты, Осин пригласил и Храпычева, и Ларису, и Ладейникова отметить радостное событие. Вернее, он позвал Николая Михайловича, сказав, чтобы тот захватил с собой Ларису с мужем, но Храпычев решил никого не звать — отправился один в тот самый клуб, в котором и познакомился с Леонидом Евгеньевичем. Вечер прошел замечательно. Именно тогда Осин предложил ему быть его личным консультантом по экономическим вопросам...

Открылась дверь кабинета, в приемную вышел посетитель в темно-сером костюме и светло-сиреневой рубашке. Храпычев отвернулся, чтобы никто не заметил его усмешки: сиреневая рубашка и галстук в желтую полоску — интересно, у кого такой вкус замечательный?

— Знакомое лицо, — сказал он, когда мужчина удалился, секретарше Осина, хотя видел этого человека впервые в жизни.

Девушка кивнула и тихо произнесла:

— Прошкин из городской налоговой.

Тут включился селектор, и послышался голос Осина:

— Там вроде ко мне декан.

— Ждет, — ответила секретарша.

— Пусть заходит.

Храпычев с достоинством направился к двери из беленого дуба.

Осин сидел за огромным столом. Не поднимаясь, он молча, кивком, показал Николаю Михайловичу на кресло. И лишь после того, как декан сел, спросил:

— Понимаете, зачем я вас позвал?

— Догадываюсь.

Храпычев ждал этого вызова, был готов к разговору. На самом деле его вины в том, что банк реализовал находящиеся у него в залоге акции на рынке, нет никакой. Компания просрочила выплату кредита. Банк в любом случае избавился бы от слабых бумаг. Осин спросил совета у декана экономического факультета, и Николай Михайлович посоветовал ему то, что посоветовал бы любой — продавать их с любым дисконтом, ведь потом можно акции вообще не сбыть. Никто и не предполагал, что нефтяники так раскрутятся.

— Ну и как мы решим проблему? — задал вопрос Осин.

— Кто же знал... — вздохнул Николай Михайлович и развел руки в стороны.

— А на то вы и консультант, чтобы знать. И потом, оставьте вашу дурацкую манеру отвечать вопросом на вопрос для студентов. С кого мне теперь получить разницу? Или вы считаете, что банк легко подарит какому-то дяде больше пяти миллионов долларов?

— Фонд возглавляет женщина.

Леонид Евгеньевич посмотрел на Храпычева как на последнего дурака.

— Запомните раз и навсегда: когда пахнет большими деньгами, за каждой женщиной стоит мужчина. А когда на кону очень большие деньги, то серьезных мужчин может быть много.

— С акциями просто форс-мажор случился.

— Форс-мажор — придумка мошенников, а никак не финансовых аналитиков, к коим вы себя причисляете. Если я захочу, вы вернете мне потерянное. Понимаете?

Храпычев кивнул и только потом подумал, что зря соглашается. Но возражать было уже поздно. Да и что говорить? У него таких денег нет и вряд ли когда-либо будут, как бы он ни мечтал о них. Декан посмотрел на Осина, а тот откинулся на спинку своего кресла.

— Только что с вас получишь? Пять миллионов долларов — это ж ваша зарплата лет за восемьдесят. Не так ли?

Храпычев машинально снова кивнул. Осин задумался и почесал ухо.

— Договор на приобретение акций подписывала некая Ладейникова. Вам эта фамилия ни о чем не говорит?

Храпычев пожал плечами.

— Так ли? Некоторое время назад вы через свою знакомую помогли мне с диссертацией. Помните ее фамилию?

— Это разные женщины.

— Но кое-что их все-таки связывает...

Декан поднял на банкира изумленные глаза. Леонид Евгеньевич усмехнулся, но потом взгляд его снова стал жестким:

— Их общий муж.

— Я не знал. — Храпычев был искренне удивлен. — Подумал, однофамилицы, как-то не придал значения. Не такая уж редкая фамилия...

— А вот моя служба безопасности выяснила это. К сожалению, слишком поздно.

— Так вы Ларису не хуже меня знаете... — начал оправдываться Николай Михайлович и тут же осекся.

— Да, она помогла мне подготовить диссертацию, — кивнул Осин. — Вернее, ее муж помог. Я помню это. А вторую его жену как вы отыскали?

— Я никого не искал. У меня на бирже брокер знакомый. Вот он мне и сообщил, что какой-то фонд интересуется бумагами нефтяных компаний, а я вспомнил, что ваш банк пытается избавиться от этих акций. Фамилию этой дамы я поначалу даже и не знал. А Ладейникова, кстати, я все равно уволил недавно.

— За что?

— Спиваться начал. Деградировал полностью. Раньше на его лекциях не вдохнуть было, то есть не пробиться: студенты битком аудиторию заполняли, а теперь... К тому же диссертация, которую вы с таким блеском защитили тогда, не его заслуга. Материал был очень сырым, но я доработал, добавил блеска...

— За что и деньги получили, — напомнил банкир, — причем не маленькие. А сейчас меня подставили на огромную сумму... Как с банком собираетесь рассчитываться?

— Я думал...

— Знать не хочу, о чем вы думаете! — чуть повысил голос Осин, и Храпычеву показалось, что банкир еле сдерживается, чтобы не заорать на него. — Последние события лишний раз подтвердили, что думать вы не умеете. Вы должны были, идя сюда, точно знать, как компенсировать потери банка, а сейчас не надо ничего придумывать. Все равно соврете, и это обойдется вам еще дороже. Если я сказал, что получу с вас пять миллионов долларов, значит, получу. Если я скажу, что получу их через неделю, то, значит, через неделю деньги будут лежать передо мной независимо от того, кто мне их принесет, вы или кто-то другой.

— Мне не собрать таких денег ни через неделю, ни через год, — попытался объяснить Храпычев, — у меня их попросту нет. Я могу только вернуть полученные от вас свои комиссионные. И потом, разве...

— Вы, начиная сотрудничество с банком, подписали договор, в котором четко определены не только обязанности, но и ответственность сторон. Согласно договору если в результате намеренных или случайных действий одной из сторон другой будет нанесен материальный или иной урон, то виновная сторона обязуется компенсировать его в полном объеме.

Храпычев почувствовал, как кровь прилила к его лицу.

— Но у меня при всем желании...

— Возможности есть, — не дал ему договорить Осин, — моя служба безопасности подготовила справку об имуществе, находящемся в вашем распоряжении. Квартира площадью сто тридцать четыре метра на Кронверкском проспекте, автомобиль «Лексус», гараж — это мелочь, конечно. Но вот дом в дачном кооперативе Академии наук с участком земли в полгектара... Дача где у вас, в Комарово? Рыночная стоимость сто тысяч долларов за сотку?

— Дача принадлежит тестю, — тихо произнес Николай Михайлович, — он там проживает постоянно.

Осин не слушал его.

— Конечно, по сто тысяч сотку мы в зачет не примем. Но вот резолюция службы безопасности банка. Зачитываю: «Исходя из всего вышеперечисленного можно с уверенностью утверждать, что заемщик... — Осин поднял глаза с листа бумаги на Храпычева. — Вы уж простите, для них вы просто должник. Итак, продолжаю: «...Заемщик располагает реальными возможностями для погашения задолженности в полном объеме, включая выплату пени и штрафов за каждый день просрочки платежа». То, что я встретился с вами до того, как вам принесли судебную повестку, говорит лишь о том, что я не хочу, чтобы имя видного ученого-экономиста трепали в газетах. А уж тем более имя вашего тестя, члена-корреспондента Академии наук. Уверяю вас, что я получу долг полностью: с вас ли, с вашего тестя или жены, но получу. Плюс судебные издержки...

Декан вышел из дверей банка и подошел к автомобилю. Открыл дверь, сел за руль.

— Что так долго? — надув губки, спросила Юля.

Николай Михайлович даже не обернулся.

— Ты сказал двадцать минут, а тебя не было почти сорок. Как прошла встреча?

Храпычев повернул ключ, мотор заработал — и вдруг взревел. Николай Михайлович вздрогнул: ему показалось, что машина вот-вот взорвется. Потом сообразил, что ногой давит на педаль акселератора. Он молча посмотрел на Юлю. Выражение ее лица взбесило его, и он с трудом сдержался, чтобы не ответить ей грубо. Включил поворотник и медленно тронулся с места, выезжая из ряда припаркованных автомобилей.

— И вообще, — продолжала секретарша, — мне надоело говорить всем, кем я работаю. Может, устроишь меня в банк? Я, между прочим, институт культуры окончила. Могу общественными связями заниматься...

Николай Михайлович смотрел на дорогу и не соображал, куда едет. Он понял, что влип. Выкрутиться невозможно. Будь это не Осин, не его банк, а какой-нибудь другой, можно было бы, наверное, договориться. В конце концов, сходил бы на юрфак, побеседовал бы с деканом, тот и подсказал бы что-нибудь, свел бы с лучшим адвокатом или договорился бы с судьей... Но Осин сам договорится с кем угодно, причем гораздо раньше. Сопротивляться дороже обойдется.

— Ну, и ладно, молчи, — совсем обиделась Юля. — Тогда я музыку включу.

Она протянула руку и включила автомобильное радио.

«— Лучшие друзья девушек — это бриллиа-анты», — заныли мерзкие голоса.

Секретарша не успела убрать руку от приемника — Николай Михайлович ударил ее по ладони, заорав:

— Выруби этот тупизм! И так тошно, да ты еще!

— Останови машину! — закричала и Юля. — Я выйти хочу!

Храпычев подрулил к бордюру и затормозил. Секретарша вцепилась в ручку, пытаясь открыть дверцу, но Николай Михайлович удержал ее, схватив за плечо.

— У меня неприятности, — попытался спокойно объяснить он. — Ты даже представить не можешь какие!

— А мне, думаешь, легко? Ты уже полгода обещаешь развестись. Про нас и так уже болтают на факультете невесть что. Не можешь развестись, придумай, как стать свободным.

— Что придумать? Жену заказать?

— Не знаю. Это ведь ты у нас ученый, доктор наук. Думай!

Юля распахнула дверь и вышла из машины, не прощаясь, с силой захлопнув дверцу.

Глава 6

Было около шести часов, когда Николай Михайлович вернулся домой. На самом деле рабочее время еще не закончилось, к тому же сегодня среда — день приемный. Наверняка под дверями кабинета очередь из желающих пообщаться, и всем чего-то надо. Но декан решил на факультет не ехать. Настроение не то. Да и Юля сбежала. Вообще-то Храпычев планировал сегодня отдохнуть в ее квартирке, которую оплачивал, но и это пришлось отложить.

Нина, предупрежденная, что супруг вернется не раньше одиннадцати из-за ректорского совещания, вышла в прихожую и поцеловала его в щеку.

— А я думаю, кто пришел... Почему так рано? Заседание отменили?

Храпычев кивнул и опустился на стул, чтобы снять ботинки.

— Тогда я сейчас на стол накрою. Есть хочешь?

— Ничего не хочу.

— Что-то случилось?

— Что вы все ко мне пристали? — буркнул Храпычев. — Ничего не случилось.

— Как дела на факультете? — Жена продолжала мучить вопросами. — Как там Валера Ладейников?

Храпычев скинул ботинки, сунул ноги в шлепанцы и встал со стула.

— Валеру уволили.

— Ка-ак? — удивилась Нина. — И ты не смог отстоять?

— Ничего не мог сделать. Его за систематическое пьянство выперли. У нас к этому, сама знаешь, как относятся. Слава богу, он согласился написать заявление по собственному желанию.

Нина заглянула мужу в глаза и не поверила.

— Мне-то не ври...

Храпычев поплелся в свой кабинет. Плюхнулся в кресло и включил телевизор. Но жена не оставляла его в покое — вошла следом, встала напротив. Пришлось телевизор выключить.

— Признайся, это твоих рук дело.

— Зачем мне увольнять Ладейникова?

— Потому что ты ему всегда завидовал. Он — талант, а ты... — Нина задумалась, выбирая слова помягче. — Ты — обычный человек. Ему после аспирантуры сразу на кафедре предложили остаться. Ты же к моему отцу побежал просить. По дороге, правда, в любви мне признался.

— Ага, целую ночь признавался.

— Так это я дура была. Тогда казалось, что старой девой останусь. Но уж лучше было одной жить, чем твои постоянные измены терпеть...

— Какие измены? Побойся бога!

Николай Михайлович, не поднимая глаз на жену, поднялся из кресла и стал смотреть по сторонам, выбирая, что бы взять в руки. Увидел книгу и схватил ее. Снова опустился в кресло и открыл том, желая показать, мол, он занимается делом, а Нина лезет к нему с пустяками.

— Если бы не Валера Ладейников, — продолжала супруга, — ты не стал бы ни кандидатом, ни уж тем более доктором наук... Если бы не мой отец-проректор, ты... Отец даже за городом согласился жить, чтобы эту квартиру нам оставить...

— Там ему хорошо — свежий воздух. Только при чем здесь какие-то мифические измены?

— Да ладно тебе, я все знаю... Хотя нет, не все, конечно. Но про Валеркину жену, про магистрантку в прошлом году, которая тебя потом пыталась шантажировать, мне известно. Теперь вот секретарша Юленька... А полгода назад ты прямо сюда, в квартиру моих родителей, привел какую-то даму...

Храпычев посмотрел на жену, изображая удивление и возмущение ее несправедливостью.

— Какую даму? Та вообще была деловая знакомая... Один раз и видел всего.

Николай Михайлович опустил книгу и только сейчас заметил ее название — «Лечение эректильной дисфункции». Отбросил издание в сторону: откуда здесь эта гадость? Вероятно, Нина подбросила.

— И в самом деле зачем ей — такой... — Жена задумалась, подбирая слово. И усмехнувшись, закончила фразу: — Такой огрызок.

Затем Нина вышла из кабинета. Храпычев взял пульт и включил телевизор. Но что происходит на экране, не видел — вспоминал тот случай, который упомянула жена.

Это произошло в начале лета. Храпычев вернулся домой, пропустил в квартиру молодую женщину в светлом замшевом костюме, затем вошел сам. Жена вышла его встречать, увидела, что муж не один, и растерялась. Может быть, оттого, что не ждала гостей, и посторонний человек застал ее непричесанной, в домашнем халате.

— Моя супруга Нина, — представил ее Храпычев спутнице. — А это Елена Александровна, президент благотворительного фонда. Мы с ней сегодня познакомились на экономическом форуме в Ленэкспо.

— Очень приятно, — попыталась улыбнуться Нина и опустила глаза.

Тут она увидела, что гостья пытается расстегнуть усыпанный кристаллами Сваровски ремешок замшевой туфельки, и замахала руками:

— Нет, нет, не надо разуваться...

Николай Михайлович повел новую знакомую в гостиную, а та, прежде чем войти в комнату, оценила квартиру:

— Очень уютно у вас.

— Стараемся, — согласился Храпычев. — Вообще-то это старый дом, здесь когда-то дед жены жил, а за стеной была квартира писателя Горького. А еще в разные годы в нашем доме проживали адвокат Кони, популярный писатель граф Салиас, изобретатель телевидения Зворыкин и много других знаменитостей...

Они расположились у стола, и разговор, начатый в кулуарах экономического форума, продолжился.

— О причинах мирового финансового кризиса сейчас говорят все, кому не лень, — вещал Храпычев, — и почти все сходятся на том, что он явился непредсказуемым. Однако я еще в годы обучения в аспирантуре опубликовал работу о том, что Россия, войдя в мировое экономическое пространство и став частью этого пространства, рискует оказаться самым слабым звеном в сложившейся финансовой цепочке, любой сдвиг в системе вызовет у нас землетрясение... То есть, еще будучи совсем молодым, я предсказал нынешний кризис...

— Интересно, каким вы тогда были, — улыбнулась гостья.

— Так я могу показать фотографии тех лет, — встрепенулся Николай Михайлович.

Он достал альбомы, а в комнату вошла Нина, которая принесла торт и поставила его на стол.

— За чашками пойдешь, захвати фотографии со свадьбы Ладейникова, — сказал ей Николай Михайлович.

Нина немного удивилась просьбе, но промолчала и вышла.

Гостья рассматривала снимки, а Николай Михайлович комментировал:

— Это я на конференции в Праге, стою на Староместской площади у памятника Яну Гусу, которого там же и сожгли... Яна Гуса, разумеется, а не памятник. А вот я после второго курса в стройотряде с другом... Мы в Коми дороги строили, а рядом работали уголовники из расконвоированных и поселенцы... Страшные люди! Приятель, правда, пытался с ними заигрывать — лекции им читал по экономике... Фото сделано на одной такой лекции.

— Его внимательно слушают, — заметила Елена Александровна.

— Валерка умел языком молоть.

Гостья взяла в руки полароидный снимок.

— А здесь кто?

— Как раз тот самый Ладейников. В Геленджике, где мы отдыхали. А вот я рядом. Видите, какой молодой и стройный.

— Прямо Аполлон, — кивнула Елена Александровна, вглядываясь в фотографию. Потом отложила снимок в сторону, перевернув его.

— Зато сейчас почти Зевс, — пошутил Николай Михайлович.

В комнату вернулась Нина с подносом, на котором стояли чашки из старинного китайского сервиза. Под мышкой Нина несла небольшой альбомчик. Храпычев глазами показал жене на дверь.

Нина наклонилась и шепнула ему на ухо:

— Ты не Зевс, ты сейчас на сатира похож.

Елена Александровна сделала вид, что не расслышала, и начала листать альбом.

— Чья это свадьба?

— Ладейников женится, я его свидетелем был.

— Симпатичная девушка. Ваш друг, вероятно, очень счастлив в браке. Дети у них есть?

— Никого у Валерки нет. Да и жены тоже уже нет, развелись недавно. Прожили вместе недолго. Лариса была аспиранткой и окрутила его. Хваткая девушка. А Ладейников, когда она ушла, как-то сник сразу, пить начал. И правда, зачем такой неудачник Ларисе? У нее на жизнь вполне определенные планы.

— Вы ее хорошо знали?

Храпычев кивнул.

— Как любого сотрудника моего факультета. Она пыталась, конечно, сблизиться, но я против служебных романов...

В комнату из коридора заглянула Нина.

— Коля, можно тебя на секундочку?

Храпычев извинился перед гостьей и пошел к жене. Через пару минут появился снова, держа бутылку шампанского.

— Может быть, по бокальчику за знакомство?

Но Елена Александровна поднялась, взяла сумочку и застегнула ее.

— Спасибо, в другой раз. Я спешу, у меня сегодня еще много дел.

Николай Михайлович проводил гостью до дверей. Они договорились встретиться завтра на форуме и поужинать вместе, но больше не виделись: Елена Александровна на заседаниях не появилась. Зато Николай Михайлович познакомился с другой, не менее респектабельной дамой — бывшей соотечественницей, которая прибыла на форум из Америки для налаживания деловых контактов и выгодного вложения капиталов. Именно ей Храпычев предложил акции нефтяной компании, заложенные банку Осина в качестве обеспечения кредита. Кто ж знал, что она окажется второй женой Верблюда? И кто мог предполагать, что обесцененные бумаги так резко подскочат в цене?

Николай Михайлович вспомнил разговор с банкиром, вспомнил свой испуг и почувствовал, что спина похолодела снова. Страх никуда не ушел, вцепился в его сознание еще крепче, вонзил когти в грудь и пытался вырвать перепуганное сердце. «Не убьют же меня, в конце концов, — попытался успокоить себя Храпычев. — Но арест на имущество могут наложить. Но ведь у меня ничего нет. Квартира тестя и жены, я только зарегистрирован по этому адресу. Дача принадлежит тестю. Скорее всего, академик не будет упираться и продаст ее, если зятя прижмут. А если не продаст? Что, если скажет: разбирайся сам, я и так слишком много для тебя сделал? Ждать, когда он умрет? Но ему только семьдесят два, к тому же мужик крепкий... А вдруг Нина, узнав о долге, подаст на развод? Нет, вряд ли. На такую подлость она не способна».

И вообще, почему он поспешил жениться? Вон Ладейников строит из себя ученого мужа, а сам таких баб находит где-то... А теперь спокойно раскатывает на «Мерседесе», ни о чем не тревожась и посмеиваясь над ним, бывшим другом Колей Храпычевым.

Глава 7

Пименов опять не предупредил о своем приходе. Валерий Борисович впустил следователя, и тот не нашел ничего лучшего, как заявить, что просто проходил мимо.

Ладейников в ответ тоже соврал, сказав, что очень рад его видеть.

— Я буквально на пару секунд, — заверил Пименов.

Хозяин квартиры с улыбкой посмотрел на часы:

— Засекаю время.

— Хорошая у вас работа, — начал издалека следователь, — как ни загляну днем, вы все время дома.

— А я докторский отпуск взял, решил диссертацию закончить. Ко второму семестру постараюсь освободиться. Нет, так с будущего учебного года вернусь к преподавательской деятельности.

— Можете не спешить: ведь вы теперь состоятельный человек, — напомнил Пименов. — Зачем вам обучать лоботрясов тому, что им вряд ли пригодится?

— Вопрос спорный, — не согласился Валерий Борисович, но не стал больше ничего говорить.

— Ладно, — вздохнул следователь, — перейдем к делу, времени у меня и правда немного. Я получил результаты баллистической экспертизы. Выяснилось, что ваша жена и Филипп Науменко застрелены из одного пистолета. Личность киллера тоже установлена. Он из Киева, и украинские коллеги уже переправили нам обширное досье на него. В Украине на нем семь заказных убийств. Теперь проверяем причастность его к преступлениям на территории России. Серьезный преступник оказался.

— Очень рад, что вы его обезвредили...

— Не надо иронизировать, Валерий Борисович, — покачал головой Пименов, — вам же прекрасно известно, что наша оперативная служба здесь ни при чем. И следствие тоже.

— А уж я тем более.

— А у вас какие-нибудь новости есть?

Ладейников пожал плечами. А потом сказал:

— По моим предположениям, правительство и Центробанк должны сейчас провести денежную эмиссию, чтобы поддержать рост производства, сделав деньги более доступными. Вполне вероятно, стоимость кредитов несколько возрастет, однако ликвидность их тоже повысится, потому что одновременно с появлением свободных средств поднимется покупательная способность населения. А поскольку цена недвижимости сейчас наиболее низкая за последние три года, то есть смысл покупать жилье. Подумайте!

— На какие шиши? Вы знаете, какой у меня оклад?

— Так вы сами пошли в следователи. Не нравится — перейдите в ГИБДД. У меня сосед по дому как раз оттуда: и в зной, и в стужу всегда на посту. И всего за двенадцать тысяч рублей в месяц. У нас на факультете уборщица больше получает. Только уборщица приезжает на работу на метро, а у моего соседа два новеньких автомобиля, и оба — немецких. Жена его, кстати, не работает.

Пименов не стал больше задерживаться. Попрощался и отбыл восвояси. Валерий Борисович вернулся к рабочему столу и почувствовал раздражение от того, что и каким тоном наговорил следователю. Стало стыдно, захотелось даже побежать и догнать Пименова, чтобы извиниться. В конце концов, человек делает порученное ему дело, а какой-то отставной доцент учит его, как жить. Но не побежал. Бесполезно. Тот ведь рассказывал, что в молодости занимался бегом, значит, ходит быстро. Но не в том дело. Просто люди, встречаясь, ведут себя так, словно каждая их встреча — последняя, и нужды в другом человеке нет, если он такой же, как ты, безответный и неприкаянный.

Потом Ладейников вспомнил о предложении Храпычева насчет доклада для вице-премьера и понял, что хотел бы подготовить его. Тем более и придумывать ничего не надо. У него давно уже все готово.

Пименов зашел в дешевое кафе и сразу увидел сидящего за угловым столиком Орешникова. Бывший толкатель ядра с двумя приятелями занимали половину стола. Пименов опустился на свободный стул.

— Добрый день, — поздоровался он с Орешниковым. И спросил: — С друзьями познакомите?

— Это следователь, который ведет дело об убийстве Валеркиной жены, — объяснил Александр друзьям.

— Капитан Пименов, — назвал себя следователь.

— Майор Богомолов, — сказал один из сидящих за столом.

— Аркадий Ильич Брадис, — представился другой, похожий на галчонка, постаревшего до времени. — А у вас к нам какой-то интерес?

— Имеется пара вопросов.

Пименов достал из кармана блокнот и ручку.

— Хм, я думал, что следователи по кабинетам сидят, — заметил Богомолов.

— Волка ноги кормят. А вы майор чего? Каких войск?

— Пожарно-технических.

— Сергей в спецназе служил, — уточнил Орешников, — по ранению комиссован.

— Кажется, припоминаю, — кивнул следователь, — в сводке происшествий мне попадалась ваша фамилия. Год назад с кем-то на улице подрались, так?

— Я никогда ни с кем не дерусь, — спокойно отреагировал майор.

— Господин следователь, — произнес Брадис, — в прошлом году Сережа задержал уличных грабителей. Ему из ГУВД в подарок часы прислали.

— Точно! Трое грабителей потом два месяца в больнице лежали, я к ним ездил показания снимать. Но ребятки ртом не могли шевелить, их через трубочки кормили... — Пименов бросил взгляд на широкое запястье майора. — Кстати, а где часы?

— На почте, — равнодушно обронил Богомолов и отвернулся, чтобы посмотреть за окно.

Но следователь словно и не ожидал иного ответа. Пименов посмотрел на Орешникова, потом на Брадиса.

— Вы, вероятно, догадываетесь, какие вопросы я хочу задать?

— Естественно, — кивнул Аркадий Ильич. — И вот вам ответ на первый из них: в день убийства жены Валерия Борисовича мы все, — Брадис показал на Орешникова и Богомолова, — сидели здесь в компании нашего уважаемого друга, доцента Ладейникова.

Пименов обернулся на официантку, протиравшую столешницы. Аркадий Ильич, перехватив его взгляд, продолжил:

— Кстати, именно Люся тогда работала, она может подтвердить.

— Не сомневаюсь. Пойдем далее. Вы хорошо знали убитую Ладейникову?

Брадис умехнулся.

— Господин следователь, это уже вопросы интимного характера, поэтому я воздержусь от ответа.

— Мы и первую-то его жену видели всего несколько раз, — подал голос Орешников, — а про эту... Ну, знали, конечно, что Валера женат...

Богомолов перестал смотреть в окно и тоже подключился к разговору:

— Он не успел познакомить с ней. Да они и не вместе жили последнее время.

— Что абсолютно их личное дело, — поддержал его Аркадий Ильич. — Вы бы, господин следователь, лучше самого Валерия Борисовича спросили.

— Я только что от него. Специально заходил, чтобы не оскорблять достоинство уважаемого человека повестками в полицию.

Пименов поднялся.

— Не смею вам мешать. Счастливо оставаться.

— А может, пивка с нами выпьете? — поинтересовался Брадис. — Вам заказать?

— Ну что вы, что вы...

Пименов направился к дверям, но, не сделав и пары шагов, повернулся к Богомолову и остановился.

— Чуть не забыл. Вы, товарищ майор, где были позавчера вечером около двадцати двух часов?

Сергей прищурился, словно припоминая.

— Днем мы хоронили жену Валеры. А весь вечер потом ее поминали. Я сразу от Ладейникова, никуда не заходя, пошел домой, но это уже после полуночи было.

К столику подошла официантка Люся, вооруженная тряпкой.

— Ну, чего ты неправду говоришь? Ты сюда пришел как раз в десять часов вечера. Взял два пива и чуть на столе не уснул. Еле выгнала тебя.

Официантка начала яростно протирать столешницу, бормоча себе под нос:

— Убирай тут потом за вами... Прямо ненавижу вас всех!

— Спасибо, Люся, — поблагодарил Пименов женщину, — все бы были такими честными, как вы.

— Такие честные только прислуживают, столы да полы моют. А другие в банках сидят. И еще в казино.

Пименов вышел из кафе. Богомолов посмотрел в окно, как следователь спешит, перебегая дорогу, и обернулся к официантке:

— Спасибо, подруга. Принеси нам еще по кружечке. А себе возьми шоколадку.

Глава 8

Утром Николай Михайлович ехал в университет, когда позвонили из банка и сказали, что Леонид Евгеньевич Осин готов побеседовать с ним через полчаса в своем кабинете.

— К чему такая спешка? — притворно удивился Храпычев. — Ведь только вчера я его консультировал. У меня и свои дела имеются...

Но позвонившая декану девушка уже отключилась, словно его ответ — сможет он прибыть или нет к назначенному времени — ее не интересовал вовсе. Ей приказали, она позвонила, только и всего. Да и Николай Михайлович пытался возмутиться из гордости, прекрасно понимая, что не в его интересах откладывать встречу. Но и спешить на нее — приятного мало.

И все же он успел. А потом сидел в приемной двадцать минут. И девушка, которая улыбалась ему накануне, предложила кофе. Вероятно, она же и звонила, когда он спешил на утреннее заседание кафедры, которую продолжал возглавлять, даже став деканом. От кофе Храпычев отказался, сидел, поглядывая на настенные часы. За эти двадцать минут в кабинет председателя правления заходили несколько человек, а Осин словно и не вспоминал, что в его приемной сидит известный экономист, к мнению которого прислушиваются и которому поручено подготовить важнейший доклад для выступления представителя России на мировом экономическом форуме.

Наконец секретарша, ехидно улыбаясь, объявила:

— Леонид Евгеньевич готов вас принять.

Но ведь Осин ничего не говорил ей по селектору — Николай Михайлович бы услышал. Выходит, банкир специально мурыжил его в своей приемной, лишний раз давая понять, кто тут главный. Храпычев понял это, и внутри у него все содрогнулось от ужаса. Суд в данной ситуации — меньшее из зол. Хотя... Пойдут слухи, пострадает деловая и научная репутация. Скоро на него будут показывать пальцем: «А, это тот самый декан экономического факультета, который подставил известный банк на многие миллионы». И ведь именно так и скажут! Причем каждый, не зная точной суммы потерь банка, будет называть совсем невероятные — пятьдесят, пятьсот миллионов... Потом кто-нибудь скажет: «А кому нужен такой декан? Чему может научить такой специалист студентов?» И тесть не сможет помочь. Да и захочет ли? А сколько придется потерять денег! Об этом лучше совсем не думать. Ведь как тяжело эти деньги достаются! За последние годы он скопил едва ли больше шестисот тысяч долларов. А теперь...

Храпычев подошел к белой двери, посмотрел на нее и съежился от страха. Он увидел перед глазами бездонную пропасть, которая надвигалась на него, собираясь поглотить.

Такое уже было однажды. Год назад, когда они с Ниной отдыхали в Пиренеях. Жена стала уговаривать его прыгнуть с тарзанки, а перед этим сиганула в пропасть сама. Потом поднялась снова и подошла к нему, потягивающему из горлышка бутылки пиво «Сан Мигель» со словами:

— Теперь твоя очередь, Коля.

Ему пристегнули страховку. Он встал на край мостика, глянул вниз и едва не потерял сознание от того, что увидел далеко внизу. Там его караулила смерть, липкая и страшная. Поджидала везде — за каждым камешком ущелья, в блеске горной реки, весело бегущей с горы в царство мертвых, в солнечных бликах, в тени облачков, пробегающей по дну ущелья...

— Давай! — крикнула Нина.

И он бросился... прочь от края бездны. Сначала попятился, а потом побежал, пытаясь отстегнуть пояс, запутался и упал. Ему помогли подняться, отстегнули трос, и Нина увела его. Никто не смеялся. Только какой-то испанец сказал тихо:

— Холипуто.

И теперь он смотрел на дверь, понимая, что бежать некуда.

Дверь перед ним открылась — Николай Михайлович стремительно полетел вниз.

Он сидел в кресле, смотрел на Осина, который что-то говорил. До сознания доходили лишь отдельные фразы, которые к Николаю Михайловичу не имели никакого отношения.

— Вчера я сказал, что даю неделю, но ситуация кардинально изменилась... иск уже готов... вы можете, конечно... но не советую...

Вдруг Храпычев понял, что он вспотел. Потрогал лоб и ощутил влагу под своими пальцами.

— Я, кажется, заболел, — сказал он. Это была единственная возможность улизнуть. Надо взять больничный лист, спрятаться, уехать. —

Если можно, давайте вернемся к этому разговору позже...

— Деньги, акции, векселя, любые средства платежа, — не дал ему договорить Осин, — все приму. Возможен расчет нематериальными активами. И нужные связи приму в зачет. Если вы меня выведете на руководство Министерства финансов или Счетной палаты, поможете установить с кем-либо из руководителей этих организаций приятельские отношения, то я готов списать часть долга или даже долг полностью, в зависимости от возможностей лица, с которым вы меня сведете.

Николай Михайлович слышал голос Осина очень ясно. Теперь он понял, чего от него хотят. Его хотят взять в рабство. Что ж, унизительно, конечно, но не так страшно. В конце концов, в Древнем Риме рабам жилось неплохо: среди рабов были и ученые, и ростовщики, многие рабы имели своих рабов и наложниц... Но все равно надо тянуть время.

— У меня нет там близких знакомств, — покачал головой Храпычев.

Николай Михайлович хотел сказать, что так высоко взлететь не может, и тут вспомнил о докладе для вице-премьера. Вот он, шанс! Посмотрел на банкира и кивнул. Осин, который уже открыл рот, чтобы произнести еще какую-то угрозу, замолчал и посмотрел на него внимательно.

— Я согласен, — произнес декан. — Дело в том, что я получил заказ — необходимо составить доклад для вице-премьера правительства, который хочет выступить на экономическом форуме в Давосе в январе. Доклад этот очень важен для вице-премьера, для всей страны. От его убедительности зависит приток инвестиций в Россию. Западные инвесторы должны удостовериться, что последствия мирового финансового кризиса у нас преодолены полностью, что они могут без опаски вкладывать средства в нашу экономику. Вполне возможно, с докладом в Давосе будет выступать премьер или же президент страны.

— Вы напрямую общаетесь с вице-премьером? Или через посредника?

— На меня вышел его помощник. Мы с ним уже дважды встречались, и я дал гарантии, что подготовлю доклад в срок. Причем он будет исключительным по содержанию и очень аргументированным.

— Неужели в аппарате вице-премьера... — удивленно заговорил банкир.

Но Николай Михайлович не дал Осину закончить фразу:

— Ни в аппарате премьера, ни в Институте мировой экономики не нашлось ни одного специалиста, который бы решился на такое утверждение. К тому же все эти горе-специалисты считают, что последствия кризиса еще долго не дадут нашей экономике развиваться нужными темпами, несмотря ни на какое вливание западных капиталов.

Осин задумался.

— А вы, стало быть, в одиночку сможете подготовить такой доклад?

— Нет, — признался Николай Михайлович, — в одиночку невозможно. Будет трудиться большой коллектив лучших специалистов...

Банкир встал и не спеша направился через кабинет к двери. Храпычеву вдруг показалось, что Осин сейчас выйдет или просто высунется в приемную и позовет кого-то, кто не будет слушать рассказы декана о вице-премьерах, докладах, а просто начнет прямо здесь выбивать из него долг.

Осин дошел до белой двери и повернул назад.

— Гарантии, гарантии, гарантии... — произнес он себе под нос. — А потом устремил взгляд на Храпычева. — Хорошо. Значит, вы отдаете мне помощника вице-премьера. Сведите нас напрямую, сказав, что именно я со своими людьми буду делать доклад. Мол, сами вы со своим коллективом не справитесь, точно так же, как не справятся с ним специалисты из Института мировой экономики, но готовы помогать мне.

— А как же...

— Сделаете — обещаю, что никаких претензий к вам, никаких разговоров о том, что вы опустили банк на пять с лишним миллионов долларов, не будет. Согласны?

Храпычев понял, что спорить бесполезно. И он кивнул. В конце концов, готовить-то доклад станет он... то есть Ладейников, конечно... но Осин ведь знать об этом не будет.

— Я согласен. Только если вы даете гарантии, что никаких финансовых претензий ко мне больше не будет.

Глава 9

Ладейников спешил домой. Час назад ему позвонил какой-то соискатель, который представился Станиславом Ивановичем и сказал, что у него через полгода защита, а диссертация очень сырая, а потому он просит «причесать текст» и, по возможности, доработать.

Сначала Валерий Борисович хотел отказаться, но потом понял, что деньги, которые достались ему от убитой, скоро закончатся, и все равно придется хвататься за любую работу. Так лучше уж сейчас, а то потом подобных предложений может и не быть. Тем более что заработать можно прилично. Сколько точно, Ладейников не знал, но помнил, как Лариса без зазрения совести называла таким людям невероятно высокую цену, и те соглашались.

— Тема вашей диссертации? — спросил Валерий Борисович.

— Пути преодоления последствий мирового финансового кризиса.

— Хорошо, — согласился Ладейников, — подъезжайте ко мне. Захватите все материалы.

Он назвал свой домашний адрес, и на том телефонный разговор закончился, после чего Ладейников вернулся к своему столу и задумался. Тема чужой диссертации показалась ему более чем обширной, но удивило не это: за короткое время ему уже второй раз пытаются ее подсунуть. Сначала от друга Коли поступило предложение подготовить доклад для правительственного чиновника, а теперь какой-то незнакомый ему Станислав Иванович взялся за нее. Понятно, что тема актуальная, но сейчас кто только не пишет о последствиях финансового кризиса: достаточно залезть в Интернет, чтобы увидеть, что желающих научить человечество жить в посткризисную эпоху едва ли меньше численности самого человечества. Правда, пишут по большей части ерунду или пытаются раскрыть сущность частных моментов, а во всем остальном повторяют друг друга. Написать для кого-то диссертацию, конечно, можно — дело несложное, тем более не впервые придется это делать. К тому же Станислав Иванович сказал, что она уже есть, только сырая. Да какая бы ни была — тема изученная: сам в последние три года ею занимался и свою докторскую тому же самому посвятил. И материалов собрал больше, чем нужно. Так что есть, чем поделиться. К тому же денег заплатят. Даст бог, год протянуть можно, а за это время попытаться найти новое место работы. Хорошо, что он не женат, иначе стыдно было бы перед женой сидеть дома, ссылаясь на любовь к написанию статей. К сожалению, гонорары за статьи небольшие, на них не проживешь...

Вот об этом размышлял Ладейников, сидя за столом и время от времени набирая на компьютере приходившие в голову умные мысли. Потом решил перечитать их, и когда дошел до фразы: курящий экономист вдвойне достоин осуждения, так как не умеет экономить ни собственное здоровье, ни деньги, — заметил, что сигаретная пачка, лежащая перед ним, пуста. Тогда он побежал за куревом, торопясь успеть до прибытия Станислава Ивановича.

Подошел к ларьку, а следом подъехала и остановилась легковушка. Ладейников сначала не обратил на нее внимания, но, уже купив сигареты, вдруг сообразил, что эта машина медленно двигалась за ним от самого дома. И сейчас из нее никто не выходил. Он обернулся и пошел к автомобилю, до которого было не более десятка шагов. Едва успел увидеть сидящую за рулем женщину в темных очках, как та нажала на газ, сорвалась с места и быстро уехала. Ладейников даже не понял, не разглядел, какая женщина была — молодая или старая. Впрочем, он тут же забыл о странной машине и поспешил домой, но тут встретил Брадиса. Приятель попросил до вечера сто рублей и сообщил, что ему позвонили какие-то риелторы, которые предложили обменять его смежную двушку на меньшую квартирку, но с очень хорошей доплатой. Риелторы хотели приехать к нему домой, однако Аркадий Ильич назначил им встречу в кафе.

Они как раз мимо кафе и проходили. Брадис даже в окно заглянул, чтобы проверить, не приехали ли риелторы. Валерий Борисович дал другу две сотни, а в тот момент, когда убирал в карман бумажник, рядом остановились два черных внедорожника. Из первого вышел крупный парень лет тридцати, из второго еще двое. Троица направилась к Ладейникову и Брадису.

— Валерий Борисович, мы к вам с разговором, — сказал крупный.

Но ответил Аркадий Ильич:

— По какому вопросу? И вообще, прием на сегодня закончен.

Человек, обратившийся к Ладейникову, мотнул головой, указывая на Брадиса, и вышедшие из второй машины, осторожно взяв того за плечи, переставили Аркадия Ильича в сторону на несколько шагов.

— Ты бы помолчал, дедок, — пробурчал один из них, — а то нам может надоесть быть вежливыми.

Человек, который обратился к Валерию Борисовичу, протянул ему визитку и продолжил:

— Я директор охранной фирмы «Рубикон». Мы сотрудничали с вашей женой, охраняли ее бизнес.

Ладейников посмотрел пару секунд на визитку, затем опустил ее в карман.

— Дело в том, — с озабоченностью в голосе произнес директор фирмы, — что Варвара не до конца рассчиталась с нами. И потом...

— Вы охраняли ее бизнес? А ее саму?

— Я понимаю, — уже с печалью заговорил молодой человек, — трагедия и все такое... Но мы не за долгом пришли. Просто на предприятии были чужие деньги, и мы бы хотели...

— А я-то здесь при чем? Вы охраняли предприятие с чужими деньгами. Охраняли руководителя этого предприятия. Потом руководителя убивают, а деньги, судя по всему, пропадают. Это у меня должны быть к вам вопросы. Простите, но я спешу, у меня назначена важная встреча.

— Мне кажется, вы, Валерий Борисович, совершаете большую ошибку, отказываясь разговаривать с нами.

Ладейников посмотрел на часы, повернулся и махнул рукой Брадису:

— Аркадий Ильич, пойдем! — А тому, кто дал ему визитку, сказал: — Освобожусь, позвоню. До свидания.

Когда Ладейников и Брадис немного отошли, директор охранной фирмы достал из кармана мобильник и начал набирать номер. Двое тех, что отодвинули Брадиса, подошли к нему. Один сплюнул на асфальт, сопроводив плевок словами:

— Во уроды! Так, что ли, их отпустим? Может, догоним и по рогам насуем?

— Здесь свидетелей до фига, — ответил назвавшийся директором, — номера наших машин могли запомнить. И потом, куда он от нас денется?

Тут на его звонок ответили, и молодой человек произнес уже в трубку:

— Ты, Рубик, был прав на все сто. Мужик ее не при делах. Мы его возле шалмана для бомжей взяли. Точно он не в курсах, таких денег в глаза не видел. Были бы у него хоть какие бабки, котлы бы себе достойные купил типа «Ролекс». Зато понтов у этого шныря парашного, как у Перис Хилтон... Может, мочканем его, чтобы потом башка не болела, что с ним делать?

Друзья вошли во двор. Валерий Борисович увидел возле своего подъезда только что подъехавшую иномарку, из которой, выставив вперед портфель, вылезал представительный господин в светлом кашемировом пальто, и попрощался с Брадисом.

— Вечером занесу должок, — пообещал Аркадий Ильич и поспешил на встречу с риелторами.

Мужчина в кашемировом пальто, стоявший возле «БМВ», оказался, как и подумал Ладейников, Станиславом Ивановичем. Он представился и протянул руку.

— Что-то мне ваше лицо знакомо, — посмотрел на него внимательнее опальный доцент.

— Так я у вас на факультете когда-то вел семинары по курсу политической экономии капитализма. Вы со мной еще спорили всегда. А потом мы встретились на межвузовской конференции и снова спорили...

Станислав Иванович улыбнулся дружелюбно и махнул рукой, словно отмахиваясь от своего прошлого.

Они вошли в дом и начали подниматься по лестнице, продолжая разговаривать.

— Вы немало крамольных мыслей высказывали, — добавил Станислав Иванович. — Я и сейчас со многими вашими тогдашними высказываниями не могу согласиться.

— А зачем же вы ко мне обратились? — удивился Валерий Борисович.

— Так я уже давно не преподаю. Защитил кандидатскую и ушел в коммерческие структуры. А сейчас вот пытаюсь...

— Скоро в коммерческих организациях будет больше докторов наук, чем на кафедрах вузов, — вздохнул Валерий Борисович.

— Боюсь, что это уже так.

Когда они зашли в квартиру, Ладейников спросил:

— И какова более точно тема вашей докторской?

— Дефляция как основной метод борьбы с инфляцией.

Валерий Борисович усмехнулся, удивляясь тому, как такую тему вообще смогли утвердить, а вслух произнес:

— Иммиграция как основной метод борьбы с эмиграцией. Что-то вроде того.

Они сели у стола. Станислав Иванович достал из портфельчика пачку листов и протянул Ладейникову.

— Видите ли, приступая к работе, я понял, что увеличение денежной массы, с одной стороны, приводит к появлению свободных средств для кредитования предприятий, занятых в сфере производства, а с другой — к снижению стоимости денег. Дефляция, в точном ее понимании, не является инструментом...

— Дефляция увеличивает налоги, повышает учетную ставку банков, сокращает бюджетные расходы... — добавил Ладейников, пробегая глазами текст.

Диссертация показалась ему в высшей степени сырой. Она больше походила на подборку материалов по теме, причем материалов не только противоречивых, но и большей частью лишенных какой-либо аргументации.

Ладейников так и сказал гостю. Тот, не споря, согласился.

Валерий Борисович задумался на пару минут и наконец сказал:

— Я сделаю эту работу.

Помолчал немного, еще о чем-то размышляя, потом поинтересовался:

— А нельзя ли поменять тему?

Станислав Иванович кивнул и сказал, что с этим проблем не будет никаких.

Затем Валерий Борисович спросил, на какое вознаграждение он может рассчитывать.

— Если вы посвятите свою работу...

— Вашу, — поправил гостя Ладейников.

— Конечно. Если вы посвятите мою диссертацию вопросам преодоления финансового кризиса, то я мог бы заплатить тысяч двадцать евро. При условии, что работа будет завершена месяца за два.

— Согласен, — кивнул Валерий Борисович. — Только мне нужен небольшой аванс прямо сейчас. Взамен вы тотчас получите мои материалы для просмотра. Удовлетворят они вас, я доработаю текст так, что не стыдно будет и в Давосе выступить.

Гость достал из кармана несколько согнутых пополам купюр и, распрямив их, положил на стол перед Ладейниковым.

— Здесь пять тысяч евро. Пересчитайте.

Валерий Борисович сказал, что доверяет дипломированному экономисту, и убрал деньги в карман.

— Если меня полностью удовлетворят ваши материалы и сроки, то вы станете богаче еще на двадцать тысяч, — пообещал гость.

— Богатому также трудно попасть в рай, как верблюду пройти сквозь игольное ушко, — снова вспомнил Ладейников известную поговорку.

После чего подошел к книжному шкафу, посмотрел на полку, на который в ряд стояли пухлые папки, вынул одну из них и отдал Станиславу Ивановичу.

— Ознакомьтесь. То, что здесь собрано, это более чем необходимо, но как только будет сформулирована тема, уберем лишнее, а потом расставим акценты.

Станислав Иванович начал листать, и лицо его оживилось: похоже было, что представленный ему текст соответствует его ожиданиям.

— Я, кстати, вспомнил, о чем мы спорили однажды, — поднял он глаза от папки. — Семинар был посвящен функциям денег, и вы сказали, что, помимо пяти функций, описанных Марксом, существует еще одна, самая важная — политическая, так как сама политика есть не что иное, как способ управления финансовыми потоками. Вы и теперь так считаете?

— Я думаю, что и Маркс не стал бы возражать. Ведь только наивные люди полагают, что, например, внешняя политика — это одна из форм патриотизма. А на самом деле за внешней политикой нет ничего, кроме желания определенной группы людей стать богаче всех, найти источники обогащения за пределами своей страны: отсюда и войны, заговоры, перевороты и революции... убийства...

— А вы правы, — согласился гость. — Я заметил, что теперь уже не произносят слов «государственный деятель», а говорят «политик». Видимо, в определенных кругах уже и в самом деле наплевать на государство... Кстати, по поводу верблюда и игольного ушка. Это ошибка переписчиков и переводчиков библейских текстов. Перепутали арамейские слова «кемаль» и «камаль». А в источнике было так: трудно богатому попасть в рай, как и канату попасть в игольное ушко. — Станислав Иванович посмотрел на часы. — Я, пожалуй, пойду.

Мужчины вышли в коридор. Ладейников подал гостю пальто и, открывая дверь, сказал на прощание:

— Верблюд мне больше нравится.

Валерий Борисович вернулся к своему столу. Сел перед компьютером, вынул из кармана купюры и посмотрел на них. Он не помнил, сколько осталось от тех денег, что перепали ему от убитой женщины. Но вместе с теми, что он получил сейчас, на год жизни должно хватить. Целый год можно спокойно работать, ходить в библиотеки и покупать необходимую литературу в магазинах. А если Станислав Иванович не обманет и заплатит, как пообещал, то можно будет прожить год на широкую ногу и, может быть, даже съездить отдохнуть в Геленджик. Нет, лучше поставить памятник на могиле той женщины, которая, сама того не зная, так помогла ему.

Ладейников вспомнил коридоры факультета, шумные перемены между парами, вспомнил то, как слушали его студенты на лекциях, и ему стало грустно. Он понял, что скучает по всему этому, и ему захотелось вернуться в то время, когда он каждое утро спешил на работу с радостным ощущением своей причастности к чему-то очень важному и необходимому всем.

Станислав Иванович вышел из дома, сел в свой «БМВ», завел двигатель, достал из портфеля полученную от Ладейникова папку и начал листать. Листал долго, вчитывался и удивлялся прочитанному.

Потом он вынул из кармана мобильник и набрал номер. Взял в руки одну страницу и прочитал: «Вероятность финансовых кризисов повышается с увеличением количества людей, стремящихся получить долю общественного богатства, превышающую реальную стоимость произведенного ими продукта: будь то деталь, выточенная на токарном станке, женский купальник, на который пошло полметра ткани, роль, сыгранная в плохом фильме, или подпись чиновника, запрещающая то, в чем чиновник ничего не понимает».

— Слушаю, — прозвучал голос в мобильнике.

Станислав Иванович отложил папку и заговорил в трубку:

— Леонид Евгеньевич, это я... Короче, побывал у него. Живет бедно и, судя по всему, не прикидывается. На деньги согласился. Даже дал рукопись своей собственной диссертации, насколько я понимаю. Мое мнение? Ну, как сказать... Если вице-премьер прочитает где-то такой доклад, то никто не поверит, что это его собственные мысли. Откуда в России взяться умному и образованному политику, порядочному человеку к тому ж? Такие люди в нищете гниют. Простите...

Глава 10

Риелторы опоздали почти на час. Прибыли, когда от двухсот рублей, взятых Аркадием Ильичом у Ладейникова, осталось тридцать с мелочью. Два парня вошли в кафе, оглядели столы и сразу определили, к кому должны подойти.

Они сели за стол и назвали себя. Одного звали Артем, а другого Денис Михалыч. Вряд ли каждому было больше тридцати. Денис Михайлович так вообще выглядел слишком молодо для того, чтобы представляться, называя себя по имени и отчеству, особенно, когда пытаешься убедить в чем-то человека вдвое старше себя.

Последний с полчаса расписывал Брадису все преимущества предстоящего обмена, причины, по которым ему просто необходимо обменять свою квартиру, говорил, что именно сегодня ему выпал шанс значительно поднять свое благосостояние, почти ничего не теряя в метраже жилплощади.

— Мы не только вам помогаем, — пытался заверить субтильный Денис Михайлович, — мы помогаем всем одиноким людям, которым тяжело сейчас, у которых нет уверенности в завтрашнем дне.

Аркадий Ильич слушал, кивал, соглашался и задавал один и тот же вопрос:

— Как вы меня нашли? С чего вы взяли, что я хочу обменять квартиру?

— Хорошо, есть предложение специально для вас, — в очередной раз ушел от прямого ответа Денис Михайлович.

Молодой человек вздохнул и посмотрел на своего коллегу:

— Ну что, запасной вариант?

Артем кивнул, и Денис Михайлович заглянул Брадису в глаза.

— Раз вас не устраивает жилье, которое мы предлагаем вам взамен вашего, имеется вариант, который мы держали для подобного случая.

Но он последний. И самый выгодный для вас. В обмен на свою убитую смежную двухкомнатную хрущобу вы получаете небольшой дом со всеми удобствами в непосредственной близости от города.

— Удобства, как я понял, близко к городу. А сам дом? — простодушно поинтересовался Брадис.

— Дом со всеми удобствами, с газом. И он рядом с городом, — терпеливо пояснил Денис Михайлович. — Большой участок земли, сосны... Ведь так, Артем?

— Лес с этими... как их... с белками, — напомнил коллега. И засмеялся, довольный своей шуткой. — Они там прыгают повсюду, — добавил он, давясь смехом.

Брадис посмотрел на него, сделал глоток из своей кружки и покачал головой:

— Не-а, меня договор не устраивает.

— Что вас не устраивает? — возмутился Денис Михайлович. — Давайте мы вас туда свозим, вы все увидите сами. Можете там и остаться. Дадите нам доверенность, и мы сами все бумаги оформим. Вы же читали договор: мы готовы выполнить за вас любые действия.

В кафе вошел Богомолов. Увидев Брадиса, направился к его столику и, не дойдя пары шагов, остановился, слушая, как Аркадий Ильич излагает свои условия.

— Вот меня как раз договор и не устраивает. Во-первых, кто страхует сделку?

— Так это... — не понял Денис Михайлович.

— Во-вторых, в договоре не прописаны пенальти.

— Какие еще пенальти? — возмутился теперь Артем. — Мы что, в футбол играть будем? Э-э, ты, то есть вы...

— Я хочу сказать, что штрафные санкции меня не устраивают, они должны быть зеркальными, — объяснил Аркадий Ильич. — В-третьих, я готов продать лишь опцион. Определим тайм валю... Скажем, на полгода. При покупке опциона вы выплачиваете мне двадцать процентов, а я обязуюсь за полгода выбрать один из предложенных мне вариантов.

Артем посмотрел на Брадиса с едва скрываемой ненавистью. Потом кивнул Денису Михайловичу:

— Ну что, рассмотрим встречные предложения?

Денис Михайлович оглядел кафе. Скользнул взглядом по фигуре отвернувшегося в сторону Богомолова, покосился на компанию маргинальных личностей за столиком у противоположной стены и, поставив себе на колени портфель, достал из него бутылку водки.

— Давайте лучше, Аркадий Ильич, выпьем сейчас, а о деле потом поговорим.

— Паспорт при вас? — обратился к Брадису Артем. — Я почему спрашиваю — чтобы вы случайно не потеряли его.

— А я с вами пить водку не буду, — заявил вдруг Аркадий Ильич.

— Так у нас и коньячок имеется!

Денис Михайлович убрал водку и достал коньяк. Бутылку он поставил на стол, а потом вынул из портфеля граненый стакан.

— Не буду! — твердо произнес Брадис.

Но оба риелтора словно не слышали его. Стакан наполнили коньяком, Артем, подвинув его к Аркадию Ильичу и обняв мужчину за плечи, скомандовал:

— Давай, дед. Хватит придуриваться. Сейчас за твой пенальти и выпьем...

Брадис попытался высвободиться и только теперь заметил Богомолова, стоящего за спиной Артема.

— О! — обрадовался Аркадий Ильич. — А то сижу тут, сижу, а никого нет...

Богомолов скинул с его плеча руку риелтора и, улыбаясь, воскликнул:

— И в самом деле, давайте выпьем! — Затем посмотрел на Артема: — Только ты первый пьешь.

— Я за рулем, — попытался отговориться парень.

Богомолов взял стакан с коньяком и протянул его другому риелтору:

— Тогда ты.

— Я тоже за рулем, — отказался Денис Михайлович. — Мужчина, мы вас не знаем, идите отсюда!

— Понятно... — кивнул Богомолов.

И тут же, схватив Артема за шею, завалив его на себя, начал вливать ему в рот коньяк. Риелтор попытался вырваться, сжать зубы, отплеваться, но не получилось — Богомолов зажал ему рот ладонью. Майор если и пролил коньяк, то немного. А потом, продолжая удерживать захлебывающегося Артема, поставил на стол пустой стакан.

— Аркаша, налей еще стаканчик.

Брадис взял бутылку коньяка и наполнил емкость до краев. Притихший Денис Михайлович внимательно следил за его действиями. Не выдержав, вдруг зачастил:

— Вы что? Я пить не буду! У меня язва... я это... подшит, мне нельзя. Позвольте мне уйти.

Но его отказ, казалось, еще больше разозлил майора:

— Еще слово, и я тебя одним пальцем разошью, а вторым почки выну вместе с печенью. Пей, сказал!

Денис Михайлович взял со стола стакан, обернулся по сторонам в поисках поддержки, а потом сделал маленький осторожный глоток. Причем удержал коньяк во рту, явно надеясь куда-нибудь сплюнуть. Протянул руку, чтобы поставить стакан на стол, но Богомолов перехватил его, зажал в кулак волосы риелтора, закинул назад голову парня и влил коньяк в открытый для крика рот.

Оставленный без поддержки Артем тут же повалился на пол вместе со стулом.

Компания за столиком у противоположной стены обернулась на шум.

— Богатенькие ребята не рассчитали силы, — объяснил им майор. — Жахнули коньяку — и с копыт. Денег полные карманы, а позаботиться о них некому...

Словно в подтверждение его слов, Денис Михайлович начал захлебываться коньяком.

От компании отделились двое, подошли к Богомолову.

— Так это, — сказал один из них негромко, — если и в самом деле некому, то мы позаботимся. Домой доставим...

— Такси вызовем, ежели что... — хриплым шепотом поддержал его приятель.

Аркадий Ильич и Богомолов не стали задерживаться, а потому не увидели, как уже вся компания в полном составе окружила поверженных риелторов, из карманов которых маргинальные личности быстренько вытащили деньги и мобильные телефоны, которые тут же отключили. А потом, к пущей радости бомжеватых типов, в портфеле была обнаружена еще и бутылка водки.

Глава 11

В этот вечер Ладейников решил никуда не ходить: сигареты он уже купил, а с вечерними пивными посиделками пора заканчивать. Кружка или две за вечер, может, и немного, но все начинается с малого. Лучше сделать это сейчас, чем дожидаться, когда появится пивное брюхо. Можно, конечно, как Саша Орешников, приходить в кафе для общения, изредка беря кружку и не всегда допивая ее до конца, но зачем? Тем более сейчас, когда есть срочная работа, уже частично оплаченная. Он вспомнил о друзьях и подумал, что все же ему будет их не хватать.

Но друзья о нем не забывали. Сначала пришел Орешников. Он протиснул в дверной проем свое огромное тело и объявил, что заглянул на минутку и по делу. Протянул Ладейникову клочок бумаги.

— Вот, Наташа нашла в рукаве шубы. Заметила, что шов разошелся, решила зашить, а там бумажка. Вдруг что-то важное?

Валерий Борисович взглянул на клочок — на нем были мелко записаны пять цифр — пожал плечами и сунул его в карман.

— Документы на выезд оформляем, — доложил Орешников. — Звонили в клинику в Германию: там готовы принять.

Он помялся, а потом сказал, что с шубами не очень ловко получилось. Они, конечно, Наташе в самый раз, тем более что у нее верхней одежды практически никакой, и к тому же лучше появиться в Германии в приличном виде, чтобы немцы не подумали, будто олимпийские чемпионки в России живут хуже самых последних нищих. Но все же знать, что и манто, и полушубок с убитой, как-то...

— Ты обратил внимание, — не дал ему договорить Ладейников, — что обе вещи ни разу не надевались? С полушубка даже магазинную бирку не срезали... Так что пусть Наташа носит. А не понравится, пусть отдаст какой-нибудь подруге, которая не в курсе, кому принадлежали вещи.

— Может быть, потом так и сделаем, — согласился Саша, — но пока о другом думаем. Я вчера зашел к приятелю на стадион — он юниоров тренирует. Посмотрел, как ребята ядро толкают, и такая тоска напала на меня от того, что все это в прошлом. Приятель предложил толкнуть. Ну, я снял плащ и толкнул. Сам удивился — на девятнадцать метров ровно. Все обалдели, и я сам больше других, двадцать лет ведь без тренировок. Если бы жизнь иначе сложилась, до сих пор мог бы выступать. Даже с этим результатом в призеры первенства страны точно бы попал. А если потренироваться, а?

— Так когда из Германии вернешься, кто тебе мешать будет?

— Думаешь, стоит? — удивился Орешников.

— Всегда делай то, что нравится, тем более если это на радость и другим людям.

Александр ушел, и почти сразу явился Богомолов, который, как оказалось, узнал от Брадиса, что на улице к доценту подходили какие-то парни с бандитскими рожами.

— Сказали, что из службы безопасности, которая якобы фирму Варвары Николаевны охраняла, — объяснил Валерий Борисович. — Говорили о каких-то пропавших деньгах.

— Вряд ли о тех, что у нее в сумочке лежали, — покачал головой Богомолов. — Но уж если пришли, то теперь не отстанут, точно. Надо подумать, как их отвадить. И потом, давай съездим к ней на квартиру — посмотрим, что там у нее имеется.

— Я дважды ходил, ничего особого не нашел. По крайней мере, мешков с деньгами нет.

— Это ты смотрел, а теперь я поищу.

Ладейников спорить не стал, и друзья вышли во двор. Почему-то Ладейников подумал, что они обязательно встретят Аркадия Ильича. Так и случилось: Брадис спешил к нему, чтобы вернуть взятые в долг двести рублей.

— Вы далеко собрались? — поинтересовался старший товарищ.

— По делам, — ответил отставной майор.

— Меня возьмете?

— Если только из машины выходить не будешь.

Когда сели в салон, Ладейников вспомнил о клочке бумаги с цифрами и показал его Богомолову. Но тот тоже не мог понять, что это.

— Может, номер телефона? — задумался Валерий Борисович.

— А почему только пять цифр?

— Возможно, первые две она держала в голове, — высказал предположение Брадис, — а остальные записала, чтобы не перепутать. Звонила туда редко, если вообще звонила, а сохранять номер в мобильнике, видимо, не стала, зная, какое это ненадежное место.

— Вполне вероятно. У женщин вообще короткая память, — буркнул Богомолов.

Ладейников промолчал, уселся поудобнее и погрузился в свои мысли.

Он вернулся из Геленджика и стал ждать звонка от Лены. Но та не звонила. У него же был номер только ее рабочего телефона, но там почему-то никто не снимал трубку. Домашнего Лена ему не оставила, сказала, что живет в новом доме, который планируется телефонизировать лишь через год. Думал узнать хоть что-то через Соню и спросил Храпычева, как можно связаться с ней. Но тот лишь рассмеялся и спросил: «А кто это?» И посоветовал выбросить все из головы. Отпуск для того и существует, чтобы вывозить подальше от дома всякий хлам, который забивает голову, а возвращаться из теплых краев, не прихватив оттуда нового мусора.

Ладейников две недели не находил себе места. А потом поехал в Москву. По номеру телефона нашел офис финансовой компании, в которой работала Лена, но офис был на замке. По фамилии Лены узнал ее адрес и пришел к дому, простоял полдня у дверей квартиры, дождался, когда вернутся с работы соседи. Однако никто про Лену ничего не знал. Сказали, что девушка уехала отдыхать и больше они ее не видели. Валера оставил записку. Ночь провел у московского приятеля и не мог заснуть. Утром снова приехал в тот микрорайон. Поднялся к квартире, увидел свою записку, по-прежнему воткнутую в дверную щель, и понял: что-то случилось.

Но что могло произойти? Он проводил ее до аэропорта. Расставаясь, Лена прижималась к его груди, шептала, что не хочет уезжать. Ладейников смотрел на летное поле, проследил, как она шла к трапу и поднималась по нему, оглядываясь на здание аэропорта, махал ей рукой. Только Лена его уже не видела. Девушка шла медленно, и ее подгоняла торопящаяся Соня. Валерий дождался, пока самолет, уносящий его любовь, взлетит, потом поплелся за Храпычевым и, только сев в машину такси, почувствовал, что рубашка на груди насквозь мокрая от слез Лены...

Из Москвы Ладейников уехал, но потом еще долго надеялся на что-то. И даже когда понял, что надеяться не на что, ждал чуда. Однако чуда не произошло. Жизнь стала размеренной и скучной, без особой радости и любви. Через несколько лет на его горизонте появилась Лариса, и Ладейников перестал верить в чудеса.

Валерий Борисович сидел на диване, а Богомолов осматривал квартиру. Он простукивал стены ванной комнаты и кухни, ощупывал подоконники и мебель.

— Следователь сказал, что она сидела, — вспомнил Ладейников. — В смысле, побывала на зоне.

— Значит, умела прятать самое ценное для себя очень надежно. Женщины ведь как обычно прячут? Бриллианты в сахарный песок или в бутылки с водой, деньги в морозильник, под ванну или в корзину с грязным бельем. А неизвестная нам Варвара, если ей было что скрывать, наверняка нашла место получше...

Богомолов ушел в спальню. Откуда раздался стук переворачиваемой кровати, и вскоре майор позвал:

— Валера, иди-ка сюда.

Ладейников отправился на зов, и Богомолов показал ему ключ.

— Вот, был спрятан в ножке кровати. Причем очень грамотно. Если она сделала это сама, то для женщины весьма и весьма искусно. Да и не всякий мужик так сможет... Если она хранила его дома, а не у подруги, не еще у кого-то, значит, у нее не было никого, кому можно доверять. Несчастная женщина...

— Можно было положить в депозитарий банка, — сказал Ладейников. Взял в руки ключ и внимательно осмотрел его. — Похоже, он как раз от банковской ячейки.

— Думаю, это именно то, что искали здесь другие, — заметил майор.

— Значит, то, что искали другие, находится в банковском хранилище. Только, где тот банк?

Богомолов поставил кровать на ножки, положил матрас и аккуратно застелил покрывалом.

— Ну что, уходим?

Валерий Борисович кивнул. Друзья поспешили к выходу. Но, проходя через гостиную, Ладейников остановился и посмотрел на валявшиеся на полу фотографии, почему-то захотелось задержаться и рассмотреть снимки получше. Он бы так и сделал, но внизу его и Богомолова ждал Аркадий Ильич.

Брадису, вероятно, надоело сидеть в салоне, и он встретил их у машины.

— Тут какой-то автомобиль два раза проехал мимо, вроде того, в котором те мальчики сидели, что к вам, Валерий Борисович, у кафе подкатывали. Потом развернулся и встал позади. Вон там...

Брадис хотел показать рукой, а Ладейников собрался сказать что-то вроде «Да кому мы нужны», как вдруг Богомолов прыгнул вперед, увлекая на землю и Аркадия Ильича, и Ладейникова. Мимо пронесся автомобиль, но не успел он еще подъехать, как загрохотала автоматная очередь. А потом выстрелы прогремели над самой головой Валерия Борисовича. И через пару секунд где-то невдалеке раздался скрежет и грохот.

— Все целы? — прозвучал голос майора. — Быстро отходим!

Ладейников поднялся с земли и показал на лежащего Брадиса.

— Я-то живой, а вот Аркадий Ильич...

Богомолов опустился на колени рядом с Брадисом. Тот лежал на спине и смотрел в небо. У него оказались простреленными рука и грудь.

— Аркадий Ильич, — спросил майор, — вы как?

— Немножко больно, — прошептал Брадис. — Но если честно, я думал, что умирать больнее.

— Сейчас в больницу поедем, потерпите немного.

Богомолов поднял на руки щуплое тело Брадиса, а Ладейников открыл заднюю дверь.

— Садись с ним, — приказал майор. — Голову поддерживай, а шарф прижми к ране на груди.

Сам он сел за руль и рванул с места. Ладейников увидел, что они пронеслись мимо лежащего на боку внедорожника, у которого продолжали крутиться передние колеса. Майор одной рукой управлял стремительно летевшей навстречу наступающим сумеркам «девяткой», а в другой держал мобильный телефон, включенный на громкую связь.

— Слушаю. Что у вас случилось? — спросил женский голос из трубки.

— У нас огнестрел, — четко произнес майор. — Сквозное в предплечье и проникающее в грудь. Возможно, задето легкое.

— Вы звонили в полицию?

— Какая полиция? Слушай сюда! С тобой майор спецназа Богомолов пока еще спокойно беседует. Мы сейчас к Покровской больнице едем, скажи им, чтоб ворота пошире открыли.

Мы на серой «девятке», через пять минут будем... через три минуты...

Из трубки понеслись гудки.

— Эх, — вздохнул Богомолов, пролетая на красный свет под носом у разукрашенного розовыми звездами девятиметрового лимузина, — надо было бы в клинику военно-полевой хирургии, но туда быстро доехать вряд ли получится...

Валерий Борисович сидел рядом с Брадисом, прижимая шарф к ране на его груди. Аркадий Ильич дышал с хрипом.

— Как он там? — спросил майор, поворачивая к больнице через двойную сплошную.

— Жив пока, — ответил сам раненый.

Ладейников увидел больничные корпуса и обрадовался — успели.

— Спасибо тебе, Сережа, — сказал он, — если бы не ты...

— Заткнись! — буркнул майор.

«Девятка» влетела в распахнутые ворота больницы и притормозила возле выскочившего навстречу охранника.

— Куда ехать? — крикнул в открытое окно Богомолов.

— Прямо. Второй корпус как раз хирургия.

Ладейников и Богомолов курили на крыльце больничного здания, когда прямо к ступеням подрулил полицейский «уазик», из которого вышел следователь Пименов.

— Знакомые все лица, — пробормотал он. И тут же спросил: — Кто стрелял?

— Я не знаю, — растерялся Валерий Борисович. — Мы просто стояли...

Но следователя не интересовало ни его удивление, ни сам Ладейников. Он смотрел на майора.

— Меня интересует, кто из вас стрелял, — прищурился Пименов.

Богомолов достал из-за пояса брюк пистолет и протянул ему.

— Ну, я стрелял. Что дальше?

— Откуда у вас оружие?

— Нашел.

— Где и когда?

— В Чечне. Числа не помню.

— Почему вы его не сдали? — продолжал наседать Пименов.

— Как раз шел сдавать, а тут по нам стрелять начали...

— Так оно и было, — подтвердил Ладейников.

— Постойте в стороне, Валерий Борисович. С вами отдельный разговор будет.

Ладейников отошел и достал еще одну сигарету. Но встал недалеко, поэтому хорошо слышал, о чем беседует следователь с Богомоловым.

— Ваш друг тяжело ранен? — спросил Пименов.

— Думаю, несмертельно, — ответил Сергей.

— Дай бог.

— А с теми что? — спросил майор.

— А вы сами как думаете?

Богомолов пожал плечами.

— Два трупа, — усмехнулся следователь. — У водителя ранения в оба плеча и в шею. У второго — в плечо и в затылок. Что ж вы так... неосторожно?

— Прицелиться времени не было, да и расстояние сорок-пятьдесят метров. Я вообще не видел, куда палить надо. Просто у меня дурацкая привычка — если в меня стреляют, то я отвечаю.

— Сколько выстрелов вы произвели?

— Пять раз и стрелял. Можете проверить. В обойме должно остаться три патрона.

— Я обязан вас задержать, — предупредил следователь.

— Ладно, — согласился Богомолов. — Только ненадолго. А то я контуженый, мне лекарства по часам принимать надо. А часы дома оставил.

Богомолов стал спускаться к полицейскому «уазику», Пименов шел следом. Дойдя до машины, майор остановился и крикнул:

— Валера, я к тебе загляну сегодня, если к тому времени ты спать не будешь. Держи...

Сергей бросил ключи от «девятки». Ладейников их поймал, хоть и весьма неуклюже.

Валерий Борисович стоял в коридоре хирургического отделения, когда из операционной на каталке вывезли Брадиса. Рядом шел врач. Аркадий Ильич уже пришел в себя, но был бледен и смотрел в одну точку. Однако Ладейникова узнал.

— Я что, уже в раю? — спросил он.

— Нет, — ответил врач.

— Так и знал, что меня туда не пустят, — вздохнул раненый. — Там, наверное, тоже фейс-контроль...

Врач достал из кармана пулю и показал Брадису.

— Вот, из вас вынули. Хотите взять на память?

— Она золотая? — поинтересовался Аркадий Ильич.

— Самая обыкновенная.

— Оставьте ее себе. Или сдайте в металлолом.

Ладейников ждал дома друга, но пришел следователь.

— Салю, сет анкор муа, — сказал он.

— Не понял... — растерялся Валерий Борисович.

— Привет, это снова я, — объяснил Пименов. — Песенка такая была когда-то, Джо Дассен пел. Не помните?

— Да я в молодости все по библиотекам сидел, — ответил Ладейников. — А вы, видать, из дискотек не вылазили?

— Естественно, — согласился Пименов. — Только поэтому вы теперь ученый, а я следователь районного управления.

— Следователям можно чай пить? — улыбнулся Валерий Борисович.

Пименов не отказался, но вздохнул.

Они сидели на кухне и пили чай. Пименов сообщил, что ему удалось оформить «ПМ» Богомолова по добровольной сдаче, но самого майора как раз сейчас опрашивают. Пистолет проверят по картотеке, и, если он чист, майора отпустят. Личности убитых установлены: оба ранее судимы за вымогательство, освободились пару лет назад, нигде не работали.

— Меня, если честно, эти люди мало интересуют. Скажите лучше, как идет расследование убийства моей жены.

Пименов помолчал, а потом признался:

— В общем-то, я не в курсе: дела по убийству в юрисдикции прокуратуры. Я занимаюсь им из любопытства. Просто приехал как дежурный следователь на место преступления, когда была застрелена молодая красивая женщина, бизнесвумен. Потом я выяснил, что у дамы темное прошлое, а муж — видный экономист. И чем дальше копаю, тем все интереснее становится...

— Что же вы узнали?

— Я вам говорил, что вы теперь обеспеченный человек?

— Да. Ну, что при определенных условиях я смогу им стать, — вспомнил Валерий Борисович.

— Так вот, я обманул вас: вы — не обеспеченный человек, а богатый, причем не в ближайшем будущем, а прямо сейчас. Возможно, даже очень богатый.

— Это шутка? — не поверил Валерий Борисович.

— По той информации, что у меня есть, убитая скупала ценные бумаги и оформляла их на ваше имя. Акции, банковские векселя... Общий объем вложенных ею средств мне неизвестен. Мне удалось поговорить с бывшей работницей ее фирмы, и та сообщила то, что узнала случайно. Но я, как уже говорил, этим делом не занимаюсь. Удивительно только, что вас еще ни разу не вызывали в прокуратуру. Вероятно, кто-то хочет спустить все на тормозах.

— Кто?

Следователь пожал плечами.

— Не знаю. Наверное, тот, кому очень не хочется, чтобы вы узнали, чем владеете. Ведь полноправным владельцем акций вы можете не стать, даже если они именные и выписаны на ваше имя...

— Хотите сказать, что до тех пор, пока я не внесен в реестр акционеров, пока не заявил свои права на собственность, кто-то может устранить меня физически, а потом переоформить бумаги задним числом?

ЧАСТЬ ТРЕТЬЯ

Глава 1

Николай Михайлович решил все взвесить. На одну чашу весов он мысленно положил достоинства Юли, а на другую — недостатки. Он представил себе эти весы: вроде старинных аптечных, только побольше, какие изображают в руках богини правосудия Фемиды. Богиню Храпычев тоже представил — светловолосую, с повязкой на глазах и с обнаженной грудью. Грудь небольшая, как у всех богинь, но исключительная по форме. Божественная грудь! Стоп, что-то не о том он начал думать...

Итак, достоинства: красивые волосы, длинные ноги, хорошая фигура, мило улыбается, когда захочет. А когда смеется от души, то получается не очень обаятельно. Впрочем, это уже минус... Но от души смеется крайне редко, следовательно, скрытна. А это плюс. Далее. Хороша в постели. Обходится не очень дорого — оплата съемной квартиры, духи, белье, подарки ко дню рождения, к 8 Марта, к Новому году. Итого: перстенек, сережки, браслетик с бирюзой... Ах да, рестораны еще. Новый огромный диван в арендованную квартиру, плазма на стену. К отпуску ей пятьсот евро подбросил... Хм, вообще-то недешево получается! Но все равно плюсов больше.

В принципе можно было бы терпеть ее и дальше, но вчера Юля пришла с какими-то нелепыми требованиями: якобы он обязан развестись. Выходит — дура. В некоторых обстоятельствах это, конечно, плюсик, но в целом — огромный минус. Хуже всего, что девчонка попыталась шантажировать. Заявила: что если он не уйдет от жены, то все узнают, что никакого ректорского списка не существует, и тот листок с фамилиями абитуриентов, которые должны быть зачислены на факультет, попадает в приемную комиссию не из ректората, а составляется лично деканом, которому родители недоумков отстегивают по десять тысяч евро... Юля, конечно, ничего не докажет, но ведь звон пойдет...

Значит, секретаршу надо менять. Хорошо бы найти молоденькую, скромную в жизни и распущенную в постели. Желательно худенькую — такую девушку-подростка с невинными глазами и с блеском похоти на пухлых губах. Конечно, не посадишь в приемную котенка с косичками или ласточку с дредами, но в принципе...

В дверь постучали, и в кабинет вошла Юля с листком бумаги в руке.

— Николай Михайлович, к вам студентка Хакимова со второго курса.

— Что ей надо?

— Сами спросите. Она еще на той неделе записалась на прием.

Храпычев попытался вспомнить студентку, но не смог. В сознании промелькнуло что-то серенькое. И он удивился — ведь должен помнить. Недели три назад именно Хакимова приносила донос на Ладейникова, якобы тот ее домогается. Ясно было с самого начала, что это ложь, но он сказал ей, чтобы отнесла свою писульку в ректорат. Потом звонил проректор, спрашивал, была ли проверка по заявлению студентки Хакимовой. Пришлось ответить, что факты подтвердились, но сор из избы решили не выносить, так как доцент Ладейников написал заявление по собственному желанию. Проректор вроде даже обрадовался...

— Я хочу уволиться, — вдруг сообщила Юля, — вот мое заявление.

— Положи на стол.

Храпычев взял заявление и пробежался глазами по тексту. А затем подписал.

— И вы можете вот так запросто со мной расстаться? — тихо произнесла Юля.

— Это ты хочешь расстаться. А я не держу: у тебя, видимо, свои планы на жизнь.

Секретарша не успела возразить, потому что Николай Михайлович приказал:

— Пригласи Хакимову.

Юля рванула к двери быстрее, чем обычно. Храпычев посмотрел ей вслед и отметил: «Точно потолстела. А я думал, мне показалось».

Дверь не прикрылась плотно. И тут же в щель протиснулась совсем юная студентка. Как это у нее получилось, Храпычев не понял поначалу, но, когда студентка вошла, удивился — такая худенькая! На вид ей было лет четырнадцать.

— Что вы хотели? — спросил он, разглядывая ножки-спички, обтянутые серыми джинсиками. И маечка у нее была серенькая, с вышитыми белыми буковками «sexy».

Потом поднял глаза и увидел лицо — спокойное и наглое.

— Дело в том, что у меня не сдан экзамен. Меня отправили на комиссию...

— Подождите, — остановил ее Николай Михайлович. — Какой экзамен? Что-то я не пойму. За летнюю сессию, что ли?

— Угу, — кивнула студентка и посмотрела ему прямо в глаза. — Но у меня уважительная причина, справками подтвержденная. Я хочу сейчас сдать, а поскольку доцента Ладейникова теперь нет...

Храпычев неотрывно смотрел ей в лицо, и девица не отводила круглые кошачьи глаза, над которыми зависала редкая челка. Он представил ее худую спину и то, как змейкой извиваются позвонки, убегающие к невесомой, почти детской попке. Представил, как она стонет, как хрипит от страсти... И не мог прогнать наваждение, не мог оторвать взгляда от ее кошачьих глаз.

— У меня тяжелое положение, — растягивая слова, мяукала Хакимова. — Я снимаю квартиру, оплатила за год вперед. Если придется оставить институт, то поеду домой, а деньги за квартиру мне не вернут. Вообще-то я учусь и работаю...

— Где вы работаете?

— В ночном клубе помощником менеджера.

— Не высыпаетесь, значит?

— Я привыкла.

Николай Михайлович отвернулся к окну. Потом посмотрел на столешницу и подвинул к себе ежедневник.

— Ладно. Экзамен у вас я приму сам. Когда вы будете готовы?

— Как скажете.

— И еще. Работа в клубе не к лицу будущему дипломированному экономисту. Хотите быть у меня секретарем? Работа несложная, да и лекции пропускать не придется. Есть, конечно, своя специфика. Зато я гарантирую окончание вуза и устройство в аспирантуру.

— Ой! — обрадовалась девица, словно ждала от него именно этого. — Я согласна.

Николай Михайлович начал листать ежедневник, ставил какие-то закорючки на пустых страницах и продолжал говорить:

— Посмотрим, что у меня со временем. Так-так... Сегодня вызывает ректор посовещаться... завтра тоже — никак... И до конца недели вряд ли найдется хотя бы минута... Вот только если сегодня вечером после восьми? Но факультет-то уже закроют...

— Можно у меня дома, — сообразила Хакимова.

Храпычев помолчал, словно обдумывая ее предложение.

— Хорошо. Заодно приму у вас экзамен. Адресок черкните. В девятнадцать тридцать заеду. Подготовьтесь как следует.

Она подготовилась: накрыла стол на кухне, поставила вазу с цветами и бутылку шампанского.

Кухня была тусклой, с крашенными охрой стенами, розы, приунывшие в стеклянной вазе, осыпались потемневшими лепестками, а шампанское оказалось полусладким. Но все же Николай Михайлович сделал глоток. И не стал задерживаться — за дверью, в комнате с погашенным светом, белела постель на разложенном диване...

Поморщился, вернул бокал на стол и спросил:

— Зачетку приготовила?

И, ослабляя узел галстука, пошел в душную комнату.

У нее не было ни комплексов, ни чувства стыда, ни сомнений — она знала на что шла. Девица считала, что использует его, и в душе, вероятно, гордилась собой, а Храпычев, сжимая тонкие ребра новой любовницы, презирал ее — глупую и наглую. Но его тянуло к ней, он хотел, чтобы это продолжалось и продолжалось. Даже вдруг представлял ее за столом секретаря в приемной — нагой, прикрытой лишь монитором компьютера.

Уходя, декан увернулся от ее поцелуя и сказал холодно:

— Завтра зайдешь с зачеткой на кафедру. Я распоряжусь, чтобы тебе экзамен проставили. Надеюсь, четверки хватит?

— А почему не «отлично»?

— Больше стараться надо... Потом придешь ко мне в приемную, примешь дела у Юли.

Хакимова ухмыльнулась, и эта ухмылка снова вызвала у него желание остаться. Но Николай

Михайлович уже открыл дверь на обшарпанную лестничную площадку, обронив через плечо:

— Запомни на будущее: полусладкого шампанского не бывает. Шампанское — только брют или сухое. Остальное — подсахаренная водичка.

Он ехал домой, смотрел на освещенный вечерний город, на котором лежала тонкая и почти прозрачная седина снежной крупы. Смотрел, закусив улыбку превосходства, испытывая едва ли знакомое прежде чувство невесомого парения над всем этим обыденным и серым, раздавленным повседневностью миром. Где-то далеко в прошлом остались факультет, жена, какие-то разговоры и недоразумения, промелькнул в остывающей памяти Валерка Ладейников, которого он всегда ненавидел. Банк, Осин, доклад для вице-премьера, вчерашние страхи — все потеряло смысл, все в один миг стало ненужным ему. Ему, прозревшему внезапно и понявшему свое предназначение. Только сейчас он понял, для чего существует. Храпычев и раньше догадывался, но как-то робко и не веря самому себе, но теперь знание этого заполнило его целиком, не допуская в холодное сознание другие мысли и желания, заставляя стремиться все выше и выше над двухмерной серостью. Имя этого — Власть.

Глава 2

Валерий Борисович вышел из лифта и подошел к квартире. Увидел сложенный в трубочку листок, втиснутый в узкую дверную щель. Это была записка, оставленная им вчера. Значит,

Лена так и не возвращалась домой. Он вынул записку, чтобы написать новую, развернул и удивился — того, что было написано накануне, не оказалось. И вообще в руке находился не листок, а бланк банковского платежного поручения с реквизитами получателя и суммой. Ладейников попытался осознать размер суммы, но не смог — столько в ней было нулей, строчка цифр занимала больше половины небольшого листка. Он перевернул бланк и вдруг обнаружил, что у него в руке полароидный снимок, на котором стоит он сам, держа за руки Лену и девочку лет двенадцати. И тогда догадался, что сейчас произойдет, удивившись тому, что не сделал это накануне: он нажал на кнопку звонка и услышал мелодичный сигнал гонга, какой бывает обычно в аэропортах. Звук повис в воздухе и не хотел растворяться, разливаясь по лестничной площадке, заставляя оконные стекла отзываться хрустальным перезвоном. Дверь распахнулась, и Валерий Борисович увидел на пороге Лену — молодую и прекрасную, какой та была в Геленджике. А рядом стояла девочка. Он обнял обеих, прижал к себе и — с тоской понял, что сейчас проснется...

Ладейников открыл глаза и увидел сидящего на полу Богомолова. Отставной майор занимался гимнастикой. Широко раздвинув ноги, Сергей склонялся вперед, касался лбом пола, потом выпрямлялся и снова наклонялся, доставая левой рукой пальцев правой ноги, а потом правой рукой трогая пальцы левой.

— Присоединяйся, — предложил Богомолов, заметив, что приятель проснулся.

Валерий Борисович посмотрел на часы — без четверти семь.

— Ты всегда так рано встаешь? — удивился он.

— Нет, — ответил бывший спецназовец, — сегодня решил немного полежать, подумать о том, что будем делать днем.

— Будем?

Богомолов, не переставая сгибаться и разгибаться, не сбиваясь с ритма, продолжил:

— Скорее чего мы делать не будем. Не будем бегать по городу, звонить кому попало, открывать двери посторонним.

— А будем чистить зубы и мыть руки перед едой, — хмыкнул Ладейников.

— Вот этим ты сейчас и займешься.

Валерий Борисович встал с постели и начал натягивать брюки.

Идея пожить ему некоторое время у Богомолова принадлежала Пименову, который сказал, что если нет возможности уехать, то следует переселиться куда-нибудь в другое место, а к своей квартире лучше не приближаться. А поскольку это было сказано уже при Богомолове, то майор поддержал идею, притворно посетовав, что без оружия теперь будет сложновато.

— Мне почему-то кажется, что вы скоро новый пистолет найдете, — не поверил ему следователь.

Ладейников возражать не стал. В конце концов, он тоже не хотел, чтобы его кто-то караулил у подъезда. Поэтому он собрал кое-какие вещи, взял свой ноутбук и перебрался к майору. Раз теперь он не связан необходимостью ходить на службу, то из дома можно вообще не выбираться, а спокойно работать и дожидаться того дня, когда вся эта история закончится.

Он чистил зубы, а Богомолов поднимал гантели, продолжая беседу:

— Послушай, доцент, я все думаю о ключе, что мы нашли. Где может находиться сейф, в котором та женщина хранила свои ценности?

— Полагаю, в ближайшем к дому банке. Вполне вероятно, что она воспользовалась депозитарием того же, в котором оформила пластиковые карты. А в ее сумочке обнаружены две карты. Остается выяснить, какой из банков находится ближе к ее дому, есть ли в нем сейфинг...

— Удобная парковка, SPA-салон, парикмахерская, чтобы сразу за одну поездку совместить приятное с полезным, — подхватил Богомолов. — Нет, главное, чтобы банк внушал ей доверие. Банк надежный, умеющий хранить тайну вкладчиков.

— Тайна вклада это, к сожалению, банкирская сказка, — усмехнулся Валерий Борисович, — придуманная банкирами для того, чтобы завлечь в клиенты тех, кому необходимо скрыть свои доходы.

Друзья прошли на кухню, Богомолов начал готовить завтрак. Когда на плите засвистел чайник, в дверь позвонили.

Майор взглянул на часы:

— Ровно семь. Я его просил заглянуть именно в это время.

Но открыл дверь все равно с предосторожностями, поглядев в глазок. А Ладейников удивился наличию у Сергея таких знакомых, которые готовы прийти по первому зову, да еще до рассвета.

Богомолов обнялся с вошедшим, помог ему снять куртку, и вдвоем они прошли на кухню, где Валерий Борисович уже раскладывал яичницу по трем тарелкам.

— Кирилл, — назвался друг майора.

И хозяин квартиры объяснил столь ранний визит гостя:

— Я просил его разобраться в нашем деле. Кирилл — директор частного сыскного бюро.

— В основном ищем пропавших собачек и сбежавших мужей, — кивнул тот.

Валерий Борисович понял, что это шутка, хотя друг Богомолова произнес ее с самым серьезным видом.

— Про охранную фирму «Рубикон» можете что-то сказать?

Кирилл снова кивнул.

— Организовал контору четыре года назад преступный авторитет Рубен Оганян, а проще говоря, Рубик или Ара Огонек, после очередной отсидки, чтобы потрошить предпринимателей на законных основаниях, прикрываясь договором на охранные услуги. Кое-кто из мелких пошел под его крышу, но ему этого было мало. Оганян пробовал наехать на крупные структуры, но времена нынче уже не те. Да к тому же он раскатал губу на продюсерский бизнес, а туда люди в законе давно свои деньги закачали. Фирму его прикрыли в начале года, а в конце лета Рубика упаковали и недавно осудили. Пока он, если не ошибаюсь, в Крестах, ждет пересылки. Хотя, может, и укатил уже в Мордовию или в солнечную Коми.

— Но ко мне подходили на улице парни именно из «Рубикона», — объяснил Ладейников.

— Я в курсе, мне Сергей вчера рассказал. И тем не менее все так — «Рубикона» нет. Да и было у Рубика всего десятка полтора отморозков. Кого-то взяли вместе с ним, кто-то гуляет еще на свободе. Странно, что они решились действовать так, в открытую, сейчас.

— А в доцента зачем им стрелять? — вступил в разговор Богомолов.

— Вот это самое непонятное. Но я постараюсь выяснить. Возьмем кого-нибудь из них, побеседуем. Правда, их уже на два человека меньше стало, насколько мне известно.

— А про жену мою... то есть про ту женщину, которая назвалась ею, можно ли что-то узнать?

Ладейников сходил в комнату, вернулся и положил на кухонный стол мобильный телефон в позолоченном корпусе, паспорт убитой женщины, маленький листочек с пятью написанными на нем цифрами, фотографию женщины с девочкой и ключ от банковской ячейки.

— Все, чем располагаем, — пояснил другу Богомолов.

Кирилл открыл паспорт и сравнил фото в нем с изображением на снимке.

— Разные люди, — сказал он.

Валерий Борисович кивнул, соглашаясь. Женщины были одного возраста и, может быть, немного похожи, но не более того.

— Совсем никто из них никого не напоминает? — настаивал Кирилл.

Ладейников взял в руки паспорт.

— Эту не видел никогда. — Потом посмотрел на фотографию и покачал головой. — А про эту не знаю. Вроде напоминает одну мою знакомую, но точно не она.

— А если снять с нее темные очки, изменить прическу? Когда вы ее видели в последний раз?

— Тринадцать лет назад, — признался Ладейников. — Но это не может быть она...

— Выясним, — пообещал Кирилл.

Частный детектив стал проверять номера телефонов из записной книжки мобильника убитой.

— Кирилл служил в московской милиции, а после переаттестации его поперли оттуда за... высокие профессиональные достижения. Вот он сюда и перебрался, у него жена из Питера, — пояснил тем временем хозяин квартиры.

— Ушел я по собственному, но заявление написать попросили, это точно, — согласился друг Богомолова. — Хотя у меня, кроме благодарностей, никаких записей в личном деле.

— Причины хоть объяснили?

— Да я и сам знаю за что. Пожаловался на меня один гад, вот мне и отвесили под зад коленом. Сначала даже посадить грозились, невзирая на орден, полученный в Чечне... Мы же с Сергеем там и познакомились.

— Я, кстати, до сих пор подробностей этой твоей истории не знаю, — сказал Богомолов.

— А история вышла забавная. В выходной выхожу из дома родителей, смотрю, знакомые стоят из отдела, который за общественную нравственность борется. Спрашиваю: «Кого здесь пасете?» Отвечают, что пришли с обыском к педофилу, а тот не открывает. Мне это смешно слышать: у нас-то по-другому — кувалдой по двери, она вместе с замком и вылетает... Пошел я с ними. Ведь и самому интересно: мне казалось, что всех вроде в том доме знаю. Мне называют имя педофила: Михаил Борисович какой-то, но представляется Марюсом. Такого прежде там не было. Поднимаемся мы. Я попросил коллег этажом ниже постоять, а сам подошел, позвонил. Вижу, меня в глазок рассматривают, а на площадке, как специально, только одна бледная лампочка мерцает. «Кто там?» — спрашивают меня через дверь. «Марюсик, — говорю сладким голосом, — открой, ласточка, это я». Ну, дятел и купился на «ласточку», защелкал замками. А я кричу вниз своим: «Поднимайтесь!» Марюсик попытался меня вытолкнуть, с кулаками бросился, но я ему разок тихонечко в печень ткнул, и он лег. Тут ребята вошли, понятых позвали. Квартира у этого крокодила была большая, комнаты просторные. Одна под игровую приспособлена, в ней даже игрушечная машина с кожаным салоном и с огромным экраном. На экране гонки «Формулы-1». Можно сидеть, крутить руль, машина как настоящая — трясется, наклоняется. Дети, наверное, радовались, когда садились в нее... Во время обыска столько дисков с записями нашли! Стали их проверять — понятым аж плохо стало. Да и мне тошно. А Марюсик оклемался, стал рваться позвонить куда-то. А мне говорит: «Ты, козел мерзкий, ответишь по полной!» Признаю, не сдержался я — выволок его в коридор и врезал. Он в игровую влетел и мордой экран автомобильный разбил. Через день меня вызвал заместитель прокурора административного округа, который надзором за правоохранительными органами ведает. Я ждал его возле кабинета часа полтора — нет его. В половине одиннадцатого вышел на улицу покурить. Гляжу, подъежает к прокуратуре кофейный «Бентли», из которого выходит некто величественный в бежевом костюме, в бежевых туфельках из телячьей кожи, надевает на голову синюю прокурорскую фуражку и — мимо меня к подъезду. Я следом. Так и дошел с ним до кабинета. Он ключиком дверь открывает, смотрит на меня стеклянными очами и спрашивает: «Вы ко мне?» Киваю. Прокурор смотрит на часы, видимо, догадывается, кто я такой... А часы у него золотые и браслет с брильянтовой крошкой. «Ладно, — говорит, — заходите». Развалился он в кресле, мне присесть не предложил, снял телефонную трубку и стал по поводу обеда с каким-то рестораном договариваться: что ему приготовить да как подать, а главное, чтобы в зале посторонних не было... Совершенно не стесняясь меня! Потом еще позвонил, на вечер баню заказал. А после уж за меня принялся: «Знаешь, почему наши граждане полицию оккупационной армией называют и полицейских боятся больше, чем бандитов? Да потому что в полиции служат такие отморозки, как ты!» И понес меня по-всякому. Я слушал-слушал, потом через стол перегнулся, схватил его за лацкан, к себе подтянул и сказал на ушко: «Слушай сюда, тварь болотная! Еще крякнешь разок, я из тебя чучело сделаю!» А потом добавил, что у меня хватило выдержки посмотреть все двести сорок серий детского порно, и я видел там одного любителя, которому нравится кататься не только в «Бентли», но и на игрушечной машинке. Деятель испугался, багровым стал. Вероятно, я в точку попал, хотя, если честно, не смотрел я те диски. Через два часа меня взяли сотрудники управления собственной безопасности. Мурыжили долго, проверяли все мои дела, даже отчеты по командировкам в Чечню перешерстили. В конце концов, выпустили, но сказали, чтобы я увольнялся... А пока я в одиночке парился, все обвинения с Марюса сняли, потому что доказательств никаких — все изъятые диски, хранившиеся в камере вещдоков, оказались поврежденными и не подлежащими восстановлению, а потерпевшие дети отказались от показаний. Родители просили, чтобы их оставили в покое. На меня Марюс подал в суд за избиение и причинение имущественного вреда в виде сломанной игрушки стоимостью сто восемьдесят шесть тысяч рублей.

— И ты выплатил? — спросил Богомолов.

— Нет, — усмехнулся Кирилл. — Суд не состоялся. Перед тем как меня выпустили, какие-то неизвестные напали в подъезде на этого Марюса с портняжными ножницами. Когда на его визг вышли соседи, все уже было кончено. Марюс, давая показания, заявил, что среди нападавших была одна женщина, которая все это и проделала, пока его держали. Дело завели, но никого не нашли. Потом на него было еще одно нападение, еще более циничное. После выхода из больницы Марюс эмигрировал в страну, где соседям наплевать, чем ты занимаешься у себя дома. А я переехал сюда и пока не жалею: дел и в этом городе хватает.

— Сбежавшие собачки и потерявшиеся жены? — не сдержал улыбку Ладейников.

— Так только это и кормит. А за террористов и педофилов кто платить будет? Правда, в прошлом году, когда взяли шахидку на вокзале, а перед вокзалом в машине ее сообщника с пейджером, государство подкинуло нам премию. Но хоть признали нас, работать не мешают, и то хорошо. Информацией мы с полицией делимся, они с нами, то есть помогаем друг другу. Так что чем смогу — помогу.

Глава 3

Храпычев не обманул. Впрочем, Леонид Евгеньевич и не сомневался, что декан не будет затягивать и сведет его с начальником секретариата вице-премьера напрямую. Декан дал номер телефона, а сам предварительно позвонил министерскому работнику и предупредил, что с ним свяжется банкир Осин. Что он наговорил, в деталях неизвестно, но помощник министра был вполне любезен и сразу пошел на контакт.

— Если вы говорите, что Николай Михайлович работал на вас, то зачем нам посредники, не правда ли? — сразу сообразил он. — Деньги, которые он должен был получить за подготовку материалов, не такие уж большие, но дело ведь не в деньгах, а в порядочности...

— Какие деньги? — удивился Осин. — Впервые слышу.

— Ему было обещано четыре миллиона рублей для премирования коллектива, который будет заниматься этой работой...

— Действительно, не деньги, — согласился Осин, — я пообещал коллективу куда больше. А эти четыре миллиона мне не нужны, я готов отказаться от них. Можете оставить...

— Не надо спешить, — не дал ему договорить начальник секретариата вице-премьера. — Не все же такие богатые, как ваши сотрудники.

— Хорошо, обговорим все при личной встрече, — согласился Леонид Евгеньевич, давая понять, что ему известно о прослушке телефонов правительственных чиновников. — А что касается господина Храпычева, то я принял решение отказаться от его услуг. Этот, как вы назвали его, видный экономист, предложил мне свои услуги год назад. К сожалению, я внял его советам, а в результате банк потерял несколько миллионов. И не рублей, заметьте. Но он и не нужен ни мне, ни вам, надеюсь. У меня в команде действительно лучшие специалисты. Они подготовят любой доклад. Можете академикам на рецензию дать — стыдно не будет.

— Но поймите, Давос — не ученая конференция, — слегка повысил голос помощник министра.

— А что Давос? — невозмутимо парировал Осин. — Там что, гении собираются? Если так, то скажите, почему во всем мире кризис, а прибыль моего банка только растет и зарплата сотрудников тоже?

— Как бы нам встретиться... — задумался чиновник.

— Я готов в любое время. Через неделю в Москве вас устроит? — предложил Леонид Евгеньевич. — Я подвезу предварительные материалы. И кое-что для вас лично...

Закончив разговор, Осин посмотрел на Рожнова, заместителя председателя правления банка по вопросам безопасности.

— Вот так, Гена. Надо уметь из всякого дерьма конфетку сделать. И угостить ею кого следует. Короче так: будем считать, что период предварительного накопления капитала уже позади.

— Но с бумагами еще не все решено, — напомнил Рожнов.

— Ничего, дело десятое. Я это сам сделаю, а миноритарными акционерами займется Станислав. И ты ему помоги, если попросит. С ментами поработай, узнай, что у них по убийству нашей Барби незабвенной... Да, вот еще что... Оганяна гасить надо. Причем побыстрее. Получится?

— Почему нет? Пока Рубик еще здесь, ждет пересылки.

— Надо с ним разобраться. А то попросили его об услуге, так он губу раскатал. Уже на киче парится, а все долю требует!

— Вчера вроде его людей грохнули. Неподалеку от дома Ладейниковой.

— Не твои ребята постарались?

— Нет, там перестрелка была. Мои чисто работают, без следов.

— Узнай поподробнее. Хотя и так ясно: наехали по старинке на кого-то и получили по полной. Правда, странно, что возле ее дома.

Может, она еще с кем-то работала? И те тоже включились?

— Да нет, такого не может быть. Я бы знал.

— Ведь такой кусок можно оторвать. Это не десять, не сто миллионов, это банк. Мой банк. А денег туда закачано — немерено!

Осин замолчал, думая уже о разговоре с помощником вице-премьера. Вспомнил сладкий голос чиновника и то, как тот сам спросил о возможности скорейшей встречи. Будет, будет встреча. И помощник не разочаруется, когда заглянет в приготовленный для него конверт.

— Почему-то мне кажется, что все будет хорошо, — произнес Леонид Евгеньевич. И постучал костяшками пальцев по дубовой столешнице.

Глава 4

Оганян поднимался по металлической лестнице и смотрел на перекрытые металлической сеткой пролеты. Завтра у него день рождения — сорок пять исполняется. Интересно, где он будет завтра? Скорее всего, в Крестах. Хотя ему без разницы где, в следственном изоляторе или в столыпинке. В вагоне, правда, тесно и душно. Камера, конечно, тоже не люкс, но все же расслабиться можно. Двенадцать раз в сознательной жизни он встречал день рождения на зоне, два раза в изоляторе, а в вагоне ни разу. Если и случится такое, то впервые. А если учесть, что родился он тоже не на воле, то всего пятнадцать получается. Из сорока пяти — ровно третья часть. Нормально. Его мать жила в

Спитаке и трудилась бухгалтером в магазине, оставляла себе немного из дневной выручки. Гроши какие-то, насчитали потом восемьсот рублей. Деньги вернула — собрали родственники, но все равно три года влепили женщине ни за что. Суд был скорым. Настолько скорым, что она только в колонии узнала, что беременна. В колонии и родила. Зато потом на поселение вытолкнули, и у Рубика в документах в графе «место рождения» стояло «Коми АССР, Корткеросский район, деревня Сторожевск». Года сыну не исполнилось, как женщину выпустили. В родной город она с ребенком не поехала, пристроилась на почте в Гумисте. В Спитак потом Оганян заехал в восемьдесят восьмом, взял тот магазин из принципа. Чисто взял, хотя и пальнул пару раз. Вернулся в Абхазию к матери, подкинул ей лаве, а через два дня Спитак был полностью разрушен землетрясением...

Оганян вошел в коридор и направлялся теперь к камере. Следом топал инспектор по режиму и сопел. Последнее раздражало Рубена, и он не сдержался:

— У тебя что, насморк, уважаемый? Не можешь дышать нормально, а?

— Отставить разговоры! — приказал конвойный и хлюпнул носом.

Рубика вели сейчас со встречи с каким-то странным человеком. Этот кент его в комнате для допросов дожидался. По виду фраерок приблатненный.

— Разговор к тебе, Огонек, — сказал он.

— Шмали дай, тогда разговор будет, — отозвался Рубик, — а так чего базарить.

Странный человек дал ему запечатанную пачку «Мальборо». Рубик скривился, но взял.

— Позавчера твоих пацанов завалили, — продолжил гость, — Сайдулаева и Ворону. Слышал?

Оганян еще утром узнал об этом, но ничего не ответил, задал свой вопрос:

— А ты кто такой есть, в натуре?

— Частный сыщик.

— Все равно мент. А у меня с ментами дел никаких.

— Тебе от маленького Бесо привет.

— Ну, и чего теперь, мне плясать, что ли?

— Да вроде у тебя должок перед ним, — напомнил сыщик.

— Выйду — верну, а если срочно, то с кичи передам.

— Он половину спишет, если мне поможешь.

— Ты в курсах, надеюсь, что я в авторитете? Бесо, может, и стучит, в чем я сомневаюсь, но я, в натуре, по понятиям живу. — Рубен посмотрел на дверь, давая понять, что аудиенция закончена.

— Кто Варвару заказал? — спросил сыщик.

— Не знаю такую.

— Вы же ее фонд охраняли.

— Не помню.

— Те же люди и тебя сдали. Ты получил двенадцать, отзвонишь по полной. Кто за тебя предъяву сделает?

Рубен задумался. В чем-то этот человек прав. Можно, конечно, и с зоны ответа потребовать, но вряд ли что выйдет...

— Как тебя зовут? — посмотрел он на сыщика.

— Кирилл, — сказал гость.

— Чего вдруг Бесо тебе доверяет?

— Помог я ему как-то. Он должен мне, ты ему: вот весь расчет.

— Короче, слушай сюда, Кирилл. Кто ту бабу завалил, не знаю. Кто заказал — тоже. Но там один банк интерес имел. Может, банкиры попросили?

— Как банк называется?

— Не знаю. Ищи сам. «Инвест» какой-то. Я все сказал. А Бесо передай, что я ему полностью верну что должен, когда откинусь...

На том разговор и закончился. Рубен подошел к дверям камеры и остановился.

— Лицом к стене! — скомандовал конвойный.

Оганян повернулся лицом к облупившейся краске. И тут же почувствовал, как рука конвоира быстро сунула ему что-то в карман.

— С днем рождения, Рубик, — шепнул он и шмыгнул носом. И тут же добавил: — Ширнись, но не сразу.

Со скрипом отворилась тяжелая дверь.

— Заходим в камеру! — громко приказал конвойный.

Оганян шагнул внутрь. Сокамерники, задрав головы, смотрели на экран прикрепленного к стене небольшого телевизора. Он подошел, и ему уступили место.

— Располагайся, Рубик. Последние деньки с нами. На строгаче телик не посмотришь.

— Все там есть, — усмехнулся Оганян, — даже свежий воздух.

Он посмотрел на экран — шла программа «Аншлаг», потом направился к нарам. На верхней шконке сидел накачанный парень, которого привели два дня назад. Новенький клялся, что посадил на перо приятеля, который приставал к его жене. Имени его Оганян вспомнить не мог, да и не хотел. Просто дернул качка за ногу и сказал:

— Слезь с пальмы!

Парень спрыгнул и пошел к телевизору. Рубен залез наверх и лег. Что-то твердое уперлось ему в спину. Он достал из-под себя книгу и глянул на обложку — «Преступление и наказание». Рубен бросил книгу вслед качку и растянулся во весь рост. Посмотрел на соседей, повернулся лицом к стене. Закатал рукав спортивной куртки и достал из кармана шприц-тюбик...

Тот, кто только что освободил место для Оганяна, опустился на пол и показал пальцем на экран:

— Че за рожа, блин? Ему там, типа, весело, а мы тут паримся!

Рубен услышал его слова, хотел сказать парню, чтобы придержал язык, повернулся и почувствовал, что ему не хватает воздуха. Хотел вдохнуть, но крепкий обруч сдавил горло. Попытался руками освободиться от смертельного захвата, и пена пошла у него изо рта. Он приподнялся, спустил ноги, собираясь позвать кого-нибудь, и полетел со шконки на пол.

Смотревшие телевизор обернулись. Качок поднялся на ноги, подошел, перевернул тело.

— Ты че, Рубик?

Затем обернулся к сокамерникам:

— Пацаны, кажись, Рубик того...

Глава 5

Палата была рассчитана на пятерых человек, но, кроме Брадиса, в ней лежали еще трое. Хотя двоим лежать не хотелось вовсе — они все время уходили в коридор. И, судя по всему, не только туда, потому что время от времени возвращались с пивом. Один из мужиков ожидал операции по поводу язвы, второй обследовался на предмет простаты. Лежали только полицейский прапорщик Жмуркин, у которого обнаружили камни, и Аркадий Ильич.

Койка Брадиса стояла у окна, и он смотрел во двор больницы. Во дворе не было ничего интересного: росли деревья и стояли автомобили. Очень скоро Аркадий Ильич уже знал, кто из врачей на какой машине ездит, и очень удивился — он был о врачах лучшего мнения, а в действительности у многих из них оказались дорогие иномарки.

Брадис лежал тихо. Жмуркин ему не мешал, хотя время от времени произносил какую-нибудь фразу. Фразы были разные, но начинались всегда одинаково — с протяжного глубокомысленного «Да-а...».

Жмуркин лежал на спине, смотрел в потолок и говорил, например:

— Да-а... И откуда эти камни в человеке берутся?

Через полчаса, вглядываясь в ту же точку над собой, мог сказать:

— Да-а... Я, стало быть, тут, а там криминогенная ситуация вовсю.

Еще спустя час выдавал:

— Да-а... Когда выйду, разберусь с женой, чем она меня таким кормила, что четыре булыжника врачи нашли.

Аркадий Ильич заранее сочувствовал жене Жмуркина. Он смотрел в окно и сверху видел многое. Видел, как узбеки копают траншею для прокладки коммуникаций, как больной на костылях пристает к пробегающим мимо молоденьким медсестрам. Узбеки копали каждый день, но продвинулись лишь на несколько шагов. Правда, они почти все время сидели на корточках, а за лопаты брались, когда появлялся главный узбек и начинал что-то кричать, понятное только соотечественникам. Больному с костылями тоже не везло: медсестры бегали быстрее. Еще больничная кошка охотилась на голубей, а однажды Аркадий Ильич видел, как на скамейке рыдала женщина.

— Да-а... — снова ожил прапорщик Жмуркин. — А вот как люди становятся евреями? Не знаешь, Аркадий Ильич?

— Делают себе обрезание и становятся. — Брадис хмыкнул про себя.

— Да-а... А ты делал?

— Я — нет, — признался Аркадий Ильич, — у меня и так все хорошо получается.

Жмуркин замолчал, обдумывая другой философский вопрос. И в этот момент в палату вошел человек в твидовом пиджаке. Брадис узнал его сразу, хотя пять лет назад этот мужчина носил другие пиджаки.

— Добрый день, Аркадий Ильич, — дружелюбно поздоровался посетитель, подойдя вплотную и опустившись на разбросанную постель отсутствующего соседа.

— Вы по какому вопросу? — спросил Брадис.

— Разве вы меня не узнали? Никогда не поверю.

— Забудешь вас, как же! Но я уже дал показания. И потом, вы же занимаетесь экономическими преступлениями.

— Я по собственной инициативе, чтобы потом вас не тревожить. Со дня на день дело о покушении на вас заберут из местного отдела, передадут в следственное управление города. И наверняка объединят с тем, которое веду сейчас я. И вот по старой памяти...

— То есть меня снова в камеру, а вы меня будете склонять, чтобы я взял на себя чье-нибудь преступление? Подключите к убеждению сокамерников...

— Потише, пожалуйста, — негромко произнес следователь и обернулся на Жмуркина.

Но прапорщик внимательно рассматривал потолок, вроде занятый своими размышлениями.

Следователь наклонился к Аркадию Ильичу и перешел на шепот:

— Будем откровенными друг перед другом. Скажу честно: меня попросили выяснить, кто покушался на вас и ваших друзей

— Хорошо, будем откровенными. Скажите честно: кто пять лет назад приказал вам давить на меня? Ведь понятно же, что арбитраж был куплен. Но вы-то на кого работали?

— Не понимаю вас. Вы сами признали себя виновным, а я, как и обещал, закрыл дело.

— Я помню: согласно статье семьдесят шестой УК РФ в связи с примирением сторон. Я продал дом и выплатил людям, ограбившим меня, несуществующий долг.

— Но остались на свободе.

— Сломанным и нищим.

— Жизнь вообще непредсказуемая штука. Кстати, насколько хорошо вы знакомы с доцентом Ладейниковым?

Брадис внимательно посмотрел на следователя. Но того его взгляд не смутил. Мужчина продолжал приветливо улыбаться.

— Вы и его намерены засунуть в камеру к вашим друзьям-уголовникам? — спросил Аркадий Ильич.

Улыбаясь, следователь поиграл желваками.

— А с погибшей женой Валерия Борисовича были знакомы?

— Все мои показания у капитана Пименова.

Следователь поднялся, обернулся на Жмуркина, который продолжал медитировать, хотел что-то сказать и — передумал. Но улыбаться перестал. Взгляд его стал жестким. Он отряхнул свои брюки, словно пытаясь сбросить нечто невидимое, что могло к ним прицепиться на больничной постели, и холодно произнес:

— Лечитесь пока. Здоровье вам еще пригодится.

Следователь направился к выходу. У дверей остановился и снова улыбнулся:

— До скорой встречи. Но уже на моей территории.

Глава 6

Обедать Леонид Евгеньевич Осин уже полтора года ездил в один и тот же ресторан. До того там было дорогое казино, потом рулетку, столы для блэкджека и покера убрали, но роскошь осталась. В казино Осин тоже заезжал несколько раз, даже ставки делал, но это ему не понравилось. И не потому, что проигрывал, нет, всегда он оставался при своих, а однажды даже выиграл что-то, но глупый и малоперспективный азарт не привлекал его, куда интереснее игра на бирже. Еще увлекательнее банковская игра — она абсолютно беспроигрышна, если знаешь, конечно, на что ставить. А Леонид Евгеньевич знал.

В кризис девяносто восьмого он хорошо поднялся на ГКО и вовремя избавился от мгновенно обесцененных бумаг, причем отдал их под обеспечение валютного кредита. Отдал компании, которая решила не продавать валютную выручку, а ссудить кого-нибудь долларами на короткое время, получив рублями. Вот и пролетели ребятки. Потом пытались вернуть свои деньги, но проиграли арбитраж. Договорились с бандитами и попали в еще большую кабалу. Затем начали угрожать, но на подобный случай у Гены Рожнова нашелся Ара Огонек. И где теперь те кредиторы?

Именно тогда в банк пришли серьезные клиенты, а позже потекли и бюджетные ручейки. Очень скоро «Северо-Запад Инвест» вошел в сотню крупнейших банков страны, а теперь вот — и в тридцатку. Не хватало лишь одного — своего человека на самом верху. Имелись, конечно, у Осина знакомые и в Центробанке, и в Минфине, которые всегда были готовы помочь за хорошее вознаграждение, но эти люди ничего не решали. И вот сейчас появилась реальная возможность выйти на вице-премьера.

Осин понимал, что заведующий его секретариатом уже доложил боссу о состоявшемся разговоре, и если назначил встречу, то, следовательно, решение принято. Главное теперь — повидаться с самим вице-премьером и пообещать ему столько, сколько никогда не даст никто другой. Осин, возможно, тоже не даст, но пообещать можно. Хотя если доходы резко пойдут в гору, то не грех и поделиться. В общем, дурака-декана ему бог послал, а тому повезло: у него под боком оказался Ладейников. Вероятно, Храпычев надеется, что тот напишет доклад для вице-премьера. Не знает еще, глупый и жадный карьерист, что сам он уже не нужен, что доцент поработает на Осина, как уже поработал однажды, отдав, как сказала Лариса, свою собственную докторскую диссертацию, подготовленную к защите. Но от него не убудет, как говорится.

Лариса, Лариса... Осин вспомнил ее и удивился тому, как везет какому-то верблюду. Лариса даже в постели могла говорить о муже.

Смеялась и называла именно Верблюдом. А ведь любила его, вероятно. Насколько могла, разумеется. Затем эта Варвара, выдававшая себя за американку... Уж про нее совсем нельзя было подумать, что у нее такой незаметный муж. Когда все выяснилось, Осин даже решил поначалу, что за ее аферой стоял именно муж, но вспомнил этого книжного червя и понял — нет, он неспособен.

Хотя в жизни возможно все. Разве кто-нибудь мог когда-то представить, например, что из скромного австрийского паренька Шикльгрубера, мечтавшего поступить в Мюнхенскую академию художеств, получится диктатор Адольф Гитлер? Осин лишь однажды видел мельком Ладейникова и не впечатлился: довольно высокий человек идет и смотрит себе под ноги, ощущение такое, будто сутулится под тяжестью своих мыслей. И при этом еще и улыбается. Вот о чем человек может думать, чтобы так отрешенно улыбаться? О прибавочной стоимости? О формуле расчета оборотного капитала?

Леонид Евгеньевич вошел в пустой зал и направился к столику, за которым обычно обедал. Как всегда, здесь пусто днем. И поесть можно спокойно, и в случае чего о деле побеседовать с нужным человеком. Сегодня он прибыл в ресторан со Станиславом, прихватив его просто за компанию, с ним-то разговоры и в кабинете сойдут. Полгода назад вот так же приехали сюда вдвоем, а тут обедала роскошная женщина... Знать бы тогда, чем все обернется, он бы не подошел к ней. Нет, пожалуй, все равно бы подошел, только потом был бы осторожнее.

Тогда в конце апреля они сидели за тем же столиком и беседовали о деле. А дело было архиважное: Осин, который создал свой банк, постепенно утрачивал над ним контроль. Леонид Евгеньевич по-прежнему был крупнейшим акционером, оставался председателем правления, принимал все решения и распределял прибыль. Однако самые важные решения принимало все-таки собрание акционеров. И оно же было вправе назначить нового председателя. У него оставалось чуть меньше двадцати пяти процентов акций — несколько эмиссий, проводимых ежегодно, увеличили уставной капитал, привлекли новых акционеров, но уменьшили долю Осина. Собственно, бог с ней, с долей, он, как и раньше, распоряжался средствами в полном объеме. Но вдруг акционеры захотят поставить на его место другого человека? Тогда — прощайте доходы, прощай «карманный» банк. Этого допустить никак нельзя. Можно, конечно, было потихоньку скупать акции, потом провести еще одну эмиссию, причем значительную, чтобы акционеры не сумели выкупить доли и сохранить свой процент, после чего приобрести свободные акции сразу или через подставные фирмы на свободном рынке. Но все это было рискованно, более непредсказуемо, чем игра в рулетку: вот так вложишь все в развитие, а потом придется отдать другим, которые сообща смогут задавить его. У него ведь лишь четверть акций банка, а у других, завистливых и подлых, все остальное. Поэтому он и поехал в ресторан со Станиславом.

Тогда, в апреле, они устроились за столиком, и Осин посмотрел на своего заместителя строго:

— Стасик, дело, которое я тебе поручил, очень важное. А ты третий месяц телишься, движения нет. Пойми, я банк организовывал, но у меня сейчас менее двадцати пяти процентов акций. При желании эта акционерная сволочь...

Осин глянул в сторону и увидел молодую женщину в темно-пурпурном платье с открытыми плечами. На плечах, впрочем, лежала горностаевая горжетка. Все было красиво: и платье, и горжетка, и поза незнакомки, и она сама. Да и горностай, вероятно, тоже был когда-то красавчиком...

Посмотрев на посетительницу, Леонид Евгеньевич сбился с мысли. И потер лоб, пытаясь вновь сосредоточиться на главном.

— Так вот... Короче, у меня связаны руки. Я не могу так запросто распоряжаться финансовыми потоками.

Мимо прошел официант с подносом, на котором стояли бутылка вина, тарелочки с нарезанной бужениной, сырным ассорти и крупными оливками. Он направлялся как раз к столику девушки. Осин еще раз посмотрел на красное платье и снова сбился с мысли.

— Чтобы грамотно провести интервенцию, — заговорил Станислав Иванович, — необходимо иметь достаточно средств, а как раз их и не хватает. Банк не может сам...

Осин не дал ему договорить.

— Стасик, видел девушку в красном, что позади тебя?

Заместитель хотел обернуться, но Осин остановил.

— Не крути башкой! Она только что «Шато Петрюсс», которое не меньше двух тысяч евро стоит, заказала. Мое любимое вино. И твердые сыры к нему, как я люблю...

— Можно было бы создать какой-нибудь инструмент... — попытался продолжить Станислав Иванович.

— Понятно, что-то типа финансовой пирамиды, — согласился Леонид Евгеньевич. — Не те времена, конечно, но...

— Нет, сейчас это не пройдет, — покачал головой Станислав Иванович, — я бы не стал...

— Ты не можешь, другие смогут. Слушай, Стасик, пригласи за наш столик ту девушку, а сам отправляйся в банк... Какое платье! Стопроцентный Пако Рабанн!

Станислав Иванович вытер губы салфеткой и поднялся, Осин легким взмахом ладони поторопил его.

Заместитель подошел к столику молодой женщины.

— Простите, что отвлекаю вас, но мне кажется, что мы встречались прежде.

— Вы обознались, этого не могло быть, — ответила незнакомка, не поднимая глаз.

— Однако мой спутник уверяет, что это именно так.

Но она, даже не обернувшись, чтобы посмотреть на их столик, негромко сказала:

— Уверяю вас, что и он обознался. Я всего несколько дней в России... Простите, но я привыкла принимать пищу в одиночестве.

Станислав Иванович посмотрел на босса и пожал плечами, после чего вернулся за стол.

— На контакт не идет. Похоже, русская иностранка. Очень сдержанная.

— У тебя не получается — у меня получится, — усмехнулся Осин. — Вали отсюда!

Он дождался, когда подчиненный выйдет из зала, а потом взмахом руки подозвал застывшего у стены официанта. Когда тот подошел, Леонид Евгеньевич приказал:

— Видишь ту даму? Отнеси на ее столик французского шампанского.

— Какого прикажете?

— Самого дорогого.

Официант ушел, а Леонид Евгеньевич стал наблюдать. Когда на стол девушки официант поставил ведерко со льдом, из которого торчало горлышко бутылки шампанского, она покачала головой. Но официант что-то сказал, и незнакомка обернулась, при этом удивленно выгнула бровь. Тогда Осин направился к ее столику.

— Это я взял на себя смелость заказать для вас шампанское, — сказал он. — Простите, но мне показалось...

— Что мы уже встречались? Ваш спутник говорил то же самое. Повторяю: этого не могло быть — я лишь несколько дней в России.

— А откуда вы приехали?

— Прилетела из Штатов.

Осин перешел на английский.

— Это замечательно. Я люблю Америку. А в каком городе вы жили?

— В Довере, — на том же языке ответила незнакомка.

— Не бывал.

Девушка улыбнулась и снова заговорила по-русски:

— Значит, и не встречались. Это административный центр штата Делавэр. Садитесь, раз мы уже беседуем.

Официант подвинул Осину стул.

— О, штат Делавэр! Райское место! — с восхищением воскликнул Осин. И показал официанту на шампанское: — Поухаживай за нами, любезный.

— Действительно, райское, — согласилась девушка, — безналоговая зона.

— И чем вы там занимались?

— Открыла управляющую компанию. Скупала разоряющиеся предприятия с историей. Переводила их в Делавэр, очищала от налогов, привлекала инвестиции, а потом продавала.

— Чисто американский бизнес. Увы, в России подобное невозможно.

— Просто никто не занимался этим. Надеюсь, я буду первой.

Официант открыл шампанское и наполнил два бокала.

Леонид Евгеньевич поднял свой:

— Тогда предлагаю тост за успех всех ваших начинаний.

Девушка тоже взяла бокал. Осин коснулся его своим с легким хрустальным звоном и выпил шампанское почти полностью. Незнакомка сделала лишь маленький глоток.

— У нас за этот тост пьют до дна, — заметил Леонид Евгеньевич.

— Просто я предпочитаю «Дом Периньон», а не «Клико», — ответила девушка.

— У нас нет «Периньона», — встрял официант.

— Оставь нас, любезный, я сам поухаживаю за дамой, — махнул ему Осин. И, улыбнувшись собеседнице, сказал: — Но я не представился. Меня зовут Леонид Евгеньевич.

— А я — Барбара... Ой, забыла, что я не дома. Можете называть меня по-русски, Варей.

— Прекрасное имя! — с восхищением оценил Осин.

Разговор завязался, причем на интересующую Леонида Евгеньевича тему. Он и не думал, что встречаются женщины, которые так разбираются в управлении финансами. Впрочем, это ведь иностранная женщина, хотя и родившаяся в России. Ей повезло: мать Варвары вышла замуж за американца, а тот оказался финансистом с Уолл-стрит. Через какое-то время мать с ним развелась, нашла себе другого мужа, и тоже далеко не бедного, но финансист уже успел коечему научить падчерицу. Потом были экономический факультет Гарварда, работа в солидном банке и собственный бизнес.

— Ваша идея замечательна, только вряд ли осуществима, — развивал тему Осин. — За океаном в этом смысле все значительно проще, у нас своя специфика. К тому же административные препоны...

— А я уже приобрела один фонд, который будет... как это по-русски?

— Крышей? — подсказал Леонид Евгеньевич.

— May be, — кивнула Барбара.

— Что за фонд?

— Фонд взаимопомощи фермерских хозяйств. Он действовал в области несколько лет. Прибыли особой нет, фонд благотворительный, и я просто накачаю его деньгами и ценными бумагами... Думаю, что смогу вложить в него сорок-пятьдесят миллионов собственных и заимствованных средств. А потом куплю акции какого-нибудь банка и...

— Ни слова больше! Варвара, вас мне сам бог послал! Дело в том, что я как раз владелец крупного банка и давно мечтал создать нечто подобное, чтобы развивать сельское хозяйство в нашей стране. Для начала я сделаю взнос в ваш фонд, а потом мы побеседуем о необходимой реорганизации и направлениях деятельности.

Он снова наполнил свой бокал и долил немного шампанского в ее.

— Давайте еще по глоточку выпьем за общность интересов.

Девушка потрогала свои ресницы, а потом поморгала.

— Позвольте, я выйду на минутку, кажется, что-то в глаз попало.

Варвара грациозно поднялась и не спеша двинулась к выходу из зала. Пораженный Леонид Евгеньевич смотрел ей вслед и не мог прийти в себя — такая неожиданная случайная встреча, которой могло и не быть. «Надо же, — подумал он, — красива, молода... Сколько же ей лет? Не больше тридцати — это точно. Двадцать семь, может быть. И богата!» Американка повстречалась ему как раз в тот момент, когда для него это важно. Нет, ему нужны от нее не только деньги, опыт, связи... Ему нужно от нее все! Он почувствовал на губах вкус шампанского и облизнулся.

Молодая женщина в это мгновение остановилась и обернулась. Леонид Евгеньевич помахал ей рукой, и она улыбнулась ему — сама богиня Фортуна в образе светловолосой девушки в роскошном пурпурном платье от Пако Рабанна.

Осин остался за столом, а Варя вошла в коридор, ведущий к дамской комнате, и увидела официанта, обслуживавшего ее столик.

— Спасибо, Федя. Я думаю, он сейчас рассчитается за мой заказ, а то такое вино мне не карману.

— Ерунда. Заплатит или нет, неважно: я в бутылку молдавского «Мерло» налил. А даст денег, то я Евгении Ивановне все до копейки отдам. Уж очень она родителям помогла, когда у нас телятник сгорел.

— Родители в поле, а ты здесь?

— Так я учусь в сельскохозяйственном, — объяснил официант, — а здесь подрабатываю, чтобы ни у кого на шее не сидеть.

— Молодец, — похвалила его Варя. — А теперь сходи в зал и посмотри, что он там делает. Если по телефону будет говорить, постарайся услышать о чем...

Когда девушка вышла из зала, Осин достал мобильник и позвонил Станиславу:

— Все, Стасик, теперь этим будет заниматься другой человек. Есть, куда закачивать деньги, и есть, как распылять их. А главное, есть опытный менеджер.

Мимо попытался прошмыгнуть официант, и банкир, продолжая говорить по телефону, взмахом руки подозвал его.

— Я скоро приеду, — произнес он в трубку, — в любом случае дождись меня.

Осин спрятал мобильник в карман и сказал официанту:

— Любезный, посчитай за два столика.

Леонид Евгеньевич расплатился, когда подошла Варвара, небрежно бросив пачку на стол, даже не взглянув на счет и не пересчитывая деньги. Впрочем, он точно знал, сколько купюр в пачке и какая сумма была выведена в счете, а лишняя тысяча баксов — не цена за такое знакомство. Наивная американка наверняка обратит внимание на этот его жест. И то, что девушка не спешила покидать ресторан, доказывало — она уже на крючке.

Они поговорили немного о погоде и о финансовом климате в штате Делавэр, а потом Осин предложил:

— Чтобы времени зря не терять, давайте заглянем ко мне в банк.

Они сели в «Мерседес», роскошь которого лишний раз подтвердила статус хозяина, и Леонид Евгеньевич спросил у спутницы:

— Вы не против, если поедем с музыкой?

Американка кивнула.

Вышколенный водитель, увидев ее кивок в зеркале, нажал на кнопку, и сразу в салон ворвалась мелодия — оркестр Поля Мориа исполнял песню Барбры Стрейзанд «Woman in love».

— И все-таки вы мне кого-то напоминаете, — не выдержал Леонид Евгеньевич. — Мне кажется, что был момент...

— It's impossible, — улыбнулась девушка. И пропела под аккомпанемент оркестра: — «Love is the moment in space...»

С каждой секундой Леонид Евгеньевич все больше и больше очаровывался новой знакомой. Он уже считал, что это не случайная встреча, а божий промысел. Блаженство растекалось по его телу, когда он смотрел, как Варвара опустилась в кожаное кресло, окинув почти равнодушным взглядом его кабинет, и когда созерцал, как молодая женщина перебирает банковские выписки, перелистывает последний банковский баланс.

— Кредитный портфель слишком велик, я бы избавилась от части непрофильных активов... — изредка комментировала она вслух. — Ставку по срочным депозитам можно поднять на один процент: это привлечет частных вкладчиков, а банк увеличит объем оборотных средств...

Осин смотрел на ее стройные ноги, на серебристые туфельки из отливающей перламутром кожи гремучей змеи и едва сдерживал себя.

Чудо, что именно сегодня Барбара... нет, Варя зашла в тот ресторанчик, а он подошел и взял то, что плохо лежит. Теперь Леонид Евгеньевич не сомневался: еще до конца года банк станет принадлежать ему целиком. Причем это будет не просто крепкий средний банк, а мощная финасовая империя. Правда, для того чтобы он превратился в таковую, надо активно развивать сеть отделений и филиалов, выходя за пределы региона и, вполне вероятно, России. Может, стоит купить какой-нибудь слабый умирающий банк, у которого есть едва дышащая сеть и которую он уже не в состоянии содержать. В этом случае можно взять кредит на Западе под уже существующие чужие обороты и основные фонды...

— С какими банками сотрудничала ваша компания? — спросил Леонид Евгеньевич.

— В Штатах с «Чейз Манхэттен» и с «Нью-Йорк Сити». Кроме того, у меня пакет делавэрского банка развития, — ответила Варвара, не отрываясь от бумаг. — В Европе испанские «Сатандер» и «Бильбао», парижский «Парибас», «Дойче Хандельсбанк», «Дрезденер», три швейцарских, и, естественно, через Лихтенштейн проводим средства. Но я предпочитаю мелкие банки на островах, где свято соблюдают конфиденциальность и снимают невысокий процент за обналичивание. Если вас интересует вложение в золото, то рекомендую через «Кредит Лионель Мадагаскар». В прошлом году, например, при относительной стагнации цены на слитки я через покупку песка сделала там восемьдесят процентов чистой прибыли.

— Неплохо, — согласился Осин.

— К сожалению, объем инвестиций, отправленных на Мадагаскар, был невелик, десять миллионов всего. Но это был пробный шар, зато теперь я смогу, не загоняя средства на американские счета, перечислять прибыль от российских предприятий прямо туда. И прибыль получать ежемесячно как от купонных облигаций...

— А я смогу вложить свои деньги в ваши мадагаскарские проекты? — спросил заинтересованный Леонид Евгеньевич.

— Yes, — кивнула Варвара.

— А сколько они смогут переварить?

— На сегодня тонна золота в месяц максимум. Но если увеличить контрагентскую сеть, то больше. Надо считать...

— Я готов войти в половинную долю, — поспешил заверить Осин.

Американка оторвалась от изучения бумаг и взглянула на него внимательно.

— О'кей, — кивнула она, — я представлю вам для изучения необходимые документы.

Молодая женщина снова стала листать баланс банка, а Осин вдруг подумал: что, если это спланированная акция конкурентов — ему подсовывают симпатичную, с хорошо подвешенным языком, уверенную в себе мошенницу? Он заглатывает наживку и попадает на крючок, словно карась-идеалист... Нет, того карася, литературного кажется, щука съела. Но от этого не легче.

— Сколько у вас на счетах в России? — спросил Леонид Евгеньевич.

— На сегодня немного, — ответила Варвара. — В конце года я перегнала средства под контракты на Запад. А сейчас апрель, и пока много заработать не успела. Если хотите...

Девушка расстегнула сумочку и достала листы, сцепленные скрепкой.

— Вот последние выписки только по одному счету.

Леонид Евгеньевич взял бумаги и увидел, что это выписки Сбербанка. Посмотрел на последнюю строку «Итого оборотов» и удивился:

— Четыре миллиарда рублей пропустить через один счет, вы считаете, это немного?

Варвара пожала плечами и улыбнулась:

— Если мы с вами начнем совместную деятельность, то основные обороты пойдут через ваш банк.

Осин кивнул, сел за свой стол и незаметно переписал номер счета и фамилию операционистки Сбербанка. А название предприятия американки он и так запомнил — «Фермерский фонд взаимного кредита».

Гена Рожнов в тот же день проверил это предприятие. Все было реально, только среди собственников не значилась Барбара Венджер. Но она руководила фондом как наемный менеджер. И тогда Осин поверил в свою удачу окончательно.

Через день Леонид Евгеньевич предложил новой знакомой скупать акции его банка и объяснил, что деньги потребуются немалые, так как через пару недель будет объявлено о новой крупной эмиссии. Но он готов вложить в покупку акций и свои личные средства, и средства банка, и средства клиентов банка. С гарантией возврата, разумеется. Американка согласилась. Однако посоветовала скупать акции не через фонд, а через подставных лиц, которые отдадут акции в управление кому угодно. Хотя бы самому Осину. Гарантией же возврата средств она предложила выставить золотые сертификаты мадагаскарского банка.

Глава 7

Все-таки они вышли из дома — надо было взять кое-какую литературу из квартиры Ладейникова. Когда нагруженные книгами друзья оказались во дворе, к ним сразу же подъехал внедорожник. Богомолов тут же заслонил Валерия Борисовича собой и, бросив на землю пакет с книгами, сунул руку в карман.

— Это мой знакомый, — успокоил друга Ладейников.

Храпычев вышел из машины и заговорил, покосившись на майора:

— Привет, Валера. Можно тебя на минутку? — И декан приоткрыл дверцу автомобиля. Ладейников увидел в салоне студентку Хакимову и садиться в машину не стал. Храпычев и сам понял свою промашку и предложил:

— Можно и на улице поговорить.

Он взял Ладейникова под локоть, отвел на несколько шагов от машины и от Богомолова и понизил голос:

— Я тебя только предупредить хотел... — начал декан.

— О чем?

— Дело, конечно, твое, но я бы с Осиным не связывался.

— А кто это?

— Владелец банка «Северо-Запад Инвест». Очень опасный человек.

— Но я даже незнаком с ним.

— А разве он не просил тебя написать доклад для вице-премьера?

— Коля, меня просил ты, а я пока не отказался, если ты помнишь.

— Мне кажется, что Осин скоро обратится к тебе.

Ладейников в недоумении покачал головой. Храпычев покосился на стоящего в отдалении Богомолова и еще больше понизил голос:

— У Леонида Евгеньевича большие проблемы — кто-то очень грамотно развел его. Только это между нами! Он решил провести эмиссию акций банка. И чтобы оставить с носом основных акционеров, предварительно продал большую часть своих акций подставным фирмам. Дополнительные пакеты разошлись акционерам сообразно их долям, часть реализовали на рынке, чтобы привлечь дополнительный капитал. И тут выяснилось, что Осин вроде как не у дел оказался, потому что контрольный пакет уже не у него, а у кого-то другого. Вроде как у бабы какой-то. А потом слухи пошли, что в банк скоро нагрянут аудиторы Счетной палаты, ведь в банке Осина есть и бюджетные счета. Пенсионного фонда, например. И не только. А банкир, как ты понимаешь, для своих целей использовал деньги вкладчиков...

— Я-то тут при чем?

— Ты или очень наивный человек, или очень хитрый. Во всей этой истории как-то завязана твоя вторая жена. Судя по всему, именно она стала владелицей контрольного пакета, а у Осина нет даже блокирующего. Может, он вообще сейчас обычный акционер. Теперь его запросто заставят уйти с поста председателя правления и отчитаться. Вот поэтому ему нужен вице-премьер, чтобы прикрыться им.

— Ко мне это не имеет никакого отношения.

— Помнишь тот снимок полароидный, который был у меня, а потом как-то снова у тебя оказался? Так вот. Недавно ко мне зашла... короче, я сам пригласил в гости одну даму. Мы чай пили, и я зачем-то стал показывать альбом со своими старыми фотографиями... Возможно, та дама снимок и прихватила... Хотя зачем ей?

Николай Михайлович оглянулся на свою машину и увидел, что Хакимова, опустив стекло, курит в салоне и внимательно наблюдает за ними.

— Я пойду, пожалуй. — Ладейников сделал шаг в сторону.

— Я по поводу доклада... — напомнил Храпычев. — Ты обещал подумать, но время поджимает. Если сделаешь, то обещаю: верну тебя на факультет, чего бы мне это ни стоило.

— Хорошо, — согласился Валерий Борисович, — напишу. Тем более что параллельно уже занимаюсь похожей темой.

— Постарайся, Валера, — попросил Николай Михайлович. — А я, со своей стороны, все для тебя сделаю.

Храпычев протянул руку, но Валерий Борисович, словно не заметив ее, подхватил свои пакеты с книгами и направился к ожидающему другу. Николай Михайлович все стоял и смотрел, как они удаляются, как выходят со двора, а потом вернулся к своему «Лексусу».

— Вообще-то обед скоро закончится, — напомнила ему Хакимова.

Декан посмотрел в ее наглые глаза, и ему вдруг захотелось буквально разорвать девицу. Но он промолчал, сел за руль, после чего сказал:

— Сейчас поедем к тебе, а заодно и пообедаем.

Николай Михайлович решил пока не возвращаться на факультет. Он хотел подумать. А думалось ему лучше всего, когда ничто не отвлекало: ни телефонные звонки, ни визиты преподавателей, которые заявлялись в кабинет со всякой ерундой, ни перекатывающийся по коридору гул голосов студентов, непонятно что делающих на факультете. Самые ценные мысли приходили всегда в моменты, когда он совсем, казалось, отключал сознание — сжимая в объятиях извивающееся в конвульсиях податливое молодое тело.

То, что произошло пару часов назад, было непонятным и насторожило. Позвонил Осин и поинтересовался, как идет работа над докладом. Николай Михайлович заверил его, что специально отобранные специалисты только этим и занимаются, так как уже получили в качестве аванса неплохие деньги.

— Среди получивших аванс нет ли случайно доцента Ладейникова? — поинтересовался банкир.

— К счастью, нет, — ответил Николай Михайлович. — Я же говорил, что Ладейников деградировал полностью и как специалист, и как личность, а потому уволен мною. Но уверяю вас, что доклад только выиграет от его неучастия в проекте.

Больше Осин ни о чем не спрашивал, пожелал успехов и напомнил о сроках.

И тогда декан понял, что надо спешить, а потому поехал к бывшему другу. Все вроде бы складывалось хорошо: Верблюд о деньгах даже не заикнулся. А между прочим, Храпычев уже готов был предложить ему аванс. Он даже приготовил десять новеньких стодолларовых купюр. И когда сгибал их, чтобы спрятать в бумажнике, вдруг испытал нечто вроде жалости — не жадность, а какое-то сострадание к ним, таким невинным и красивым бумажкам. И теперь они лежали там, куда Николай Михайлович их положил, не напоминая о себе и не прожигая карман.

Может, вообще не возвращаться сегодня на факультет? Позвонить отрабатывающей положенный срок Юле и сказать, что он в мэрии на заседании комитета по инвестициям и экономической политике... И тогда можно подольше побыть у Хакимовой, не растрачивая время и мысли по всяким пустякам.

Сейчас он гнал автомобиль и в один момент едва не проскочил на красный — когда вспомнил, что Осин ничего существенного не сообщил. Ведь если банкир звонил только для того, чтобы поинтересоваться каким-то мелким, ничего не значащим для него Ладейниковым, то это совсем непонятно.

Глава 8

Вечером ненадолго заскочил Кирилл и сообщил, что двоих людей Оганяна его сотрудники взяли сегодня днем. Те долго ломаться не стали и, когда их притащили в подвал со следами крови на стенах, рассказали все, что знали.

По их словам, серьезные люди поручили Оганяну крышевать одну фирму, хозяйкой которой была Варвара Николаевна. Но на фирму никто вроде не наезжал, а офис охраняла вневедомственная охрана, так что работы у пацанов было немного. Причем фирма очень быстро раскрутилась, так как Варвара скоро стала ездить на «Мерседесе», и к ней в кабинет часто заглядывали серьезные люди со своей охраной.

В конце лета начались какие-то заморочки, а у Рубика случились терки с теми, кто его на эту фирму поставил. Оганян потребовал долю, ему отказали в грубой форме, а потом сдали ментам. Кстати, для него не самый плохой вариант, поскольку люди, которые подставили его под этот блудняк, слишком серьезные, чтобы делиться своим куском, и запросто могли закатать Рубика в асфальт. На него в одно и то же время накатали телегу: магазин, автосервис, где занимались разборкой, и две областные заправки, где толкали разбодяженный бензин. Все, словно сговорившись, решили, что лучше работать честно, чем отстегивать Аре Огоньку.

Рубика взяли во время получения денег. При задержании он решил не дергаться, хотя при нем была волына, а в кармане шприцы с герычем. На суде он заявил, что и пистолет, и героин ему подкинули, деньги же он получил в счет старого долга. Однако судья ему не поверил и влепил двенадцать строгача. Из Крестов Огонек иногда звонил своим подручным и просил следить за Варварой, чтобы никуда не соскочила.

Но с ней получилась такая история. Когда пацаны решили ее прижать на предмет доли «Рубикона», она вывела их на какую-то старую бабу, которая, типа, в законе и за которой стоят серьезные московские воры с кавказскими фамилиями. На стрелке та баба сама позвонила по мобиле в Кресты, побазарила с Рубиком и вроде закрыла тему. При этом по фене ботала так, что пацаны не до конца поняли, что им дальше делать. А те, кто от московских присутствовал, тоже не для мебели стояли — объяснили парнишкам, что теперь надо других овец стричь, а к Варваре не приближаться.

Больше к ней никто не подходил, но Варвару потом все равно грохнули. А кто и за что конкретно — ни они, ни даже Рубик не знают. Может, конечно, Рубик был в курсе, но его самого тоже... Правда, незадолго до этого Оганян звонил и сказал, мол, Варвара кинула кого-то на сумасшедшие бабки, так что неплохо было бы с нее получить. А еще сказал, что у нее был муж — доцент, который наверняка в доле. Но, судя по всему, Оганян что-то не догонял, потому что доцент оказался совсем не крутым, а ботаником в натуре, разве что без очков...

Никакой более ценной информации от этих ребят получить не удалось: как оказалось, Оганян никого не посвящал в свои планы. И вообще он мог болтать о чем угодно, но только не о делах, которые приносили прибыль лично ему. Бандитов пришлось отпустить, а потом смывать предварительно разбрызганный по стенам подвала кетчуп.

Про саму же Варвару выяснилось, что в конце девяностых она получила срок за организацию финансовой пирамиды. Странным было только то, что ей на момент ареста не исполнилось еще и девятнадцати. По приговору суда получила она девять лет, что само по себе невероятно — ведь разоривший четверть населения страны создатель «МММ» получил меньше.

— Наверное, украла меньше и не смогла откупиться, — предположил Богомолов.

— Скорее всего, она просто рядом стояла, — уточнил Кирилл, — и ею прикрылись. Деньги так и не были найдены, а имущества, которое могло пойти в счет возмещения нанесенного ущерба, у нее не было. Конфискованные квартира, машина и драгоценности и сотой части ущерба не покрыли. Срок она свой отсидела, Можно было бы думать, что и нынешнее ее предприятие «Фонд взаимной помощи фермерских хозяйств» — тоже мыльный пузырь. Однако это не так. Фонд был организован, еще когда Варвара находилась в исправительно-трудовой колонии, и объединил около сотни фермерских хозяйств в четырех районах области. Занимался реальной деятельностью: кому-то помогли погасить кредиты, кому-то приобрести технику, с кого-то сняли рэкетиров. Часть фермеров, правда, перестали заниматься сельским хозяйством, а некоторые и не начинали, но все люди, решившие завязать с фермерством, передали свои наделы в управление фонду, который их продал, выведя предварительно из состава земель сельхозназначения и переведя в земли поселений, чем увеличил стоимость участков минимум в десять раз. На вырученные деньги и оказывалась помощь выжившим хозяйствам. Но большая часть средств осталась на счетах фонда. А если учесть, что под строительство загородных поселков реализовали почти тысячу гектаров по цене не менее трех тысяч долларов за сотку, то выручка была огромной.

— Триста миллионов? — удивился, быстро прикинув, Валерий Борисович. — Кто бы мог подумать!

Зато на отставного майора названная сумма, казалось, не произвела никакого впечатления.

— Давно пора, мать-перемать, умом Россию понимать, — прокомментировал он.

— Весной нынешнего года, — продолжил Кирилл, — Варвара Николаевна Чернова освободилась из мест заключения, приехала в наш город и почти сразу стала руководителем фонда. Правда, перед этим изменила внешность — сделала пластическую операцию — и фамилию, выйдя замуж за доцента Ладейникова, который сам о данном факте и не догадывался.

— Я даже знаком с ней не был, — подтвердил Валерий Борисович.

— И тем не менее она открыла в банках счета, а также приобрела дорогой автомобиль и большую квартиру в новом доме с видом на залив — на имя супруга. Площадь квартиры, кстати, более двухсот метров, большую ее часть занимают зимний сад и лоджия.

— Но она жила на съемной.

— Жила. Пока в новой шел ремонт. Отделка купленной ею квартиры закончилась буквально на днях. Я встретился с бригадиром рабочих, и тот сказал, что расчет с ними был произведен авансом. Узнав о гибели заказчицы, он отдал мне ключи.

Кирилл достал из кармана небольшую связку и протянул Ладейникову.

— Я побывал внутри, все внимательно осмотрел, — продолжил сыщик. — В некоторых комнатах есть даже мебель. Можно въезжать и жить.

— Спасибо, — усмехнулся Валерий Борисович, — но у меня есть жилплощадь.

— Если думать, что вышла она замуж за вас, использовав потерянный паспорт и уговорив кого-то сыграть роль жениха на свадьбе, непонятным остается одно — зачем она все это приобретала на ваше имя.

Ладейников пожал плечами.

— И вот еще что, — добавил Кирилл. — По месту отбывания наказания Варвара Николаевна характеризовалась положительно. Трудилась на швейном производстве, нормы выполняла. Приобрела еще одну специальность — великолепно освоила компьютер. Плюс к тому настойчиво изучала английский язык и, судя по всему, достигла больших успехов — в колонии одновременно с ней отбывала срок бывшая наша соотечественница, уехавшая в свое время на жительство в Штаты, с которой у Варвары Николаевны установились приятельские отношения. Американка десять лет назад застрелила любовника, отсидела и где сейчас живет, не столь важно. Есть более ценная информация: предположительно, сейф, ключ от которого Чернова так старательно прятала, находится в одном из двух банков, расположенных неподалеку от квартиры, где она проживала. И там, и там есть сейфинг. С утра, если есть желание, можно посетить оба учреждения и проверить мою догадку.

Глава 9

Они сидели в том самом ресторане и даже за тем самым столиком, за которым познакомились в конце апреля. Леонид Евгеньевич пригласил Варю поужинать, рассчитывая на продолжение вечера. Они были знакомы уже два месяца, и банкир почти все знал о ней. Не все, конечно, но самое главное ему было известно: у Варвары никого нет — ни постоянного любовника, ни случайных связей. И вообще она слишком серьезна, чтобы растрачивать время на любовные похождения.

И все-таки Осин был уверен: нет ни одной женщины, которая отказалась бы от мужского внимания, а расположения мужчины богатого и уважаемого ищут все. Варя, конечно, и сама далеко не бедная, но деньги, как говорится, к деньгам. Для того чтобы создать не семью, а финансовую империю, скрепленную брачным договором, особой любви и не требуется. Американцы это давно поняли. Но Леонид Евгеньевич был влюблен. Причем он полюбил эту женщину почти сразу, как увидел сидящей за столиком в пурпурном платье, в туфельках из змеиной кожи на серебряной шпильке. Увидел и не смог оторвать глаз. А потом, когда слышал ее голос, когда она говорила о своих предприятиях, и вовсе потерял голову.

— Варя, я хочу предложить тост за вас, — произнес Осин, поднимая бокал. — За вашу красоту, обаяние и деловую хватку. Я впервые в жизни встречаю женщину, которая...

— Не скромничайте, Леонид Евгеньевич. Мне кажется, что вас окружали и окружают умные и красивые женщины.

— Но таких, как вы, не было никогда. Таких, как вы, вообще нет! И потом, называйте меня просто Леонид. Или Леня. Ведь мы уже столько времени работаем вместе, вы же видите, насколько я вам доверяю...

Варвара коснулась его бокала своим, и они выпили. Осин осушил шампанское до дна, а девушка, как и обычно, лишь пригубила. Но Леонид Евгеньевич не настаивал, знал, что та не пьет вовсе.

— Ваш фонд...

— Наш фонд, — поправила Варвара.

— Да-да. Именно. В наш фонд я перечисляю не только деньги своего банка или других моих предприятий, но и личные сбережения. И я беспокоюсь... Не о деньгах, разумеется, — о вас. У нас такая страна... столько завистников...

— Не бойтесь, я умею постоять за себя.

— Не сомневаюсь. Но... Только простите меня, я все же заключил договор с одним предприятием на охрану вашего бизнеса и обеспечение физической защиты ваших сотрудников.

— Вот и зря.

— Ничего зря не бывает. Сейчас я вас познакомлю с руководителем вашей охраны. Уж извините, что я без вашего согласия уже приказал ему приступить к работе. Я мог бы своих людей выделить, но это было бы заметно — я продаю свои акции фонду, а потом сам же и охраняю чужое имущество. Непременно нашлись бы люди, которые усомнились бы в чистоте нашей сделки.

— Я поняла, — кивнула Варвара.

За столиком у входа уже сидел Оганян и ждал команды, чтобы подойти. Осин позвал его взмахом руки. Ара Огонек был в белом костюме и белых штиблетах, что немного скрашивало впечатление.

Но все равно Леонид Евгеньевич объяснил своей спутнице:

— Бизнес в России имеет свою специфику. Увы, надо иметь рядом людей, которые погасят любой конфликт, в том числе и возможные действия криминальных структур. А это как раз такой человек.

Последние слова Осин произнес, когда Оганян уже подошел к их столику. А потому тут же сказал:

— Разрешите представить. Вот человек, который отвечает за вас передо мной, — Рубен Суренович Оганян.

Огонек улыбнулся, демонстрируя золотой зуб.

— Можно просто Рубик. Меня так друзья зовут.

Варвара приветливо кивнула ему.

— Присаживайтесь к нам. Сейчас поговорим.

Варвара подозвала того официанта, который почти всегда обслуживал их, и сказала:

— Закажите что-нибудь. А я сейчас... — Молодая женщина поднялась и направилась к выходу из зала.

Осин посмотрел ей вслед и шепнул Рубену:

— Она не возражала, чтобы твои ребята ее охраняли. Короче, работай так, как договорились. Но только чтобы твои бандиты лишний раз ей на глаза не попадались.

— Послушай, я что, один должен крутиться там? Пусть мои пацаны тоже...

Леонид Евгеньевич резким движением прервал его:

— Я сказал.

— Может, для начала наезд организуем? — предложил Оганян. — А я, типа, отмажу.

— Не надо. Я скажу, что делать.

— Слушай, то нельзя, это нельзя! Я, что ли, типа, сладкий такой? Если я в доле, то хочу свой кусок за дело взять! — возмутился Рубен. И обернулся на официанта: — Ты че, халдей, уши греешь? Тащи давай что-нибудь!

— Что заказывать будете?

— Икры, шампанского... — начал перечислять Оганян. Глянул на стол и усмехнулся: — Так тут и так всего хватает.

Леонид Евгеньевич продолжил наставлять Рубена:

— Ты должен ее на контроле держать — куда едет, с кем встречается, о чем говорит...

Тут Осин тоже взглянул на официанта, который что-то записывал в блокнот.

— Любезный, шел бы ты отсюда подальше.

Вскоре вернулась Варвара, и Осин сказал ей, что только что посоветовался с начальником ее службы безопасности и согласился с ним.

— С чем вы согласились, Леонид? — не поняла Варвара.

— Дело в том, что у вас на руках на сегодняшний день более половины акций моего банка. Я не говорю о том, что кто-то может их похитить или переоформить, но хранить акции следует не в офисе своей фирмы, а в более надежном месте. В моем банке есть депозитарий. Так что вы можете им воспользоваться.

— Я так и сделаю, — согласилась Варвара.

Глава 10

С утра поехали в банк. На всякий случай Кирилл взял микроавтобус, в котором сидели молчаливые вооруженные люди в бронежилетах. Рядом с ними Валерий Борисович чувствовал себя неуютно, хотя ехали всего ничего — до первого банка добирались не более десяти минут. Однако в нем, расположенном ближе всего к дому, в котором снимала квартиру Ладейникова, выяснилось, что договор на ответственное хранение Варвара Николаевна не заключала. Вторым вариантом было отделение банка «Северо-Запад Инвест».

Валерий Борисович в сопровождении Кирилла подошел к дверям депозитария и позвонил. Их впустили внутрь, и они оказались в небольшом помещении, в котором была еще одна дверь — металлическая, ведущая в хранилище. Ладейников подошел к стойке менеджера и показал девушке паспорт своей жены и свой паспорт.

— Варвара Николаевна не смогла прийти, — сказал он, — просила меня забрать содержимое ячейки. В договоре мое имя должно быть указано.

Менеджер проверила документы, а потом сняла трубку телефона.

— Я должна предупредить службу безопасности, таков порядок, — объяснила она. И тут же сказала в трубку: — Здесь Ладейников... Поняла.

Его попросили подождать немного и дали ознакомиться с рекламными буклетами банка. На картинках захлебывающиеся счастьем люди стояли возле дорогих автомобилей или позировали в роскошных интерьерах огромных квартир. Также на буклетах радовались дружбе с таким замечательным банком собаки, кошки и новорожденные младенцы.

Наконец Валерия Борисовича впустили в хранилище и подвели к ячейке. После того как менеджер вышла, Ладейников открыл ячейку и выдвинул металлический ящик. Он не знал, что может быть внутри. Вполне вероятно, что ценные бумаги, которые обычно не хранят дома. Или драгоценности, которые надевают лишь по особым дням. А может, что-то иное, имевшее для неизвестной ему Варвары Николаевны особую ценность. Ладейников открыл ящик и, увидев на дне пластиковую папочку, взял ее. Папка была легкой и тонкой, потому что в ней находился всего один лист бумаги. На нем оказалась нарисована рука, пальцы которой были сложены в известную всем композицию.

Выйдя из хранилища, он подошел к дожидавшемуся его Кириллу и, ничего не говоря, показал головой на стеклянные двери, за которыми была улица, где стоял их микроавтобус. И только когда все сели на свои места в окружении вооруженных людей, протянул папку Кириллу.

Тому рисунок понравился. А Богомолов и вовсе заявил, что вещь талантливая. Пожалуй, даже посильнее известного «Черного квадрата».

— Только вряд ли этот рисунок предназначался вам, Валерий Борисович, — заметил Кирилл.

Рожнов зашел в депозитарий и поинтересовался у менеджера, как реагировал клиент на то, что лежало в его ячейке.

— Спокойно, — ответила девушка. — По крайней мере, без особых эмоций.

Рожнов тут же позвонил по мобильному.

— Был Ладейников, — сообщил он в трубку. — Как пришел, так и ушел — ни с чем. Следовательно, он тоже не знает, куда наша девушка их заныкала.

Они танцевали в пустом зале, и ресторанный диксиленд выдувал «Серенаду лунного света».

— Почему вы так любите это место, Варя? — спросил Осин.

— Вы забыли, что именно здесь мы познакомились.

— Помню, конечно. Но я не люблю публичные места. Самый лучший ресторан — дома. Можно снять пиджак, прилечь на диванчик и вообще делать все, что угодно, не стесняясь посторонних глаз.

— Разве люди с таким состоянием, как у вас, чего-то стесняются?

— Вероятно, нет. Но я от природы застенчив. Например, до сих пор не признавался никому в любви.

— Но ведь вы были женаты.

— Два раза. Первый раз по доверчивости — моя девушка сообщила, что ждет ребенка. Наш брак длился полтора года, а ребенок все не спешил появиться на свет.

— Может, он вас боялся? — улыбнулась Варвара.

— Это злая шутка, — чуть нахмурился банкир.

Музыка смолкла. Леонид Евгеньевич повел Варю назад к столику. Музыканты ненавязчиво затянули «Караван».

— А во второй раз что не устроило вас в браке? — спросила Варвара.

— Понял, что не люблю. Хотя знал это еще до брака. Женился лишь для того, чтобы избавиться от одиночества. Оказалось, одиночество вдвоем еще тяжелее. Хотя моя жена была красива, в конкурсах красоты побеждала. Были бы дети...

— Детьми бог награждает. За любовь, за доброту, — произнесла Варвара, опускаясь на стул.

— Я вас умоляю! Посмотрите, сколько малолетних оборванцев под ногами крутится. Они что, тоже кому-то в награду? Детские дома переполнены, оттуда лишь преступники выходят...

Осин посмотрел на Варю, а та всем своим видом показывала, что устала. Оглянулась даже, чтобы позвать официанта.

— Что-то мне сегодня здесь не нравится, — сказала она. — Душно как-то...

Подскочил официант, и Леонид Евгеньевич, не взглянув на счет, бросил на стол купюры. Помогая подняться Варваре, сказал молодому человеку:

— Как ни приду — всегда ты здесь. Тебе что, жить негде? Может, и ты детдомовский?

— Я из деревни, — ответил парень.

— Да? — удивился Осин. Достал из кармана брюк еще несколько купюр, положил их на скатерть. — Ну, тогда, дитя полей, возьми на чай. Тут и на самовар должно хватить.

Сегодня Леонид Евгеньевич не сомневался, что проводит Варю не только до дверей ее квартиры. В конце концов, сколько ей сопротивляться его ухаживаниям? Да и разговор о любви и браке зашел не случайно. Варя очень грамотно подвела его к откровениям, хотя он не сказал и слова правды.

Первую жену Осин взял измором. Та хоть далеко не красавицей была, зато папа ее работал в столичном горкоме партии, занимал пусть и не выдающийся пост, но обладал большими возможностями. И его не устраивало, что избранником единственной дочери стал хозяин частной сауны. Кто ж знал тогда, что партия уже на ладан дышит? Через полтора года, когда не стало КПСС, зять вложился в строительный бизнес. Тесть сделал свое дело и мог уходить, тем более что бизнесом бывший партийный функционер не хотел заниматься принципиально, а к мужу дочери относился с презрением, называя его «паразитом на теле народа». Где теперь находится фанатик и чем занимается бывшая супруга, его дочурка, Леонида Евгеньевича не интересовало. Он прекрасно обходился и без них, одному жить спокойнее. И зачем Осин женился во второй раз? Лишь для того, наверное, чтобы показываться на людях с красивой куклой. Теперь дурища с головой, набитой явно опилками, постоянно ноет и требует, чтобы муж дал ей деньги на организацию собственного модельного агентства. А может, дать ей денег и квартиру подарить? В обмен на развод, разумеется. Оформить все документально, но так, чтобы не требовала потом ничего. Надоело каждый день слышать одни и те же вопросы: «Где ты все вечера пропадаешь? Когда мы пойдем куда-нибудь? Тебе не кажется, что держать красивую женщину под домашним арестом просто преступление?» Она не понимает, что красота ее давно испарилась, осталась только косметика. Жена никак не может свой вес удержать в норме, но при этом продолжает носить мини-юбки, с трудом налезающие на ее зад. И о чем говорить с ней? О том, что Лагерфельд в Париже представил новую коллекцию вечерних туалетов, а на осеннем показе мод в Милане основным цветом был сиреневый?

В машине играла музыка. И снова джаз. «Вот женщина! — восхитился Осин, глядя на Варю. — Какая еще будет восхищаться Гленом Миллером или Гершвином? А ведь она так слушает музыку, словно живет ею. И ведь еще поет! И как поет!»

— Summer time and the livin' is easy, — словно угадав его мысли, вполголоса пропела Варя под мелодию, льющуюся из автомобильных динамиков. — Fish are jumpin' and the cotton is high...

Молодая женщина подняла глаза, и Леонид Евгеньевич увидел, как они блестят.

«Сегодня, — подумал он с радостью, — наконец-то это произойдет! Она и сама понимает это, хочет этого и даже колыбельную поет, чтобы раззадорить меня...»

Машина остановилась у подъезда. Леонид Евгеньевич вышел, обогнул автомобиль, распахнул дверцу и подал руку Варваре, помог выбраться из салона. Они вошли в дом и поднялись на седьмой этаж.

— Спасибо, что проводили, — сказала девушка и полезла в сумочку за ключами.

— Пока еще нет. Вдруг опасность подстерегает вас в квартире?

— А вы охрану внизу оставили, — улыбнулась Варвара.

Она открыла дверь и заглянула в темноту.

— Ау-у. Кто здесь? Мы пришли.

Хозяйка квартиры включила свет. Осин зашел следом и прикрыл за собой дверь.

— Варя, простите меня, — заговорил он, — но нет сил скрывать. Я сейчас скажу, только не перебивайте меня.

Осин заглянул ей в глаза и шагнул к ней, приближаясь вплотную. Попытался обнять, но девушка отстранилась.

— Не надо ничего говорить. Я и так догадываюсь. Подождите немного.

Но он схватил ее за талию и привлек к себе. Варя положила ладони ему на грудь и повторила:

— Погодите. Дело в том, что я не вступаю в близкие отношения с партнерами по бизнесу. Таково мое правило.

— Я тоже, — шепнул Осин.

— Все ваши деловые партнеры — мужчины, — напомнила Варвара.

— Нет, теперь только вы мой единственный партнер.

Леонид Евгеньевич все же прижал ее к себе и поцеловал. Варвара ответила ему коротким поцелуем.

— Позволь остаться, — шепнул банкир.

Все же она отстранила его от себя, но так, словно ей пришлось бороться с собой. И шепнула:

— Не сегодня. И потом, я замужем.

— За кем? Ты же сама говорила, что это фиктивный брак, необходимый для легализации деятельности. При чем тут какой-то муж, который даже неспособен оценить тебя? Тебе нужен другой... успешный, богатый, тот, что сможет сделать твою жизнь счастливой и безмятежной...

— Одна моя подруга считает, что мой муж — самый лучший мужчина на свете.

— Так пусть твоя подруга и выходит за него.

Варвара кивнула и отступила на шаг. Кажется, она пришла в себя.

— Леонид Евгеньевич, в другой раз обязательно. Мне надо отдохнуть. Завтра тяжелый день. Этот Оганян...

— Ни слова больше! — прервал ее Осин. — Считай, что Оганяна больше нет. Сейчас я щелкну...— Леонид Евгеньевич действительно щелкнул пальцами.

— Ну вот, — сказал он. — Никакого Оганяна больше нет. И не было никогда.

— Спасибо. Тогда позвольте мне остаться одной.

Варвара обняла и поцеловала его. И тут же повернула дверную задвижку за его спиной.

— До завтра, — сказала она.

— Уже до сегодня, — напомнил банкир.

Осин спустился на лифте, вышел во двор, где переминались с ноги на ногу его телохранители, достал мобильник и набрал номер Рожнова.

— Убирай Рубика, он уже всех достал. Мочить не надо: пусть его менты возьмут, но только так, чтобы мы никаким боком.

Глава 11

Конечно, не надо было ходить в депозитарий! Что он хотел там обнаружить: деньги, драгоценности, ценные бумаги? А зачем? Чтобы стать богатым? Чтобы жить лучше других? Но Валерий Борисович и так не мог пожаловаться на жизнь. Может быть, ему и хотелось бы получить от судьбы какие-то подарки, но к деньгам они не имели никакого отношения. А то, о чем мечтал, теперь вряд ли возможно. Ведь нельзя вернуться в прошлое на тринадцать лет назад, в солнечный Геленджик, в здание переполненного аэропорта, чтобы прижать к себе Лену и не отпускать никуда.

Можно, конечно, пожелать еще возвращения на факультет, но это вполне выполнимо. Все зависит от Храпычева, а тот, хоть и дает обещания налево и направо, не собираясь их выполнять, в данном случае, вероятно, возьмет его обратно. Доклад для вице-премьера чрезвычайно важен для него. Не случайно Николай звонит постоянно и спрашивает, когда работа будет готова.

В очередной раз бывший друг позвонил и заверил, что вопрос о возвращении доцента Ладейникова в число сотрудников факультета практически решен.

— Валера, теперь все зависит от тебя, — напомнил Храпычев. — Как говорится, ты поможешь мне, а я соответственно тебе.

— Успокойся, — ответил Ладейников, — материалы для доклада я подготовлю, а все остальное спичрайтеры твоего вице-премьера доделают.

В трубке было слышно, как Храпычев облегченно вздохнул.

— Ты уж не подведи, — сказал декан и отключился.

Про гонорар и аванс Николай Михайлович, видимо, забыл упомянуть. А Ладейников не спросил. Он и не собирался. В конце концов, материалов собрано достаточно. Можно даже отдать диссертацию, которую готовил для Станислава Ивановича. С некоторыми изменениями, конечно, предполагая, что доклад на экономическом форуме должен отличаться от сугубо научного исследования. А раз так, то получать двойную оплату за однажды сделанную работу Ладейников посчитал не совсем этичным.

Он продолжал трудиться над диссертацией для Станислава Ивановича, а Храпычев продолжал названивать и интересоваться, как продвигается доклад вице-премьера. Интересовался ходом работы и Станислав Иванович, который пару раз подъезжал и брал распечатку. А когда все было уже почти готово, Ладейников отправил ему текст диссертации по электронной почте. И в тот же день решил отдать доклад Храпычеву.

Валерий Борисович назначил встречу в кафе, так как продолжал жить у Богомолова и к своему дому старался даже не подходить, пока следователь Пименов не разрешит, не скажет, что наконец-то можно возвращаться в родные пенаты. Но тот все молчал, а сам Валерий Борисович старался не беспокоить занятого человека.

Он сидел в привычной забегаловке и пил кофе, размышляя о событиях, которые так изменили его жизнь. Прежде он никогда не думал, что ему придется прятаться неизвестно от кого и неизвестно по какой причине. Возможно, следователь просто решил перестраховаться, до конца и сам не понимая сути произошедших событий. Для себя же Ладейников решил, что все закончилось тогда, когда он обнаружил послание от убитой женщины — листок с нарисованной фигой. Теперь он получит гонорар от Станислава Ивановича, отдаст материалы Храпычеву, вернется на факультет, домой и к своей прежней жизни.

Бывший друг вошел в кафе, огляделся и поморщился. Подошел к столику, покачал головой.

— Как надо себя не уважать, чтобы ходить сюда, — сказал он, стараясь глубоко не дышать. — Посмотри, что за люди вокруг. Если их вообще можно назвать людьми.

— Здесь варят неплохой кофе, — возразил Ладейников, — а в научные дискуссии я со здешними посетителями не вступаю.

Храпычев снова покачал головой и спросил:

— Принес?

Валерий Борисович протянул ему увесистую папку. Николай Михайлович открыл ее и начал листать. Но находиться долго в отравленной атмосфере он не мог. Поднялся и сказал:

— Дома ознакомлюсь.

— А когда я смогу вернуться на кафедру? — поинтересовался Ладейников.

— Сначала я просмотрю, что ты тут написал. Надеюсь, меня все устроит, и тогда после Нового года мы внесем изменения в учебный план, согласуем с ректоратом. Если все будет нормально, со второго семестра сможешь преподавать. Кстати, и деньги тогда же от меня получишь за доклад.

Храпычев быстро ушел. Валерий Борисович тоже решил не задерживаться.

Он шел к дому Богомолова, щурясь на выпавший снег и размышляя. Если его восстановят на факультете со второго семестра, то у него в запасе еще два-три месяца, чтобы закончить собственную диссертацию. Храпычев, конечно, подлец, но вряд ли теперь обманет, потому что в противном случае никогда больше не сможет попросить об услуге, зная, что обиженный Ладейников наверняка пошлет его подальше. Рано или поздно амбиции заставят его мечтать о членстве в академии, а для этого потребуется определенное количество научных работ, следовательно, он настойчиво будет набиваться в соавторы. Тесть Храпычева — член-корреспондент, и Николаю захочется быть не ниже его. А кто его посадит на свой горб? Только такой дурак, как Ладейников. Сознавать это было обидно, но даже самому себе Ладейников не мог возразить — если Храпычев будет набиваться в соавторы, то он вряд ли откажет. То есть откажет, конечно, но потом согласится, чтобы опять не быть униженным, оболганным и уволенным с факультета по очередной бредовой причине.

Валерий Борисович уже подошел к дому Богомолова, но перед тем как войти в подъезд, остановился у своей «девятки» и зачем-то заглянул внутрь. Конечно, это не «Мерседес», но машина бегает исправно, а для того чтобы спокойно добраться из пункта «А» в пункт «Б», другой и не надо. К тому же не по его средствам содержать дорогой автомобиль, иначе потом не ты будешь ездить на машине, а машина на тебе. Ладейников подумал об этом, поднял голову и посмотрел на окна квартиры Богомолова.

И тут у него в кармане зазвонил мобильник. Он поднес телефон к уху и услышал приятный женский голос:

— Валерий Борисович?

— Да.

— Сейчас с вами будет говорить Леонид Евгеньевич Осин.

— А кто это? — не понял Ладейников.

Девушка ничего не ответила, зато через несколько секунд прозвучал мужской голос:

— Добрый день, Валерий Борисович. Помните меня?

— Если честно...

Но мужчина не дал ему договорить:

— Вы когда-то помогли мне с диссертацией. Нас знакомила ваша жена Лариса.

— Вы в банке работали, — вспомнил Валерий Борисович.

— Я и сейчас там тружусь. «Северо-Запад Инвест». Очень бы хотелось с вами еще раз пообщаться. Как у вас со временем?

Ладейников задумался, не представляя, зачем он мог понадобиться банкиру. Вряд ли ему нужна еще одна диссертация.

— Я слышал, что вы теперь временно без работы. Так вот, в память об оказанной мне помощи я готов предложить вам работу консультанта. Если вам трудно ходить ежедневно в офис, то возможно совместительство. Никаких отчетов, аудиторских проверок требовать не буду. Мне нужна аналитика, мониторинг финансовых рынков... Вы согласны?

— Я не против, — отозвался Валерий Борисович, удивляясь внезапному звонку и еще более неожиданному предложению. — А когда мы сможем увидеться?

— Да хоть сейчас. Я пришлю за вами машину...

— Да я и сам за рулем. Скажите, куда надо подъехать.

— К центральному офису. Через час успеете?

Разговор был закончен. И только спустя минуту Валерий Борисович вспомнил, что Храпычев предупреждал его о возможном интересе к нему со стороны опасного человека — банкира Осина.

Кстати, а как Коля мог это предвидеть?

Осин отложил трубку и посмотрел на своего зама.

— Ну, что, Стасик, говоришь, что вице-премьер подпрыгнет от радости, когда получит вот это? — Леонид Евгеньевич показал на лежащую перед ним пачку листов с распечатанной диссертацией.

— Предвидеть реакцию вице-премьера не могу, но нормальный человек сделал бы именно так.

— В том-то все и дело, Стасик, что там уже не нормальные люди, которые считают, что государство для того и существует, чтобы облегчить им существование. Он получит от меня то, что никогда не получил бы ни от кого другого, и будет счастлив. Но самое главное, что наш дорогой вице-премьер никуда не поедет. Ни в какой Давос. И премьера там тоже не будет. Я только что узнал: выступление на мировом экономическом форуме находится в списке обязательных поездок президента страны. Следовательно, наш вице-премьер и сам, мягко говоря, посредник. Президент поручил премьеру, премьер — вице-премьеру, тот — Храпычеву...

— А Храпычев — Ладейникову? — рассмеялся Станислав Иванович.

— С вице-премьером я уже связался, завтра вылетаю в Москву. Но уже сегодня он скажет Храпычеву, что в его помощи не нуждается.

— А Ладейникова вы зачем вызвали?

— Просто поговорить с ним хочу, послушаю его умные высказывания, а потом использую в разговоре с вице-премьером — пусть знает, что и мы не лыком шиты.

Осин словно специально дожидался Валерия Борисовича на пороге своего кабинета. Увидел и улыбнулся приветливо, как старому знакомому:

— Заходите скорее, давно вас жду.

Ладейников удивился. Кинул взгляд на настенные часы в приемной и удивился еще больше: он не опоздал, а, наоборот, приехал на аудиенцию на семь минут раньше назначенного ему времени.

— К сожалению, мы виделись с вами давно, и то мельком. Ваша жена говорила, что у вас нет времени на встречи. Будто бы вы постоянно в библиотеках сидите или работаете за компьютером.

Валерий Борисович пожал плечами: он вообще не помнил, когда они встречались.

— Но я читал ваши труды, — продолжал банкир, — и вот решил познакомиться поближе.

— С какими моими работами вы знакомы?

Осина вопрос не смутил, но он перестал улыбаться, и лицо его стало деловым.

— Сначала читал то, что попадалось, а потом уж специально начал заказывать. Но вы, кажется, уже года три ничего не публиковали.

Валерий Борисович не стал спорить, хотя публикации были. Не так много, как хотелось, но все же.

— Так получилось, — сказал он. — Кстати, недавно у меня был разговор о банковском секторе, и мой собеседник привел ваш банк в качестве примера стабильности.

— Интересно знать, кто этот человек. Не Храпычев случайно?

— Нет, другой.

— Да и ладно. А Храпычев — пустой человек и специалист никакой.

Валерий Борисович промолчал.

— Ладно, бог ему судья, — махнул рукой Леонид Евгеньевич. — Я хотел предложить вам стать консультантом банка. Работать будете по моим заявкам от случая к случаю, а зарплату получать постоянно и не меньше деканского оклада. Сколько, кстати, Храпычев получает? Тысяч сто?

Ладейников пожал плечами.

— Да это неважно. — Осин опять улыбнулся. — Но если все же принципиально, то я наведу справки. А сейчас, поскольку вы здесь, хочу спросить вас как истинного, а не мнимого знатока: когда закончится кризис? И каковы его истинные причины и истоки? О них пишут все, кому не лень, а по-настоящему главные не называет никто.

— Так причин и в самом деле множество, и все главные, — возразил Валерий Борисович. — В экономике мелочей не бывает. Ну, скажем, такой пример. Торгуют спекулянты на рынке ценными бумагами, которым цена полушка в базарный день, получить хотят много, да кто же столько даст. Тогда они договариваются с рейтинговым агентством, которое якобы проводит исследования. Объявляют рейтинги компаний — и бумаги тех, кто оказался наверху, взлетают до небес. Ну, ладно бы речь шла о дутом рейтинге «Майкрософта». А то ведь какая-нибудь риелторская конторка, у которой пару лет назад и офиса-то не было, лишь три хромоногих агента в активе, вдруг выпускает ценных бумаг на сотни миллионов долларов. Они быстро расходятся, и чем быстрее, тем выше их цена. Но платят-то за эти бумажки не живыми деньгами, а векселями, ничем не обеспеченными. В результате ипотечные банки, скупая бумаги, увеличивая свой собственный или оборотный капитал, лишь ослабляют реальный сектор экономики. Продукция промышленных предприятий — автомобили, бытовая техника и прочее — дорожает, вместо того чтобы дешеветь, но выпускают ее столько, что сбыть невозможно. Разве кто-то покупает каждый год новый автомобиль, новый холодильник или телевизор? Почему кусок тряпки, сшитый на живую нитку каким-нибудь кутюрье, стоит как два дорогих автомобиля?

— Потому что есть кому продать, — ответил Осин и посмотрел на Валерия Борисовича с недоумением. — Простите, но я не уловил связи.

— А я еще и не начал ничего говорить. Просто банкиры, увеличивая номинально прибыль банков за счет покупки векселей, акций, облигаций, ничем не обеспеченных, кроме газетной шумихи, выплачивают себе дивиденды реальными, наличными деньгами. Набрал на двести миллионов бумаг, которые через год оцениваются якобы в миллиард, — получи десять процентов бонуса. А вложи банк эти двести миллионов, скажем...

— То есть вы хотите сказать, что причиной кризиса является перекос экономики в сферу банковского сектора, а не производства?

— Одна из причин, скажем так. А для того чтобы поддерживать спекулятивные игры, федеральная резервная система США печатает ничем не обеспеченные доллары. Знаете, национальная резервная система США — это своеобразное общество с ограниченной ответственностью, которое учредили ряд банков, взяв на хранение золото некоторых стран. Хапнули чужое золотишко — бог с ними, выдали взамен депозитарные расписки казначейства — замечательно. То, что нельзя проводить постоянную эмиссию доллара, знают даже сами американцы, для чего они и придумали Международный валютный фонд и Международный банк. Но что происходит на деле? МВФ через банк дает развивающимся странам кредиты. Деньги, конечно же, разворовываются демократическими временными правителями, ориентированными на Штаты. Правители меняются, а долги только растут. Приходит время, уже новый правитель возвращает американцам долги нефтью, редкоземами, рудой, золотом, алмазами. И соответственно берет новые кредиты, чтобы набить свои карманы. Вот такой неэквивалентный обмен получается. Но этим бесконечно поддерживать доллар невозможно. Да, экономика США крупнейшая в мире, но основные фонды американских предприятий и валовой национальный продукт стоят куда меньше, чем денежная масса американской валюты...

Осин кивнул.

— Это понятно. Но вернемся к банкам. Предположим, какой-нибудь из них, создав себе надежную репутацию, аккумулировав на своих счетах определенные средства, захочет... — Леонид Евгеньевич на секунду задумался и продолжил: — То есть я могу уставной фонд банка наполнить ценными бумагами преуспевающих компаний, а через год, если рыночная стоимость этих бумаг упадет...

— То потери будут только у ваших акционеров, — поспешил объяснить Ладейников. — Потому что их дивиденды по итогам года могут быть равными нулю. И они будут вынуждены избавляться от акций вашего банка как от убыточных.

— Но сейчас, в конце года, я могу, скажем, на время воспользоваться подобным приемом?

— Естественно, — согласился Валерий Борисович. — Годовой баланс вы закроете с ощутимой прибылью, сможете даже перекрыть потери, если они есть, но я бы не советовал...

Осин снова задумался, а потом внимательно посмотрел на собеседника.

— Вот вы уже и начали свою деятельность в качестве экономического консультанта банка. На следующей неделе приносите документы на оформление. Я скажу, чтобы подготовили договор с вами, тогда же согласуем и сумму вашего месячного вознаграждения. Думаю, вы останетесь довольны.

Валерий Борисович растерялся. Он понял, что разговор на сегодня окончен. Странно, зачем было вызывать его на встречу, которая не длилась и четверти часа? Хотя для банкира время — деньги: десять минут тоже могут принести прибыль или, наоборот, убытки, если эта десятиминутка прошла без пользы. А какая может быть польза в пустых разговорах?

Банкир поднялся и протянул своему гостю руку:

— Необычайно рад знакомству. Хочется надеяться, что наше деловое сотрудничество будет долгим и успешным.

— Я тоже рад, — ответил Ладейников, пожимая руку банкира.

Он вышел в приемную и столкнулся глазами еще с одним посетителем или, может быть, работником банка. Человек сразу отвел взгляд. Но все равно лицо мужчины показалось Валерию Борисовичу почему-то знакомым. Встречались прежде? И только когда вышел в коридор, он вспомнил, что видел его мельком, выйдя с Кириллом из депозитария.

Рожнов зашел в кабинет председателя правления, и Осин встретил его словами:

— Обратил внимание, кто от меня вышел?

Начальник охраны кивнул.

— Станислав прав: Верблюд ничего не знает — у него нет Варькиных бумаг. На какой тачке он приехал?

— На старой «девятке», номер я срисовал.

— Но он далеко не дурак, так что рано или поздно въедет в тему. Поэтому его тоже гаси. А для начала слей ментам такую информацию: доцент сам заказал жену, был в сговоре с Оганяном, а потом убрал и Рубика как единственного свидетеля.

— Хорошо, информация уйдет сегодня. А когда все остальное?

— Да хоть завтра, чего тянуть. Но сделай так, будто ему отомстили огоньковские пацаны. Чтобы все было в стиле девяностых. Ну, не мне тебя учить...

Кстати, вы все его каким-то интеллигентом занюханным мне представляли, а он в приличном костюме, уверенный и спокойный. На Пирса Броснана, кстати, похож... С ним осторожнее надо быть.

Глава 12

Утром Валерий Борисович вышел на кухню и увидел отставного майора, чистящего пистолет.

— Интересно? — спросил Богомолов.

— Сразу видно, что человек любимым делом занимается.

— Ты свой компьютер любишь протирать?

— Это необходимая процедура.

— Насчет любимого дела... Я бы поостерегся так говорить. Мы слишком часто произносим: люблю свою работу, люблю жареную картошку, томатный сок, люблю родину, жену... А потом, когда призадумаешься, понимаешь, что всякая любовь — безответна. У меня жена и две дочки... Были. Ранили меня в Чечне. Лежу в госпитале в Ростове. Жене телеграмму отправили — врачи решили, что не выживу. Жена только через две недели прилетела. Она, оказывается, в

Турцию летала. Правда, когда телеграмму получила, еще дома находилась, но не отказываться же от отдыха. Посидела возле моей койки пару дней и обратно: дескать, дочки дома одни, работа опять же. Потом меня сюда, в Питер, в клинику военно-медицинской академии отправили. Сюда она уже почаще стала приходить — через день почти. Дочки тоже захаживали. Но чего им со мной: я говорил плохо, соображал и того меньше. Младшей тогда восемь было, а старшей десять. Приходят — боятся чего-то, на дверь поглядывают. Словно чужой я им. Бывшая теща потом просветила. Пришла и покаялась. Оказалось, что в моей квартире уже год какой-то Славик живет. Он и в Турцию с женой летал, а зимой они вдвоем с Кавказских горок на лыжах. Я, стало быть, ущелья зачищаю, а супруга неподалеку в горнолыжницы записалась... Теща говорит: «Сереженька, прости ее, дуру, за любовь ее глупую, дочек пожалей... А Славик вроде хороший, к девочкам как к родным...» Что мне оставалось делать? Развелся я. После смерти матери квартирка вот эта осталась, перебрался сюда. Дочки поначалу навещали, а потом, как постарше стали, только за деньгами приходят — в месяц раз или реже. Славика папой называют, а меня вроде как и стесняются...

— Другую семью завести не пытался? — спросил Валерий Борисович.

— Попробовал как-то... Познакомился с армянкой, беженкой из Карабаха. Стали жить вместе. У нее сын был десятилетний. Тихая такая женщина. Худенькая и испуганная вечно. У нее на глазах родителей убили, она тогда в дровах спряталась... Как-то мы пошли вместе в магазин, и на выходе к ней бритоголовые пристали. Оскорблять стали и ее, и мальчика. А меня клинило тогда. Очнулся — на мне люди висят, я весь в кровище, вокруг бритые валяются. Повезло: никого не убил. Она вещи собрала и с сыном ушла. Я не задерживал. Конечно, страшно с таким отморозком, как я, жить...

Богомолов закончил чистить оружие, поднялся и засунул пистолет за пояс брюк. Потом быстро вытащил его, перебросил из одной руки в другую и снова спрятал за пояс.

— Я готов.

— Мы куда-то собираемся? — удивился Ладейников.

— Помнишь, клочок с цифрами? Кирилл проверил: это номер телефона во Всеволожске, в доме пожилой женщины. Кирилл еще рассказывал, что Варвара приехала на стрелку с какой-то бабкой, за которой стояли авторитеты. Так вот, она была неоднократно осуждена, отбывала сроки. Правда, сейчас к ней претензий нет. Живет с дочкой-школьницей. Так что смотаемся во Всеволожск. Похоже, все концы там.

Друзья вышли во двор и остановились возле машины.

— К даме едем, — вспомнил Ладейников, — надо бы торт купить. К тому же там ребенок.

— Верно, — согласился Богомолов, — по пути в магазин заскочим.

— Зачем? Магазин за углом. Я схожу, пока двигатель прогревается.

Валерий Борисович отдал ключ Сергею.

— Серую «Мазду» видишь? — спросил вдруг Богомолов. — Только головой не крути! Двигатель работает, в салоне сидят люди, причем молча, и на нас не смотрят. В моем доме ни у кого такой машины нет. И раньше ее здесь не было. Так что погоди с магазином...

— Ты чересчур мнительный, — усмехнулся Ладейников. — Если бы хотели меня убить, то давно бы это сделали: возможностей уже сейчас было более чем...

И он отправился в магазин.

Отставной майор открыл автомобиль, достал щетку и начал счищать снег. Ладейников прошел мимо серой «Мазды» и посмотрел на сидящих внутри людей. Двое мужчин лет тридцати о чем-то переговаривались, не обращая на него никакого внимания. Валерий Борисович обернулся и посмотрел на Сергея, который сбрасывал снег со стекол «девятки». Богомолов помахал ему рукой и сел в салон на водительское кресло, чтобы завести двигатель. Ладейников повернулся и шагнул к углу дома.

В этот момент что-то сверкнуло, и грохнул взрыв. «Девятку» подбросило в воздух и, объятую пламенем, ударило о землю. Включилась сигнализация припаркованных во дворе автомобилей.

Валерий Борисович рванул было к полыхающей машине, но увидел, как с места трогается серая «Мазда», из окна которой на него смотрит ствол с глушителем. Ладейников круто развернулся и бросился за угол, а от стены дома прямо возле его головы стали отлетать куски кирпичей. Он пробежал через заснеженный газон, пересек улицу, влетел во двор здания, обогнул мусорные контейнеры — и по ним тут же застучали пули. Через проходной подъезд выскочил в другой двор, пробежал и его, рванул на себя дверь ближайшего подъезда и побежал по лестнице вверх. Сердце стучало, как бешеное. Валерий Борисович задыхался. На очередной лестничной площадке остановился, не понимая, где он и что происходит. В то, что на него покушались, верить не хотелось. Но ведь машину взорвали, и Богомолов, наверное, погиб. Потом за ним гнались, по нему стреляли...

Ладейников закрыл глаза и снова увидел подлетевшую на полметра «девятку». В то, что майора уже нет, тоже не хотелось верить. «Сергей жив, — упрямо думал Валерий Борисович, — успел выпрыгнуть, ведь и не в таких переделках бывал». Вот в это хотелось верить, но он понимал, что шансов выжить у друга было немного.

Валерий Борисович выглянул в окно. В чужом дворе ничего интересного: на детской площадке двое подростков пили пиво из банок, неподалеку ворона клевала мерзлую корку хлеба, человек в полицейской форме по протоптанной на заснеженном газоне тропинке спешил к магазину. Серой «Мазды» и вооруженных людей видно не было.

Только сейчас Валерий Борисович сообразил, что выглядывает во двор дома Орешниковых. Более того — стоит рядом с площадкой, где находится их квартира. Сердце продолжало биться. Что теперь делать, Ладейников не знал. Сунул руку в карман и нащупал два мобильных телефона: один — свой старенький, а второй — позолоченный «Верту», доставшийся от убитой женщины. Вынул оба, но позвонил с чужого. Он набрал номер следователя Пименова, не представляя, что хочет ему сказать.

— Слушаю вас, — отозвался следователь.

— Это Ладейников, — представился Валерий Борисович. — Только что во дворе дома Богомолова на меня покушались, взорвали машину. Сергей был внутри. Если не трудно, отправьте туда «Скорую»...

— Я же предупреждал, — стал вдруг шептать Пименов, и Валерий Борисович понял, что тот в своем кабинете не один, — спрячьтесь в надежном месте. Сегодня вас объявили в розыск. В ориентировке сказано — как единственного подозреваемого в совершении ряда убийств. Из города не пытайтесь исчезнуть: возьмут на вокзале или на выезде...

— Про Богомолова не забудьте! Отправьте...

— Все! — прервал его Пименов и отключился.

Сердце продолжало биться все так же тревожно. Во двор выходить не хотелось: вряд ли серая «Мазда» уехала далеко. Вполне вероятно, что парни, гнавшиеся за ним, теперь рыскают по окрестным дворам и наверняка вызвали подмогу. Ладейников сел на подоконник и достал сигареты. Куда же ему идти и что делать?

Глава 13

— Как съездили в Москву? — спросил Рожнов, располагаясь в кресле и глядя на довольное лицо Леонида Евгеньевича. — Поездка была успешной?

— Более чем, — ответил тот и показал Станиславу Ивановичу, который тоже находился в кабинете шефа, на стеллаж с книгами.

— Стасик, там в баре бутылочка стоит. Достань ее, сейчас примем по рюмочке, и я все расскажу.

Заместитель встал из кресла, подошел к стеллажу, отодвинул полку с книгами, за которой оказался освещенный разноцветными лампочками бар.

— Хрустальный графинчик с пробкой, — пояснил Осин, — тащи его сюда. Презент вице-премьера. Армяне бочку этого коньяка еще в шестьдесят седьмом году в землю закопали, достать рассчитывали на столетие Советской власти. Но не сложилось, так что больше ждать не стали, откопали и почетным гостям раздают. Шарлю Азнавуру послали, певице Шер... Вот и мне одна перепала.

Осин только что прилетел из столицы, его распирало, он хотел с кем-то поделиться новостями, а потому позвал к себе в кабинет Гену Рожнова и Станислава Ивановича.

Когда Станислав Иванович плеснул на дно коньячных бокалов коньяк, банкир продолжил:

— Вы даже не представляете, как он меня встретил. Его специалисты уже посмотрели то, что я по электронке сбросил, оценка самая высокая. А потом, когда уже в личной беседе я начал высказывать вице-премьеру свои соображения по поводу создания регулируемого государством рынка общественных работ и проведения денежной эмиссии в том же объеме, у него и вовсе глаза круглыми стали. Еще бы, ликвидация безработицы, строительство жилья для нуждающихся, больницы, дома отдыха для ветеранов, развитие туризма в Сибири и на Дальнем Востоке... золотовалютный запас нужен лишь для удержания курса рубля...

— У Ладейникова сказано не так, — решил поправить Осина Станислав Иванович.

— Ладейников? — переспросил банкир и посмотрел на Рожнова. — Кто такой Ладейников? Гена, ты слышал когда-нибудь такую фамилию?

Рожнов пожал плечами.

— Кто он такой? — спросил Осин, глядя на Станислава Ивановича.

— Я фамилии перепутал, — согласился Станислав Иванович, — в «Амкаре» вроде бы играет человек с похожей фамилией.

— Да там болгары одни, — хмыкнул Рожнов.

— Э-э, ребята, — Осин постучал по столу ручкой с золотым пером, — вы не заигрались? Тут важный разговор, а вы о футболе. У нас внеочередное собрание акционеров через пару недель. Кстати, Стасик, как там дела?

— Осталось с десяток держателей акций. Но это все юридические лица. И когда они узнают, что вы — полноправный владелец почти семидесяти процентов акций, то сдадут вам свои по номиналу.

— А если пронюхают, что акции ушли в дурацкий фонд? С фондом-то все чисто? — спросил Рожнов.

Осин покачал головой.

— Через два дня арбитраж, управление фондом будет передано мне, как единственному кредитору фонда, с которым его учредители не пожелали рассчитаться по выставленным претензиям. А претензии мои на такую сумму, что дураку будет понятно — фондом управляли мошенники. Я принимаю решение о ликвидации фонда и передаче ценных бумаг, находящихся в его владении, на кого бы они ни были оформлены, мне — в качестве погашения долгов.

— Еще та старуха остается.

— Во Всеволожске? Ну, со старыми людьми всякое случается.

— Не слишком много смертей вокруг этого дела?

— Ты что-то имеешь против?

Рожнов вновь пожал плечами. И в этот момент прозвучал звонок его мобильника. Начальник охраны достал трубку и, посмотрев на вызов, поднес ее к уху.

— Да куда он денется? — негромко произнес он, выслушав собеседника. — Далеко уйти не мог, по дворам пошустрите... Ну да, пусть так будет, сейчас хулиганов много...

Рожнов отключил сотовый.

— Что случилось? — обратился к нему Осин.

— Ладейников ушел.

— Как?!

— Не знаю. Дуракам везет. Но это ненадолго. Все места, где доцент может пересидеть, известны.

Сколько он просидел на подоконнике, Валерий Борисович не знал. Час или два. Может, больше. Выбираться на двор не хотелось, да и идти теперь было некуда.

Изредка мимо проходили жильцы, косились на него, но молчали. И только одна бабка гневно бросила:

— Ну, чего расселся тут? Взрослый мужик, а всю лестницу нам загадил! Сейчас я в полицию позвоню.

Валерий Борисович слез с подоконника, выглянул в окно, постоял еще немного и поднялся на один лестничный пролет.

Дверь открыл Орешников.

— Саша, я ненадолго, — сказал Ладейников.

Бывший толкатель ядра пропустил его в прихожую, заставленную чемоданами и сумками.

— Мы в Германию уезжаем, сейчас за нами микроавтобус придет. Спорткомитет предоставил, чтобы нас в аэропорт отвезти.

— Долго там будете? — спросил Валерий Борисович.

Орешников пожал плечами.

— Месяца три. Может, больше.

Валерий Борисович боялся, что Саша спросит о Богомолове, поэтому сменил тему:

— К Брадису вчера заходил. Его через неделю выпишут.

— Ничего не случилось? — пристально посмотрел на него Орешников. — А то ты как-то странно выглядишь.

Ладейников не успел ответить, потому что из комнаты на коляске выкатилась Наташа и объявила весело:

— А мы в Германию на операцию уезжаем.

Раздался звонок мобильного. Орешников достал из кармана телефон и ответил:

— Сейчас спускаемся...

Посмотрел на друга и объяснил:

— Подъезжают уже. Сказали, чтобы спускались. Поможешь вещи вынести? А я потом за Наташей поднимусь.

Орешников помог жене надеть полушубок из чернобурки. Потом подхватил два больших чемодана и спортивную сумку с надписью «СССР», оставив Ладейникову женскую сумочку и пакет с продуктами. Они вышли на площадку, и Орешников все же спросил:

— Как там Сережка Богомолов?

— Трудно сказать, — ответил Валерий Борисович.

Спустились по лестнице, вышли во двор. Микроавтобуса не было. Неподалеку на низкой ограде забора сидели трое парней.

Орешников поставил чемоданы и сумку на землю:

— Сейчас подъедут. Знаешь, у меня такое настроение хорошее, такой подъем. Я верю, что все хорошо с Наташкой будет. Я тебе рассказывал, как на стадион заходил, посмотреть, как мальчишки тренируются? Взял и тоже толкнул...

— Рассказывал, — кивнул Ладейников.

— Девятнадцать метров ровно. Это в сорок пять лет! Без тренировки и разминки! Тренер даже сигаретой подавился...

Парни, что сидели на ограде, зашагали в сторону Орешникова с Ладейниковым. Что-то было в их походке и фигурах странное: один прятал кулак в рукаве куртки, а другой держал руку за спиной. «Ножи у них, что ли?» — пронеслось в голове Валерия Борисовича. Но не успел ничего сказать. Парни подошли. Трезвые, на уличных грабителей мало похожие, хотя и пытались казаться развязными.

— О-о, мешочки-чемоданчики... Дяденьки, закурить не найдется? — сказал один из них. И тут же сделал два быстрых шага к Валерию Борисовичу, вытаскивая из рукава нож.

Это произошло так стремительно, что Ладейников не успел отскочить. Увидел только, что нападавший отлетел в сторону и упал на спину. Реакция у Орешникова оказалось на высоте. Александр не только отшвырнул первого бандита, но сумел увернуться и от атаки второго — схватил его за шею и с размаха вмазал в стену дома. Тот, ударившись лицом о бетонную плиту, кулем упал на землю. А на Ладейникова в это время напал третий. И тоже с ножом.

— Ну, че, доцент, щас я тебя на перо посажу...

Он попытался нанести удар сверху, но Валерий Борисович перехватил его руку и заломил за спину. А подоспевший Орешников ударил парня по затылку. Тот рухнул вниз.

— Ты в порядке? — спросил Саша.

— Да вроде.

— Ловко ты ему руку завернул. Приемчики знаешь? Серега научил?

— Когда-то самбо занимался. Не думал, что помню.

— А я вот по рабоче-крестьянски... Это что, твои студенты?

— С чего ты взял? — не понял Валерий Борисович.

— Откуда же они знают, что ты доцент?

Друзья посмотрели на поверженных врагов, которые даже не пытались подняться. И в это время к подъезду подкатил микроавтобус. Из него вышел водитель и оглядел валявшихся неподвижно парней.

— Что тут у вас происходит?

— Не знаю, — ответил Орешников. — Выходим, а они лежат. Пьяные, наверное. Ладно, я за Наташкой побежал, а вы загружайте чемоданы.

Валерий Борисович не знал, куда ему идти. И пока ехал в микроавтобусе. До аэропорта провожать друзей смысла не было, да и опасно. А потому он попросил остановить микроавтобус, когда отъехали от дома Орешниковых на значительное расстояние. Попрощался, обнял Наташу и пожелал ей удачи.

Друзья уехали. Какое-то время Валерий Борисович смотрел вслед автомобилю. И продолжал смотреть даже тогда, когда тот скрылся в потоке машин. Идти было некуда: дома его схватят, в квартире Богомолова тоже наверняка дожидаются. В кармане на связке висит ключ от квартиры убитой женщины, но и там небезопасно. Есть еще переданные ему Кириллом ключи от какой-то роскошной квартиры с зимним садом и открытой террасой, но адреса ее Валерий Борисович не знал. И друзей у него больше не осталось. Брадис в больнице, Богомолов погиб, Орешниковы скоро будут в Германии. Он остался совсем один — загнанный и никому не нужный, кроме полиции.

ЧАСТЬ ЧЕТВЕРТАЯ

Глава 1

Николай Михайлович не мог понять, что происходит. Сначала Осин не захотел его принять — секретарша приятным голосом сообщила, что Леонид Евгеньевич занят. А на вопрос, когда освободится, ответила: «Он сам с вами свяжется».

Тогда Храпычев позвонил Станиславу Ивановичу, и тот был более откровенен:

— Вице-премьеру ваш доклад больше не нужен.

— Почему? — удивился Николай Михайлович.

— В Давосе будет выступать президент и теперь докладом занимаются его люди.

— А как же...

— Все вопросы к президенту страны, — не дал декану договорить заместитель председателя правления банка и отключился.

Остаток дня Храпычев находился в недоумении. Потом проанализировал происходящее и пришел к мысли, что это какая-то несостыковка. Скорее всего, Осин сам вышел на помощника премьера, и тот, вспомнив свои договоренности с деканом и то, что Храпычев пообещал ему поделить гонорар, не захотел говорить с банкиром. Несколько раз Николай Михайлович пытался позвонить в столицу, но каждый раз телефон помощника был занят. К концу дня оставаться спокойным не было никакой возможности. Он выглянул в приемную и увидел Хакимову и Юлю.

— Ты что здесь делаешь? — спросил он бывшую секретаршу.

— Так у меня отработка две недели, — ответила та, вглядываясь в его лицо.

То, что она смотрела так внимательно, словно понимая — у бывшего начальника неприятности, взбесило уже окончательно.

— Вон! — стараясь не заорать, произнес Храпычев. — Можешь не отрабатывать. Придешь за расчетом, а сейчас...

— Но я должна...

— Вон!!! — заорал Николай Михайлович, уже не желая сдерживаться. — Ты много чего должна...

Он начал задыхаться и закашлялся. Юля схватила свою сумочку и бросилась к дверям. Но перед тем как выйти, обернувшись, произнесла:

— Ты у меня еще попляшешь.

Храпычев хотел запустить в нее чем-нибудь, но под руку попались какие-то списки, а дверь за бывшей секретаршей уже захлопнулась. Он бросил взгляд на Хакимову — та тихо улыбалась, и это тоже раздражало. Посмотрел на конские хвостики на ее голове, на тощую шейку и еле сдержался, чтобы не вцепиться в эту шею зубами. Декан вернулся в кабинет, сел в кресло и только тогда заметил, что держит листы бумаги. Швырнул их на стол и вспомнил последние слова Юли.

Как она может отомстить? Что девчонка знает про него такого, что могло бы навредить ему, всеми уважаемому человеку? Расскажет комунибудь, что у нее почти два года была связь с деканом? Пустяковое обвинение! Во-первых, такие вещи сейчас никого особенно не волнуют, а во-вторых, можно отговориться, мол, все ложь, клевета, пустой наговор уволенной сотрудницы. Что еще? Может поведать, что руководитель факультета за взятки обеспечивал прием абитуриентов. И даже добавить, что сама подыскивала денежные, так сказать, кандидатуры. Это, пожалуй, более серьезная угроза. Но! Денег-то Николай Михайлович ни от кого не получал. Если кто-то и заявит, что платил за поступление отпрыска, то ведь взятки вручались не лично декану, а секретарше. Именно с ней заботливые родители предварительно договаривались, и Юля давала гарантии. А Храпычев отметет все обвинения, скажет, что слышит об этом впервые. Более того, когда у него возникли сомнения в порядочности секретарши, он сразу же ее уволил. Никто не усомнится в его словах и в мягкости принятого решения. К тому же вряд ли кто-либо решится подтвердить обвинения. Ведь тогда взяткодатели сами подпадают под статью, а их тупоголовые детки останутся без дипломов.

Юля брала за поступление десять тысяч евро, из которых две оставляла себе. Два года она это проворачивала, подготавливая списки, которые Храпычев отдавал в приемную комиссию факультета, говоря, что это распоряжение ректората. Сколько было таких абитуриентов? Двадцать два человека, кажется. Стало быть, Юля огребла сорок четыре тысячи евро. Неплохо! Понятно, почему секретарша так держалась за свое место. В следующем году она планировала купить квартиру. Что ж, пусть живет на съемной, которую придется теперь оплачивать самой.

Взгляд упал на списки, и Храпычев нажал кнопку селектора.

— Зайди ко мне, — приказал декан.

Вошла Хакимова. Николай Михайлович смотрел на ее ножки-спички, обтянутые джинсиками, на коротенькую маечку, из-под которой торчал золотой лягушонок на проколотом пупке. Ему снова захотелось наброситься на нее. Но надо было сдерживать себя, и он показал глазами на дверь.

— Закрой!

Девчонка повернула ключ в замке. Потом стала приближаться, глядя на шефа наглыми глазами избалованного ребенка. Он хотел, чтобы новая секретарша забрала бумаги, только и всего, но дверь была заперта, а потому Храпычев откинулся на спинку кресла, ослабил узел галстука и произнес голосом человека, задавленного государственными делами:

— Давай поиграем в Монику Левински.

Дважды звонил телефон, но декан не снимал трубку. Потом через стену было слышно, как кто-то зашел в приемную и даже подергал ручку двери кабинета. Николай Михайлович все смотрел на конские хвостики и даже схватил их руками.

Наконец девчонка подняла глаза, и в них опять не было ничего, кроме наглости.

— Николай Михайлович, с моего курса в прошлом году отчислили шестерых. Ребята узнали, что я стала секретарем декана, и позвонили. Просили помочь с восстановлением.

— Теперь только через ректорат, — ответил Храпычев.

Хакимова поднялась и поправила хвостики.

— Они готовы денег дать.

Храпычев изобразил удивление, смешанное с возмущением.

— Ты о чем? Мне предлагают взятку?

— Вам — нет, мне предлагают. А еще ребята сказали, что с разных курсов отчислены двадцать человек. Те тоже хотят...

— Вот и восстанавливай их, если такая всесильная. Лично я ничем помочь не могу. И с подобными вопросами ко мне не обращайся.

— У этих ребят есть деньги, они готовы по десять тысяч долларов заплатить.

— Иди работай, — сказал декан. — И бумаги захвати.

Только сейчас Храпычев понял, что случайно схватил с секретарского стола именно списки отчисленных студентов. И там было листа три, а значит, что их гораздо больше, чем двадцать. Неужели Хакимова уже успела обработать часть из них?

Секретарша вышла, а Николай Михайлович задумался: двадцать человек — это уже двести тысяч. Придется, конечно, делиться с девчонкой. Но зато можно потом через нее выявлять студентов, у которых состоятельные родители, и подавать нерадивых — всегда найдется к чему придраться — на отчисление. На факультете сейчас обучается более двух тысяч человек, включая аспирантов и заочников. Если десять процентов отчислить — это уже два миллиона. Хотя вряд ли стольких удастся прищучить на экзаменах и за прогулы. Ладно, пусть сто человек, что тоже неплохо. А ведь летом очередной прием. Если у Хакимовой такая хватка, то двадцать абитуриентов она наверняка «подготовит». Что, если заранее поручить ей столь важное направление? Откуда девчонка родом, из Нефтекамска? Да пусть теперь хоть весь Нефтекамск сюда прет!

Снова прозвенел телефонный звонок. А потом Хакимова сообщила по селектору:

— Николай Михайлович, вас спрашивают из банка «Северо-Запад Инвест». Соединять?

Декан снял трубку и услышал незнакомый голос:

— Николай Михайлович, это заместитель председателя правления по безопасности Рожнов. Мне бы хотелось обсудить вашу задолженность перед банком.

— Какую задолженность? — удивился Храпычев, чувствуя, как у него сводит мышцы живота. — Мы с Осиным уже все решили.

— Мне, к сожалению, ничего об этом не известно. Никаких документов, подтверждающих ваши слова, у нас нет. К тому же Леонид Евгеньевич только что поручил мне лично закрыть ваш вопрос. Так что давайте сейчас...

— У меня сейчас совещание, — перебил Храпычев.

— Хорошо. Завтра в десять утра жду вас в своем кабинете с графиком погашения долгов. Желательно даже, чтобы до конца недели вы закрыли хотя бы четверть долга.

— Да, — зачем-то согласился Храпычев. И опомнился: — Только вы поймите...

Но из трубки уже неслись противные гудки.

Декан встал из-за стола, подошел к окну и посмотрел на улицу. В припаркованном у тротуара автомобиле с открытой водительской дверцей сидел студент, выставив ноги наружу. Рядом стояли еще двое. Троица играла в «камень, ножницы, бумага» и смеялась.

Николай Михайлович подошел к двери и, приоткрыв ее, бросил секретарше:

— Зайди ко мне.

Затем вернулся к окну и продолжил смотреть на увлеченных игрой студентов. Хакимова остановилась на пороге.

— Подойди, — приказал руководитель факультета.

К парням возле машины подбежали две студентки. Девушки по очереди обнялись с ребятами и поцеловались, потом все полезли в машину.

— С ума посходили, — вздохнул Храпычев. — Лучше бы учились хорошо.

— Они обещают за ум взяться, — сказала Хакимова, тоже наблюдавшая за этой сценой.

Декан вернулся за стол. А секретарша, последовавшая за ним, поняв, что ее позвали не для игр, остановилась возле стула для посетителей.

— Я тут обдумал твои слова, — произнес Николай Михайлович. — Факультету катастрофически не хватает средств — надо мебель новую покупать, здание ремонтировать, ремонт кровли опять же денег стоит... А того, что выделяют из бюджетных средств, хватит лишь на покраску стен в коридорах. Видимо, придется согласиться с твоим предложением. Но дело это опасное, потом ведь не доказать, что все ушло на нужды...

— Никто ничего не узнает, — поспешила заверить Хакимова, — они со мной рассчитаются, а я вам дома передам.

— Надо все тщательно взвесить.

— Есть и другие желающие восстановиться, только я с ними не говорила еще.

— Поговори, но ничего пока не обещай.

Глава 2

Рабочий день подходил к концу, когда в кабинет Пименова зашел запыхавшийся майор Шахрай из городского следственного управления. Он сел к столу и шумно выдохнул:

— Бежал, думал, что не застану тебя, ты ведь любитель пораньше слинять.

Когда-то они служили в одном отделе и даже делили какое-то время кабинет на двоих. Правда, именно Шахрая трудно было увидеть на месте, особенно в конце дня. Но Пименов спорить не стал. А Шахрай огляделся и покачал головой:

— Как накурено... И грязь повсюду...

Он посмотрел на плакаты с фотографиями объявленных в розыск Романа Абрамовича, Филиппа Киркорова, полуголой Анжелины Джоли,

Джима Керри в зеленой маске, Микки-Мауса и поморщился:

— Как будто вернулся на пятнадцать лет назад. Будто снова я — запуганный нищий следак.

— А теперь ты следак смелый и богатый? — поинтересовался Пименов.

Шахрай сделал вид, будто не расслышал его слов.

— Передай мне дело Ладейникова, — сказал он.

— Какое дело? — удивился Пименов. — Дело не возбуждалось.

— Но у тебя же материалы по убийству его жены. Было ведь распоряжение о передаче их в городское управление, а ты его не выполнил.

— Мне никто ничего не говорил, — соврал Пименов.

Затем открыл свой сейф, достал из него тонкую папку и положил на стол перед Шахраем. Визитер открыл папку и начал перелистывать скрепленные скоросшивателем документы.

— Это все, что ты нарыл? — удивился он. — Кстати, почему листы не пронумерованы? Ты все мне передаешь?

Пименов ничего не ответил, а Шахрай стал вчитываться и возмущаться.

— Поразительная беспечность! Если не сказать больше! У тебя в руках дело, по которому все сразу ясно: муж убивает жену-бизнесмена...

— Чью жену? — изобразил непонимание Пименов.

— Собственную жену, известного бизнесмена.

— Бизнесвумен, — поправил хозяин кабинета.

А гость и вовсе вошел в раж:

— Надо было брать его сразу и колоть. Прижать хорошенько. Сам не можешь, позвал бы специалистов...

— По чьей инициативе у меня забирают дело в городское управление? — спросил Пименов.

Шахрай, не ответив, убрал папку в свой портфель и оглядел стол, словно собираясь еще что-нибудь прихватить. Пименов взял со стола пачку сигарет и зажигалку, сунул их в свой карман. После чего сказал:

— Это мое.

Гость поднялся и направился к дверям. Вышел из кабинета, но тут же вернулся.

— Слышал, что сегодня утром этот Ладейников напал на трех прохожих и жестоко избил?

Пименов лишь пожал плечами.

— Так вот, в результате имеем три тяжелых сотрясения мозга, — продолжил Шахрай, — два сломанных носа и челюсть...

— Почти сорокалетний преподаватель экономики нападает на троих двадцатипятилетних парней, из которых двое были осуждены ранее за уличные грабежи, а третий — за вымогательство и хранение наркотиков? Странно как-то.

— Значит, знаешь уже.

— Конечно. Наша дежурная машина и выезжала по вызову. При пострадавших найдены три ножа и кастет. Причем именно эти рецидивисты показали на Ладейникова как на избившего их человека. Во-первых, откуда они его знают, а во-вторых, у меня еще не забрали дело, а уже целый день гоняют по всем городским телеканалам информацию о Ладейникове как об организаторе ряда убийств.

— Ничего странного. Обычное оперативное реагирование. Обращение к гражданам. Уже звонят люди. Просто шквал звонков!

— Ага, пенсионерки уверяют, что он к ним в квартиру ломится. А еще школьники, которые видели, как он минировал их школу.

— Откуда ты... — удивился Шахрай. И тут же махнул рукой: — Да пошел ты!

Он снова вышел в коридор. Но уйти просто так не мог, а потому опять заглянул в кабинет и объявил:

— Тебя, кстати, ждет взыскание. Не буду говорить какое, но мало не покажется. Так что жди служебного расследования по факту сокрытия улик.

Гость из городского управления наконец скрылся, а в кабинет зашел опер Жаворонков.

— Каждый раз, когда Шахрая вижу, — сказал он, — чувствую, что какие-то неприятности нас ждут. Чего майор хотел на сей раз?

— Дело у меня забрал.

— По экономисту, что ли? Нам тоже фотки его раздали и предупредили, что мужик вооружен и очень опасен. Так что можно стрелять на поражение в случае чего.

— Дай-ка мне свой мобильник... — попросил Пименов.

Глава 3

Ладейников в незнакомом дворе сидел на скамейке, стоящей на краю детской площадки. Только что он пересчитал имеющиеся при нем деньги и понял, что скрываться может достаточно долго. По крайней мере, месяца три голодать не будет. И тут же Валерий Борисович содрогнулся: неужели придется столько времени скрываться? А вдруг придется всю жизнь прятаться? Но где? Он даже сейчас не знает, куда пойти.

Если его разыскивают за убийство, то идти к знакомым нет смысла: у всех семьи, дети. Вероятно, и пустят переночевать, однако потом попросят больше не появляться. В былые годы он мог обратиться к Коле Храпычеву. Хотя нет, на Николая нельзя было положиться никогда. Тот всегда общался с ним ради какой-то выгоды: Ладейников мог помочь на экзамене, написать за него курсовую работу. И всегда, наверное, завидовал ему. Конечно, ведь на Ладейникова обращали внимание девушки, да еще Владимир Егорович взял его, аспиранта, под свое покровительство. Причем даже не потому, что его дочь Нина была в Валерку влюблена... Правда, потом она вышла замуж за Храпычева, и молодой супруг не очень хотел, чтобы дружок бывал у них дома. Позже Владимир Егорович перебрался в Комарово на дачу...

Стоп! А что, если отправиться к академику? Там можно работать и скрываться до поры до времени: Владимир Егорович не выдаст, уж точно. Но об этом наверняка пронюхает Храпычев, и как бывший друг поведет себя, еще неизвестно. Нет, в Комарово лучше не ехать. Пименов ведь предупреждал, что на выездах из города машины проверяют...

Запиликал мобильный телефон — звонок поступил на сияющий золотом «Верту». Валерий

Борисович посмотрел на экранчик. Номер вызывающего был ему незнаком, и в телефонную книжку аппарата тоже внесен не был. Все же Ладейников нажал на кнопку приема и услышал голос Пименова:

— Отключите все имеющиеся при вас телефоны и не пользуйтесь ими, по звонку смогут определить ваше местонахождение.

— Как там Богомолов? — спросил Валерий Борисович.

— Отключите телефоны немедленно! — повторил Пименов и прервал вызов.

Ладейников сделал, как он приказал. Следователь не сказал ни слова о Богомолове, и это не оставляло надежд на то, что друг выжил при взрыве машины.

К соседней скамейке подошли трое мужчин лет пятидесяти с пакетом, набитым пивными бутылками. Поставили ношу на скамейку, а сами остались стоять. Открыли по бутылке и начали торопливо, словно мучимые жаждой, пить пиво. Одновременно, как по команде, сделали передышку. Причем оказалось, что один из них опустошил свою бутылку полностью, чему и сам удивился. Он перевернул ее, вытряхнул остатки пены и отбросил в сторону.

— О как! — сказал мужчина и полез в пакет за следующей.

Оба его приятеля тут же допили свое пиво и тоже взяли по второй бутылке. Пить сразу не стали, а закурили. Тот, что быстрее всех опустошил первую, с грустью произнес:

— Не, мужики, при Советской власти было лучше. Кружка пива в баре стоила сорок пять копеек, бутылка в магазине тридцать семь, а я меньше двухсот рублей на заводе не зарабатывал. Если прикинуть, то это пятьсот бутылок пива с лишком. Нынче, чтобы столько купить, надо олигархом быть.

— А ты сейчас сколько зарабатываешь? — поинтересовался один из его приятелей.

— Всего пятнадцать тысяч.

— Хм, а пиво тридцатку стоит, значит, те же пятьсот бутылок и выходят, — быстро подсчитал приятель.

— Ты чего-то путаешь. Не может такого быть! По-твоему получается, что я каждый день могу...

— Можешь по шестнадцать с половиной бутылок пива выпивать. А если учесть арифметическую погрешность и то, что пиво можно брать и по двадцать три рублика...

— И если тебя угостят, как сегодня... — подсказал третий, молчавший до сего времени, любитель пива.

Но тот, кто начал разговор, уже не слушал, а смотрел на Ладейникова. Он, видимо, хотел привлечь к разговору и Валерия Борисовича — в качестве эксперта, поэтому спросил:

— Вот ты, мужик, кем был при социализме?

— Человеком, — ответил Ладейников.

Ответ, судя по всему, полностью оправдал надежды незнакомца. Тот даже палец поднял.

— В том-то все и дело! А в кого нас теперь превратили? Нынче даже грипп не человеческий, а свиной.

Выпивоха снова посмотрел на Ладейникова.

— Слушай, мужик. Пива не предлагаю, но дай я тебя обниму за то, что ты такой...

— У меня насморк. Возможно, грипп, — быстро сказал Валерий Борисович.

— Ну, тогда иди лечись. Тут за углом шалман приличный. Прими сто грамм и сразу станешь здоровым, как я.

Ладейников поднялся и пошел: ему было все равно, куда идти. Но когда огибал троицу любителей пива, самый молчаливый из них схватил его за рукав.

— Слышь, а чего у тебя лицо такое знакомое? Ты на заводе Калинина в пятнадцатом цехе случайно не работал?

— Не довелось, — ответил Валерий Борисович, пошел дальше и услышал за спиной:

— Странно! Я ведь точно его откуда-то знаю.

— И я вроде тоже его где-то видел, — прозвучал другой голос.

Доцент вошел в кафе и направился к стойке. Помещение было почти таким же, как то, в котором еще недавно Валерий Борисович встречался по вечерам с друзьями, а потому и здесь он почувствовал себя вполне комфортно. Да и его, судя по всему, приняли за своего. Буфетчица, во всяком случае, не стесняясь посторонних глаз, сливала в рюмку остатки коньяка из двух бутылок.

— Поужинать у вас можно? — спросил Ладейников.

— Погодите... — ответила сосредоточенная буфетчица. — Видите, я делом занимаюсь. Меню на стойке, ознакомьтесь пока.

Он начал изучать меню, рядом с которым лежал пульт от телевизора, стоявшего тут же, на стойке. Буфетчица отвернулась, наклонилась, чтобы ее не было видно из зала, быстро опустошила рюмку и стала закусывать коньяк бутербродом.

Из телевизионного приемника донеслась тревожная музыка, а потом на экране возникли титры: «Внимание — розыск!» После чего девушка-диктор голосом, лишенным всяких оттенков, начала зачитывать объявление:

— За совершение особо тяжких преступлений разыскивается Валерий Борисович Ладейников. Все, кто знает о его местонахождении, звоните по телефонам...

На экране появилась фотография Ладейникова, взятая, вероятно, из его личного дела в отделе кадров университета. Валерий Борисович был на ней небрит и угрюм. По изображению понеслась бегущая строка с номерами, по которым бдительные граждане могли сообщать информацию об опасном преступнике.

Ладейников взял пульт и нажал на кнопку. Включился другой канал, на экране возникли молодые люди обоего пола, лежащие на кроватях в общей спальне.

— И это правильно, — произнесла буфетчица, затягиваясь сигаретой. — А то задолбали своими уголовниками. «Дом-2» — лучшая передача. Вот где райская жизнь! Устроились ребята на всем готовом, спят друг с другом, да еще и деньги получают. Вы за кого голосуете?

— Я приезжий.

— Ну, тогда садитесь за стол. Только пальто снимите, у нас приличное заведение.

Ладейников отошел от стойки и увидел вешалку, на которой одиноко висело женское пальто. Было непонятно, кому оно принадлежало, потому что за одним столиком пили вино две женщины, и обе были в одинаковых дубленках, за другим столом расположилась компания молодежи, тоже в верхней одежде. В углу сидел мужчина в куртке, под которой виднелась форма сотрудника вневедомственной охраны. А потому Ладейников тоже решил не раздеваться и двинулся к угловому столику, чтобы оказаться спиной к залу.

— Не возражаете? — спросил он.

Мужчина молча кивнул, продолжая есть грибной суп.

Вскоре подошла буфетчица, собираясь принять заказ. Ладейников не успел и рта открыть, как сосед по столику произнес:

— Грибной суп не советую, солянку тоже. Салаты вчерашние, бутерброды с просроченной колбасой.

— А что можно взять? — спросил Валерий Борисович.

— Хлеб, — сказал охранник, — если не черствый. И воду, если не из-под крана.

— Витя, — укоризненно покачала головой буфетчица, — ты мне так всех клиентов распугаешь.

Женщина, судя по ее улыбке, даже не обиделась.

— Зато они дольше проживут.

Мужчина в форме охранника посмотрел на Валерия Борисовича и посоветовал:

— Возьмите пельмени и томатный сок.

Ладейников попросил буфетчицу принести то, что советует опытный человек, и еще то, что она сама считает самым безвредным в своем заведении.

В ожидании заказа доцент сидел молча. Охранник, закончив есть, уходить явно не собирался.

— Меня Виктором зовут, — представился он.

— А я Валерий, — откликнулся Ладейников и только тогда сообразил, что надо было назваться как-то иначе.

— Я здесь уже два месяца столуюсь, — принялся рассказывать Виктор, — и пока жив. Ночами поблизости офис один охраняю, с восьми вечера до девяти утра, а получаю, как за сутки. Выгодно. Тем более что работаю каждый день, кроме выходных.

— А спите когда? — поинтересовался Валерий Борисович.

— На рабочем месте: входную дверь запираю, ставлю периметр на сигнализацию и спокойно дремлю. Только раз за ночь приезжает дежурная машина и проверяет, на посту ли я. Тыщу за смену платят. Почти двадцатка в месяц после всех вычетов, одному хватает.

Мужчины поговорили еще немного, потом Ладейников подошел к стойке и попросил разрешения позвонить по телефону.

Он набрал домашний номер Храпычева, чтобы поговорить с Ниной. В конце концов, надо же ему где-нибудь переночевать. Не у

Храпычевых, естественно, а, по возможности, у Владимира Егоровича в Комарово. Вряд ли будут проверять все маршрутки, выезжающие за город.

— Как ты, Валера? — спросила Нина. — Я знаю, что тебя выперли. Но от этого им же хуже.

— От этого хуже только мне, — усмехнулся Ладейников, — а им ни жарко ни холодно.

— Обидно, что к твоему увольнению приложил руку мой негодяй, — вздохнула Нина.

— Как Владимир Егорович себя чувствует?

— Сдает потихоньку, возраст все-таки. Время от времени сердце прихватывает. Я ему даже не сказала, что с тобой сделали. Он бы непременно пошел разбираться. Понервничал бы и, не дай бог...

— Ну, и правильно, что не сказала, — согласился с Ниной Ладейников, — береги его.

— Ты где сейчас? — спросила Нина. — А то звонила тебе несколько раз, но дома тебя не застать.

— Я в гостинице, — соврал зачем-то Ладейников, брякнув первое, что пришло в голову.

Он попрощался, решив не втягивать в свои дела учителя и его дочь.

Мимо стойки прошел Виктор. Протянул руку на прощание и в последний момент предложил:

— Будет скучно, заглядывайте. Офис, который я охраняю, в третьем доме отсюда. Там вывеска есть, фирма называется «Рассвет».

Понятно, что случайный знакомый сказал это из вежливости, и Валерий Борисович сразу забыл о его предложении. Он сидел в кафе часа два, тянул время, смотрел на фонари за окном, понимая, что надо куда-то идти. Какие у него варианты? Допустим, найти какой-нибудь незапертый чердак или подвал, где можно дождаться утра, согреваясь у отопительных труб и планируя свои действия на следующий день. Или «подружиться» с каким-нибудь пьяницей, который за бутылку водки сдаст ему до утра угол в своей комнатенке, переполненной тараканами. Наверняка есть и другие варианты, но больше ничего в голову не приходило.

Ладейников вышел на улицу и поплелся, не имея никакой цели, мимо домов, дверей, вывесок — просто куда глаза глядят. Мимо привычной жизни, в которой уже не было ему места. Мерцали равнодушным светом уличные фонари, проносились автомобили и спешили люди. Все торопились — к теплу, уюту, к семьям, детям, к сериалам, горячему чаю с пирогами и просто в теплую постель. А у него впереди ничего, только мрак.

Ладейников миновал пару домов и вдруг остановился. Рядом со стеклянной тонированной дверью висела табличка, на которой значилось название фирмы: «Рассвет». Валерий Борисович поднялся на ступеньку крыльца и нажал кнопку звонка. За первой, внешней створкой была еще одна. Она почти сразу отворилась и в полуосвещенном предбаннике появилась фигура Виктора. Охранник узнал его и впустил внутрь, обронив только:

— Хоккей идет, наши с чехами играют. Смотреть будете?

Глава 4

Храпычев вернулся домой взбешенным. Он злился на помощника вице-премьера, на вице-премьера, на президента, на всю государственную машину, которая, как и всякая машина, лишенная мозгов, не способна мыслить. Еще больше его возмущал Осин. Декан ненавидел этого человека, который даже диссертацию не мог написать самостоятельно, а воспользовался чужой. Если бы Валера Ладейников не отдал ему свою, банкир, эта самоуверенная акула, не смог бы теперь приписывать на визитных карточках ниже своего имени слова «доктор экономических наук». Ладейников тоже раздражал Храпычева — строит из себя альтруиста-бессребреника, а сам раскатывает на машинах стоимостью не менее ста тысяч евро. И ведь никому ничего не должен, никто не наезжает на него с угрозами: «Верни пять миллионов баксов, а то!..»

Николай Михайлович вошел в квартиру и удивился, что Нина не встретила его. Он привычно опустился в прихожей на стул, снял обувь и сунул ноги в шлепанцы, продолжая «кипеть».

Что может сделать с ним Осин? Ну, во-первых, обратиться в суд. Но при всех его связях дело ему не выиграть: возможно, консультант и дал неправильный совет банку, но решение принималось не Храпычевым, не он ставил свою подпись под договором купли-продажи. Виноват менеджер банка, вероятно даже, что сам Леонид Евгеньевич, а в таком случае суд может отказать даже в приеме искового заявления. А если и примут, то в суде легко можно доказать неправомочность требований истца. В конце концов, и у него, Храпычева, декана экономического факультета и уважаемого человека, тоже есть связи... Если же будут угрожать неправовыми методами, бандитами или поджогами, то он обратится в полицию, и любое действие, направленное против него, будет потом рассматриваться как совершенное по преступному сговору с целью нарушения конституционного права гражданина, желающего жить спокойно в своей стране, в своей квартире, реализуя свой творческий потенциал на благо отчизне...

Когда эта мысль пронеслась в голове, Храпычев поморщился. Похоже, он слишком переволновался, раз в голову лезет подобная чушь. И все же — он не простой человек! А потому имеет полное право рассчитывать, что в споре с мошенником, неизвестно как сколотившим состояние, закон будет на его стороне. А кстати... Лариса Ладейникова что-то рассказывала такое. Кажется, она знала, как именно сколотил начальный капитал Осин. Вроде у него была частная сауна, куда привозили чиновников, которые заказывали девочек помоложе. Все происходившее там снималось на видео, а потом чиновники выкупали записи, не применяя никаких мер к Осину, потому что опасались возможности существования копий. Но Леонид Евгеньевич никогда не запрашивал сверхвозможностей тех, кого шантажировал. Баньку, правда, скоро прикрыли, однако Осин все же скопил изрядную сумму. Затем он зарегистрировал финансовую компанию, стал принимать взносы граждан, обещая бешеную прибыль. Пирамиду разоблачили очень быстро, а сам Осин опять ускользнул, потому что ни за что не отвечал — подписи ставили другие люди...

Может, Лариса все это выдумала? Но бывшая жена Валеры клялась, что говорит правду, известную ей из первых уст. Неужели она тоже бывала в той баньке? Сколько же ей тогда было? Пятнадцать лет, четырнадцать? Пожалуй, еще меньше. Так стоит ли верить?

Николай Михайлович поднялся, направился в глубь квартиры. Жена по-прежнему не выходила.

— Нина! — позвал он.

И не услышал ответа.

Храпычев заглянул в гостиную, в столовую, в спальню и даже в свой кабинет — везде было пусто. В конце концов, буквально на всякий случай, Николай Михайлович открыл дверь кабинета тестя, в который, кроме Владимира Егоровича, никто не должен был заходить. Так и есть, Нина оказалась там. Сидела в обшарпанном вольтеровском кресле и что-то читала, делая вид, что не замечает присутствия мужа.

— Что тебя так увлекло? — спросил он.

Нина молча подняла книгу и показала обложку. Старый журнал «Экономика и жизнь».

— Что там может быть интересного? — удивился Храпычев.

— Статья Ладейникова «Финансы и мораль», — ответила Нина.

— Тоже мне, Макиавелли, — усмехнулся Николай Михайлович, — Френсис Бэкон недоделанный.

— А ты ознакомься, — посоветовала Нина. — Очень актуальная статья. И к тебе имеет прямое отношение.

— В каком смысле?

— Я же сказала: в прямом.

— У тебя неприятности? — спросил муж. — Ты сегодня какая-то другая.

— Неприятностей у меня нет, за исключением одной, имя которой Николай Михайлович Храпычев. Зато большие неприятности у человека, который превосходит во всем меня, тебя и всех наших знакомых.

— У кого? — изобразил непонимание декан.

— У Валеры Ладейникова. Я не знаю, что с ним и почему, но он сейчас вынужден жить в какой-то гостинице.

— Не говори ерунды, — поморщился Храпычев, — Верблюд просто прибедняется.

— Верблюд? — возмутилась Нина. — Кто его так назвал? Не потому ли, что он вас всех на своем горбу тащит? Отцу моему до сих пор стыдно, что он просил Валеру брать его в соавторы, чтобы статьи были опубликованы. Однако фамилия Ладейникова всегда стояла второй, хотя отец мой и пары строк в тех статьях не написал.

— Я не могу разговаривать с тобой, когда ты так раздражена, — сказал Николай Михайлович и вышел в коридор.

Он направился на кухню, предполагая, что ужин, как и всегда, ждет его на плите. Но плита была пуста. Храпычев открыл дверцу холодильника, и тут на пороге кухни появилась Нина, желавшая продолжить прерванный разговор.

— Ты сказал, что сегодня я другая. На самом деле я была другой все дни жизни с тобой. Помнишь слова Маркса о том, что за сто процентов прибыли капитал снял с женщины одежду, а за двести процентов снимет с нее кожу? А ты из меня душу вынул просто так, из удовольствия изображать из себя значительное лицо.

Храпычев усмехнулся: Нина впервые разговаривала с ним так. Ничего, придет в себя, еще прощения будет просить. Он знает, как поставить ее на место.

— Ты хочешь развода? — спросил Николай Михайлович.

Нина кивнула.

— Именно сегодня ты захотела развода? — удивился он.

Нина покачала головой.

— Нет, я хочу его давно, много дней. Ровно столько, сколько мы с тобой женаты. А сегодня я требую, чтобы ты убирался из квартиры, в которой жили мой отец и моя мать, из квартиры, где они были счастливы и менее всего хотели, чтобы у них был такой зять. Отсюда на фронт ушел мой дед, здесь во время блокады умерла от голода моя бабушка. И ты, дрянной человек, просто права не имеешь тут находиться.

— Хорошо, я уйду, — согласился Храпычев. — Однако если ты думаешь, что от меня так легко можно избавиться, то глубоко заблуждаешься. Меня нельзя вышвырнуть пинком под зад.

— Убирайся, — тихо произнесла Нина. Повернулась к мужу спиной и пошла дочитывать старую статью Ладейникова.

Николай Михайлович достал из холодильника колбасу и банку икры, включил чайник, начал делать себе бутерброды и увидел, как трясутся его руки. Трясутся не от страха, а оттого, что он должен сдерживаться, чтобы не взорваться прямо сейчас, не ворваться в кабинет тестя, не вытащить стерву-супругу за волосы из просиженного вольтеровского кресла. А так хотелось бы выволочь ее на лестничную площадку и сбросить вниз по ступенькам, по которым в былые времена поднимались разные мелкие людишки, униженные в своей почтительности к великому пролетарскому писателю Максиму Горькому.

Декан отправился в свой кабинет и из сейфа, оборудованного в тумбе рабочего стола, выгреб все наличные деньги. Пересчитал: денег должно хватить на неплохую новую квартиру. Потом собрал выписки из банков, где открывал депозиты, сложил суммы вкладов — так и есть, чуть-чуть не хватает до полумиллиона долларов. Ему должно хватить. А скоро денег будет больше, значительно больше: он поставит отчисление студентов и прием их обратно на поток, и деньги потекут к нему рекой. Только уже не стоит хранить их в сейфах, лучше нанять брокеров... нет, он сам будет играть на бирже и развернется... а потом станет ректором...

Николай Михайлович собрал небольшой чемодан. Сложил туда рубашки, галстуки, носки и деньги. Подумал немного и прошел в спальню, где в туалетном столике стоял старинный несессер жены, в котором хранились украшения ее и матери, драгоценности, что дарил Нине сам. Он спешил, а потому не стал копаться, выискивая свои подарки, а просто вывернул все содержимое в карманы.

Взяв чемодан, Храпычев вышел в прихожую. Заглянул на кухню и увидел лежащие на столе сделанные им бутерброды. Аккуратно сложил бутерброды в пакет. Достал из холодильника вскрытую банку с черной икрой, перетянул ее резинкой и положил в другой пакет. Потом стал вынимать из холодильника все подряд: упаковку перепелиных яиц, начатую бутылку сельдереевого сока, три персика, контейнер с крупными развесными оливками, кусок буженины, банку с печенью трески, упаковку с нарезанным французским сыром и банку килек в томате. После чего оделся, вышел из квартиры, спустился во двор, сел в «Лексус» и поехал к Хакимовой.

Глава 5

Валерий Борисович не любил хоккей. Вернее, никогда не смотрел телевизионные трансляции матчей. Он и телевизор-то включал крайне редко. А вот Лариса любила расположиться в кресле перед ним. Ставила перед собой столик с закусками, бокал с мартини и следила за сюжетом бразильских сериалов или демонстрацией мод. Доносящаяся из-за стены латиноамериканская музыка не мешала Ладейникову: главное, чтобы жена не приставала с просьбами написать за нее очередную статью или подготовить выступление на какой-нибудь межвузовской конференции. Хотя и то и другое не отнимало много времени.

Теперь же он сидел с Виктором возле телевизора и наблюдал за перипетиями хоккейного матча.

— Сам-то в хоккей играл? — поинтересовался Виктор.

Ладейников покачал головой и сказал, что два года занимался самбо, потом год боксом, но лишь для того, чтобы научиться постоять за себя. А когда понял, что недоброжелатели если и остались, то умело скрывают свое отношение к нему, занятия спортом забросил. Правда, учась в университете, снова посещал секцию самбо.

Мужчины легко перешли на «ты», и Валерию Борисовичу так общаться было приятнее. Словно у него вдруг появился новый друг, с которым он теперь не расстанется никогда и который будет ему так же близок, как Саша Орешников, Аркадий Ильич Брадис и Сережа Богомолов.

— А я играл, — признался Виктор. — Наша деревня стояла на берегу озера, и мы, мальчишки, сами расчищали лед, устанавливали бортики, ворота. Амуниция была, конечно, самодельная, но играли мы по-настоящему. Порой доходило до драк, до выбитых зубов. Короче, всякое бывало, и тем не менее дружили мы крепко. Мне потом, во взрослой жизни, очень не хватало этого. То есть, такой дружбы, чтобы за друга горой. Я, когда из армии вернулся, сразу женился. Мать к тому времени оформила на себя и на меня по двадцать гектаров под фермерское хозяйство. Сама-то уже работать не могла — болела сильно, так что на нас с женой оказалось сорок гектаров. Можешь себе представить?

Валерий Борисович попытался представить. Хотя ему, человеку городскому, не очень это удавалось. Но Ладейников слушал рассказчика внимательно. Интересно стало, да и все равно делать больше нечего, ночь-то коротать надо...

— Сначала мы сажали капусту, горох, турнепс, — продолжал Виктор. — Потом взяли в аренду бывший совхозный телятник. От него, правда, одни стены оставались, и я отремонтировал его, крышу перекрыл. Взял кредит, купил бычков и — попал в кабалу. Мало того что банк требовал проценты каждый месяц, да еще рэкетиры наехали, тоже стали требовать долю. А где я деньги возьму? Прибыль-то небольшая и вся в дело вкладывалась. Написал заявление в милицию. Через день меня подловили и отметелили так, что месяц кровью харкал. С трудом на ногах держаться мог, а приходилось выходить работать — жене ведь одной не управиться. Мы даже детей не заводили, потому что... Ну, ты сам понимаешь. И все вроде у нас хорошо шло: мясо сдавали, овощи выращивали на продажу, — а долг все больше и больше становился... Была у меня «Нива» старенькая, от отца еще осталась, так и ее бандиты забрали. Получаю деньги в банке — они тут как тут, и все отбирают. За мясом ко мне, как в магазин, приезжали, только не платили, а так брали — сколько унесут. Лет пять мы терпели. Потом жена однажды сказала:

«Все, Витя, не могу больше, уезжаю к родственникам на Урал. Хочешь — поехали вместе. Нет — давай разведемся».

Я бы рад все бросить, но, во-первых, кто ж меня отпустит? Банк в розыск за неуплату подаст. А во-вторых, на Урале разве лучше? Там, что ли, своих бандитов нет? Я уж не говорю, что меня еще проверками задолбали: то ветеринарная служба, то налоговая, то землеустроитель мимо проезжал и решил акт составить по какому-то ему одному известному факту нарушения неизвестно чего... Короче, развелся я с женой, хотя любил ее. Она меня вроде тоже, но если разобраться, то, наверное, не очень. Любила бы — до конца бы со мной была. Детей бы мне рожала. Прожил я один полгода. Только работу забросил, телят продал, пить начал. И на все плевать стало: убьют меня бандиты или банк за решетку сдаст — все едино. Даже решил, что лучше самому, чтобы не долго мучиться. И уже письмо прощальное матери писать начал. Если бы не она, взял бы «винторез» и на дуло лег бы, только мысль о матери меня и удерживала. Мать меня и спасла. Приехала как-то с одной женщиной, которой обо мне рассказала, и говорит:

«Вот, Витюша, Евгения Ивановна. Она все твои печали развеет, поможет».

А я смотрю на эту Евгению Ивановну: баба как баба. Лет шестьдесят и одета не лучше мамы моей, а мы, как известно, родней Роману Абрамовичу не приходимся.

«Чем ты можешь мне помочь, тетенька? — спрашиваю. — На мне бандиты висят — долю требуют, банк последнюю кровь сосет, и все ему мало. Долгов сейчас на четыреста тысяч долларов, если в валюте считать. Ты когда-нибудь, тетенька, видала такие бабки?»

«А ты чего, племянничек, ноешь? — говорит гостья. — Хочешь быть мужиком, так стань им. Хочешь сопли до конца жизни пускать, тогда недолго тебе осталось. Короче, так: сниму я с тебя бандитов. И с банком договорюсь, простят тебе долг. Пожелаешь дальше на земле трудиться — помогу. А нет — отдашь мне свою землю за мою помощь. И живи дальше как знаешь. Еще и с работой тебе помогу».

Я не поверил ей тогда. Посмеялся даже.

«Ты кто, — спрашиваю, — Дед Мороз, чтобы желания исполнять? Или Снегурочка?»

Но как сказала она, так и вышло. Банк претензии снял, от бандитов явился один отморозок, который, гад, больше всех меня ногами пинал. Приехал, попросил прощения, сказал, что по дурости на меня наехали. Дал мне ключи от старого «Москвича» взамен моей «Нивы», которую они кому-то уже продали. Я к той Евгении Ивановне помчался и в ноги ей бухнулся.

«Будешь на земле работать?» — спрашивает.

«Нет, — говорю, — наелся уже фермерством. Была б жена рядом — может, снова впрягся бы, хотя вряд ли».

В общем, оформил я на фонд Евгении Ивановны свои земли. А она мне домик на окраине Всеволожска купила и денег дала, пятьдесят тысяч долларов. Я, правда, жене бывшей на Урал отправил все до копейки — за те муки, которые она со мной испытала. Честно говоря, надеялся, что вернется. Но жена прислала только письмо, в котором поблагодарила меня от души, сказала, что добрее меня никого нет, но у нее теперь другой мужчина, и она ждет от него ребенка. Вот так...

Ну, надо было думать, как одному дальше жить. Попросил работу у спасительницы своей. Евгения Ивановна пристроила офис охранять, где контора ее фонда располагалась. Только там поначалу почти никто и не бывал. Сидел какой-то мужичок-бухгалтер, а все остальные кабинеты пустовали. А в этом году появился директор — молодая женщина, симпатичная такая, и все завертелось. Сотрудники, посетители, гости на дорогих машинах... Мне премии стали подкидывать, непонятно за что, правда... Но потом женщину, которую Евгения Ивановна директором поставила, убили. Офис прикрыли, а я сюда перевелся...

Трансляция хоккейного матча закончилась, и Виктор вздохнул:

— Проиграли наши. Ну, ладно, потом злее будут. Нас ведь, русских, для того чтобы мы очнулись, надо сначала похоронить и в землю закопать. России лет двадцать назад тоже, считай, не было. Да и сейчас не жизнь, но все же. Бандитов вроде поприжали, зато чиновники хуже бандитов всяких стали. Ничего, пусть жируют до поры...

Ладейников слушал и удивлялся тому, как бывает в жизни: случайно он познакомился с человеком, который объяснил ему многое.

— Ту женщину, директора фонда, звали Варварой Николаевной Ладейниковой?

— Именно так, — кивнул Виктор.

— А я — Валерий Борисович Ладейников. Сейчас меня обвиняют в убийстве жены, и мне приходится скрываться, потому что, скорее всего, меня и арестовывать не будут, а застрелят при задержании, чтобы настоящие виновники избежали наказания. А не застрелят, так в камере придушат...

— И что теперь? — спросил Виктор.

— Не знаю, — тяжело вздохнул Валерий Борисович. — Слушай, а отвези меня к Евгении Ивановне? Может, она что подскажет...

Глава 6

Николай Михайлович лег на спину и посмотрел на серый в трещинах потолок. «Нет, — подумал он, — квартиру я Нинке не оставлю. В конце концов, пусть будет суд. Даже второй и третий. Потребую часть жилплощади. Я там зарегистрирован, прожил тринадцать лет, оплачивая коммунальные услуги, ремонт...»

Хакимова целовала его грудь, перекатывая во рту ментоловую резинку.

Николай Михайлович покосился на нее и продолжил размышлять: «Нинка устанет от судов, и тогда я предложу купить ей и отцу квартиру меньшей площади. Не в центре, конечно. А зачем Владимиру Егоровичу центр, если он вообще живет за городом? Особого желания переезжать у них, разумеется, не будет, но ничего другого им не останется. А на Кронверкском останусь жить я. Сделаю ремонт... В кухне на полу у меня будет мраморная плитка черная с белым, в кабинете и спальне — наборный паркет с каким-нибудь рисунком. На стенах — обои из шелковой ткани... В такую квартиру не стыдно пригласить первых лиц государства и привести новую жену — настоящую леди, вроде той, что однажды была у меня в гостях. Кстати, надо было разыскать ее. Раз она являлась участницей международного форума, значит, нетрудно найти ее адрес, телефоны...»

Храпычев снова посмотрел на Хакимову и сказал:

— Вынь резинку изо рта!

Хакимова пальцами достала белый комок и положила на тумбочку.

Потом зачем-то взяла пульт и включила телевизор. Николай Михайлович хотел выбить из ее рук пульт, как вдруг увидел на экране фотографию Ладейникова и номера телефонов.

— Повторяем: преступник вооружен и очень опасен, — произнес женский голос за кадром.

— Что такое? — изумился Храпычев.

— А его уже показывали, — объяснила Хакимова. — Сообщили, что Валерия Борисовича подозревают в нескольких убийствах. Я хотела сказать вам, но забыла.

— Забыла? — вскипел Николай Михайлович, садясь в постели. — Как ты могла такое забыть!

Он повернулся к экрану, на котором уже не было ничего интересного: Терминатор ворвался в полицейский участок и в упор расстреливал беззащитных копов.

— Телефоны, куда надо звонить, запомнила?

Глупая Хакимова покачала головой.

Николай Михайлович схватил трубку и набрал «01». Потом спохватился, сбросил звонок и набрал «02».

— Спасибо тебе, Нина Владимировна, за информацию... — пробормотал он, глядя в непонимающее лицо Хакимовой.

Наконец ему ответили. Храпычев жестом показал Хакимовой, чтобы она молчала, и произнес взволнованным голосом:

— Алло, полиция? Хочу сообщить, что преступник, доцент... то есть бывший доцент Ладейников собирается провести эту ночь в гостинице. Откуда я знаю в какой? Проверяйте. Кто говорит? Неважно. Хотя... Декан экономического факультета Храпычев, доктор наук, профессор, вот кто говорит.

Он отключил телефон и хлопнул себя по голому животу:

— Все, Верблюд, теперь тебе не отвертеться.

Николай Михайлович засмеялся, потом потянулся к пульту. И опять посмотрел на Хакимову.

— Что еще хорошего скажешь?

— Я уже договорилась с двумя отчисленными. Они готовы прямо завтра по десять тысяч принести за восстановление.

— Хорошо, — кивнул Николай Михайлович. — С другими тоже не тяни. Сколько же у нас еще лентяев! Ну, ладно, факультету деньги нужны. Летом будем делать ремонт.

Осин вышел из сауны и прыгнул в бассейн. Вынырнул у противоположного бортика и посмотрел на сидящего за столом Рожнова. Геннадий разговаривал по телефону.

— Вы там не тяните, — говорил он в трубку, — если что, сразу мне звоните.

— Руку дай! — приказал Леонид Евгеньевич.

Рожнов протянул руку, помогая банкиру выбраться из бассейна. Осин надел на себя приготовленный махровый халат и уселся в кресло.

Баня принадлежала Рожнову и оборудована была с большой роскошью. И главное, почти ничего ему не стоила: он забрал ее у какого-то задолжавшего коммерсанта. Сауна, десятиметровый бассейн, барная стойка, камин с мраморным порталом и комната с пальмами и большой кроватью. Гена уверял, что спальню обустроил специально для босса, а сам будто бы не пользуется ею никогда. Он — человек свободный, семьей не обремененный, а потому может и домой таскать своих малолеток.

А Леонид Евгеньевич не растрачивал себя по пустякам. У него в телефоне были записаны номера парочки пройдох-продюсеров, которые кредитовались в банке, — всегда можно позвонить им и попросить прислать какую-нибудь молоденькую актрису или певицу, нуждающуюся в покровителе. Отказов не было никогда. С одной Осин даже встречался почти полгода, и чаще всего, естественно, в этой бане. А потом девица надоела ему, как и все предыдущие. Забавляло его только то, что привозил ее сюда, а потом и забирал собственный муж актрисульки, тоже актер и тоже неудачник, цепляющийся за эпизодические роли честных ментов в криминальных сериалах.

Рожнов закончил телефонный разговор. Наполнил коньяком две рюмки и сообщил:

— Доцент в какой-то гостинице. Сейчас все проверят. К утру найдут обязательно и мне доложат.

— Надо туда успеть раньше полиции, — напомнил Осин.

— Для того и доложат.

— А с бабкой когда все решится?

— Завтра с утра пацаны во Всеволожск поедут.

— Почему только завтра? — удивился Осин.

— А где я людей столько найду? Все мои сейчас пасут доцента. А на людей Рубика уже рассчитывать не приходится.

— Их бы тоже надо... того, — обронил Леонид Евгеньевич. — Мы на новый уровень выходим, желательно, чтобы никаких хвостов из прошлого не было.

Осин сделал глоток, задержал коньяк во рту, разогревая десны, посмотрел, как Рожнов залпом осушил свою рюмку, и подумал, что и от самого Гены неплохо бы избавиться. Он слишком много знает и любит вспоминать прошлое. Вот и теперь решил пуститься в воспоминания:

— А помнишь нашу московскую баньку?

Банкир промолчал. Гена опять наполнил рюмки и продолжил:

— Какие девочки были! Я ж тогда чего придумал... Во всех театральных институтах во время экзаменов повесил объявы: мол, на престижную работу с высокой зарплатой требуются симпатичные девушки, прописка гарантируется. Здорово ведь?

— Молодец, — кивнул Леонид Евгеньевич. И снова подумал: «Нет, Гена, с тобой надо прощаться».

Глава 7

На въезде во Всеволожск проверяли все машины. Автомобили, выстроившись в два ряда, двигались медленно. Наконец подъехали к посту ГИБДД. Когда к «Москвичу» направился инспектор, Валерий Борисович понял, что бежать уже поздно. Он поднял воротник пальто и отвернулся.

Инспектор подошел, и Виктор опустил стекло.

— Привет, — как-то совсем уж по-приятельски поздоровался гаишник. — Сигареткой не угостишь? А то мои кончились. И до магазина смотаться нельзя.

Виктор протянул ему пачку.

— Возьми, я себе куплю сейчас. А что случилось?

— Да ловят кого-то. Маньяка, что ли. Фото раздали, документы приказали проверять у всех подозрительных.

Инспектор прикурил и заглянул в салон.

— А ты, Витек, кого везешь?

— Да приятеля своего. Работаем вместе. Сегодня мы свободны, отдохнуть вот решили. Когда еще выберемся?

— Ну, счастливо вам, — пожелал инспектор и отошел.

— Одноклассник мой, — объяснил Виктор, трогая «Москвич» с места, — рядом жили и в хоккей вместе играли.

— Повезло мне, — вздохнул Ладейников.

А Виктор обернулся и посмотрел назад.

— Когда стояли, рядом была серая «Мазда». Из нее двое так уставились на тебя — просто глазами ели. Может, опознали?

Валерий Борисович пожал плечами, а потом вдруг вспомнил:

— Меня вчера обстреляли как раз из серой «Мазды».

Виктор еще раз обернулся.

— Уже не видно той машины. Отстали. А может, это другая тачка. Ну, все равно, заскочим сначала ко мне, потом уже к Евгении Ивановне.

Они въехали в городок и понеслись мимо блочных многоэтажек. Добрались до противоположной окраины, и за окном замелькали небольшие частные домики.

— Уже почти прибыли, — произнес Виктор. — Вот, кстати, дом Евгении Ивановны, а мой на соседней улице.

— Останови, — попросил Валерий Борисович. — Я выйду и тебя здесь дождусь, а пока соображу, о чем с ней говорить.

— Хорошо, — согласился Виктор. Я возьму дома одну вещь и сразу вернусь.

Виктор укатил, а Валерий Борисович остался стоять возле высокого забора, сколоченного из осиновых досок. Щелей в заборе не было, поэтому что находилось за ним, разглядеть было невозможно. Ладейников подошел к решетчатой калитке. Сквозь нее просматривались крыльцо и часть двора с высокими яблонями. На верхушках некоторых, несмотря на начало ноября, еще оставались плоды. Красные яблоки походили на стайку снегирей, вспорхнувших на ветки в ожидании, когда уйдет посторонний. Валерий Борисович рассматривал дом, пытался разглядеть что-либо за окнами, но в них отражалось небо, и только.

Дверь вдруг резко распахнулась, на крыльцо выбежала девочка в накинутой на плечи коротенькой беленькой шубке. Покрутила головой и позвала:

— Мася, Мася! Кис-кис-кис...

Потом к ней вышла пожилая женщина. Она что-то сказала девочке, и та с явной неохотой вернулась в дом. Женщина осталась на крыльце и почти сразу посмотрела на калитку, за которой стоял Ладейников. Таиться теперь не имело смысла. Валерий Борисович вошел во двор, направился к дому. Хозяйка продолжала смотреть на него очень внимательно.

Ладейников подошел к крыльцу и поздоровался. Но в ответ не удостоился даже кивка.

А когда он попытался подняться по ступеням, женщина встала на его пути и спросила:

— Что вам нужно?

— Моя фамилия Ладейников. Так получилось, что я муж Варвары Николаевны.

— Не знаю такую, — ответила Евгения Ивановна.

— Дело в том...

— Я к твоим делам никакого отношения не имею: тебя второй день по ящику показывают.

Ты мне уже надоел больше, чем передача «Аншлаг».

Хозяйка повернулась и, не прощаясь, вошла в дом. Ладейников нахально двинулся следом.

— К нам кто-то приехал? — услышал он детский голос, как только переступил порог.

— Что вскочила? — ответил девочке голос Евгении Ивановны. — Если заболела и в школу не пошла, лежи и поправляйся. Но я тебя за день на ноги поставлю.

— А я и так стою.

Хозяйка разговаривала с девочкой в доме, а Валерий Борисович находился в прихожей, не решаясь проследовать дальше. Вообще-то хозяйка наверняка слышала, что он вошел за ней, однако старательно делала вид, будто не догадывается об этом.

— Кто приезжал? — снова спросила девочка.

— Никто, — ответила Евгения Ивановна. — Домом ошиблись. А ты разве кого-то ждешь?

— Тетю Варю. Ее давно не было.

— Тебе же сказали, что тетя Варя надолго в командировку уехала.

Ладейников понял, что он попал именно туда, где и должен был появиться, чтобы узнать обо всем, во что он оказался втянутым. Доцент вытер ноги о домотканый половик, на котором стоял, и вошел в коридор дома. Вероятно, услышав его шаги, навстречу из комнаты вышла хозяйка и посмотрела на него с явным неудовольствием.

— Тебе же сказали, чтобы уходил отсюда поскорее! — произнесла она негромко, но настойчиво.

— Куда мне идти? — так же шепотом спросил Валерий Борисович.

— Не знаю. Но здесь тебе находиться нельзя.

— Уделите мне пять минут, — попросил он.

Однако хозяйка разговаривать с ним явно не желала.

— Обещаю, что через пять минут я уйду.

— Тогда стой здесь, а потом уходи, — ответила Евгения Ивановна и прошла на кухню, откуда доносились запахи приготовляемого обеда.

Ладейников продолжал стоять, надеясь, что женщина передумает и ответит на его вопросы. Потом подошел к двери кухни и стал наблюдать, как хозяйка режет лук, как рукавом смахивает слезы с глаз, по-прежнему, не обращая на него никакого внимания. Хотел снова заговорить, но Евгения Ивановна, словно почувствовав это, сказала, не повернув головы:

— Пять минут прошли. Тебе пора.

Он понял, что упрашивать ее бесполезно, и решил дождаться Виктора возле калитки. Шагнул к выходу и услышал, как тихо открылась дверь. Кто-то вошел и остался стоять в дверях, не проходя дальше. Ладейников сделал еще шаг к прихожей, и тут же навстречу ему из дверного проема вышел мужчина в черной, лыжной шапочке. Вошедший остановился: судя по всему, он не рассчитывал увидеть здесь никого, кроме хозяев. Но, посмотрев внимательно в лицо Валерия Борисовича, остался спокоен.

— И ты здесь, — произнес незнакомец с некоторым удовлетворением.

Потом показал головой на пространство за спиной Ладейникова:

— А где хозяйка?

Валерий Борисович хотел ответить и пропустить незнакомца в дом, но только сейчас увидел в его руке пистолет. Увидел и понял, что шансов на спасение нет — убийца находился всего в четырех или пяти шагах от него. Даже если он и бросится на киллера, тот успеет выстрелить раньше, чем Ладейников сделает эти четыре шага.

— Евгения Ивановна, бегите отсюда! — произнес Валерий Борисович.

Произнес спокойно, а надо было крикнуть. Но кричать он не хотел, чтобы киллер не начал стрелять сразу. Тот все понял и, покосившись на дверь кухни, поднял руку с пистолетом. Холод коснулся лица Ладейникова. Было ли это дыхание смерти или кто-то еще вошел в дом, впустив внутрь сквозняк? В последнюю секунду жизни Валерий Борисович не увидел, почувствовал, что Евгения Ивановна вышла из кухни, и постарался прикрыть ее спиной.

— Ничего личного, — обронил наемный убийца, — работа у меня такая.

И тут же оглушительно грохнул выстрел. Киллер дернулся, выронил пистолет и упал лицом вниз.

— Успел, — выдохнул появившийся в коридоре Виктор. И показал на короткий карабин, который держал в руках: — Я же за ним домой бегал.

Ладейников смотрел на убитого и не понимал, что здесь только что произошло. Евгения Ивановна бросилась уводить выскочившую в коридор девочку.

— Там еще один возле «Мазды» лежит, — сообщил Виктор, — я его по башке ружьем двинул. Жив или нет, не знаю, но я хорошо ему саданул, даже приклад раскололся. Пойдем, проверим.

Валерий Борисович обогнул распростертое тело, стараясь не замечать разорванную выстрелом куртку. Они спустились с крыльца, вышли на улицу и направились к стоящей поодаль машине.

— Я карабин купил, чтобы от таких гадов обороняться, — рассказывал на ходу Виктор. — Они приезжали, забирали у меня все, били, чтобы развлечься, а я не мог в них выстрелить... Каждый раз думал, что в следующий раз — обязательно. И снова не мог. А теперь раз — и все...

Возле «Мазды» лежал без движения человек. Виктор проверил его пульс и сказал то ли с удовлетворением, то ли с сожалением:

— Живой, скотина!

Потом достал осторожно из кармана его куртки пистолет и сунул в свой карман.

Через двор спешила Евгения Ивановна, которая вела за собой девочку. Теперь белая шубка на девочке была застегнута наглухо. Пожилая женщина посмотрела на Ладейникова:

— Забирай Аню и уезжай отсюда подальше. Я сейчас ментов вызову, а то, не дай бог, кто-нибудь еще нагрянет.

— Мне некуда бежать, меня наверняка везде ждут.

— На Васильевском есть квартира на берегу залива. Ключ у консьержки...

— У меня тоже ключ от нее есть, — вспомнил Валерий Борисович, — только я адреса не знаю.

— Аня покажет, она там была.

Ладейников посмотрел на девочку, и та кивнула.

Виктор протянул Валерию Борисовичу ключи от машины.

— Сами доберетесь? А то сейчас полиция примчится, будет разбираться, показания снимать. А если я уеду, то в розыск объявят и меня, и машину. Тогда точно до Васильевского не доберемся. А за меня не беспокойтесь: это была самооборона. Да и в нашем городе мы всех ментов знаем.

Глава 8

С утра Храпычев побывал в банке. Разговор с Рожновым был недолгим, и Николай Михайлович остался доволен собой. Во-первых, он не испугался заместителя Осина по безопасности, хотя у того была вполне определенная внешность. Во-вторых, Рожнов не особенно и наезжал на него, когда понял, что Храпычев его не боится. Пытался, конечно, угрожать, заикнулся о судебном разбирательстве и о других возможных непопулярных методах воздействия на должников. Но Николай Михайлович заявил, что опытные юристы уже изучили его договор с банком и единогласно заявили: его вины в упущенной финансовым учреждением выгоде нет никакой. Он даже свое комиссионное вознаграждение может не возвращать. К тому же, если опять будут намеки на то, что придется в уплату несуществующего долга отдать квартиру и дачу в Комарово, принадлежащую тестю, то тогда на защиту академика выступят руководители Министерства внутренних дел и Генеральной прокуратуры.

— Однако я — честный человек, — сказал Храпычев заместителю Осина, — и готов вернуть свои комиссионные по этой сделке.

Николай Михайлович заметил, что Рожнов усмехнулся, и добавил:

— Не сразу, конечно, но верну. И будем считать, что мои отношения с банком на том закончены.

Рожнов кивнул и посмотрел на лежащий перед ним мобильный телефон. Вообще в течение всего недолгого разговора он постоянно поглядывал на аппарат, как будто в ожидании важного звонка, и хотел, чтобы декан побыстрее покинул его кабинет. А потому Храпычев легко закончил беседу и без всякого противодействия со стороны Рожнова удалился. Заместитель Осина успел лишь бросить ему вслед:

— Сам приползешь. Не таких обламывали.

Николай Михайлович сел в свой «Лексус» и, вспомнив последние слова Рожнова, усмехнулся:

— Да пошли вы все... Ни хрена вы от меня не получите!

И засмеялся.

Он завел двигатель, и сразу включился приемник, из которого вылетел голос вице-премьера:

— С уверенностью могу заявить, что Россия благодаря своевременно принятым правительством мерам вышла из кризиса. Сейчас под моим руководством лучшие специалисты разрабатывают программу по дальнейшему развитию и совершенствованию нашей кредитно-финансовой системы, чтобы в дальнейшем избежать всякой возможности повторения негативных явлений...

— Да пошел ты! — весело повторил Храпычев и переключил радио на другую станцию.

— «Лучшие друзья девушек — это брилиа-а-анты», — заныли женские голоса.

— Очень актуально! — снова произнес вслух Николай Михайлович и отправился на работу.

Он ехал по городу, радуясь освобождению от мрачных мыслей, от страха, от того, что теперь в его жизни не будет жены, читающей по вечерам книги и приходящей в спальню, когда он уже спит, а утром спешащей встать с постели пораньше. Теперь его жизнь будет совсем другой, отныне он станет общаться с действительно интересными людьми, а не с теми, кто свое занудство прячет под маской учености. Будет общаться с молодыми. Скажет Хакимовой, чтобы та приводила в дом подруг — стройных и гибких... Нет, пожалуй, лучше оставить Хакимову в приемной и поскорее отыскать ту бизнесвумен... Как же ее звали?

Декан как раз парковал «Лексус», когда позвонила Хакимова.

— Плиев и Баракин уже сдали на ремонт, — сообщила она.

— Я сейчас поднимусь, — ответил Храпычев, — а ты продолжай работать, девочка.

Николай Михайлович едва сдерживал распирающее его чувство радости от того, что все переменилось в один момент и встало на свои рельсы. То, чего он боялся, исчезло, испарилось, а то, к чему стремился, неожиданно пришло. Свобода и легкость бытия. Деньги теперь сами потекут к нему. Деньги — это власть. Большие деньги — большая власть. Надо теперь подумать о будущем: научная карьера удалась, пора браться за политическую — ведь ему еще нет сорока, а значит, все впереди.

Храпычев поднимался по лестнице, отвечая кивками на приветствия студентов. «Клопы, тараканы, — думал он о них, — муравьи безмозглые. Но именно вы притащите мне достойное будущее и сами же потом будете гордиться тем, что я иногда кивал вам на этой лестнице...»

Он вошел в приемную и махнул рукой Хакимовой:

— Зайди!

Девица проскользнула следом, держа у груди небольшой пакет, и ждала, пока Николай Михайлович снимет пальто и сядет в свое кресло.

— Ну? — спросил наконец тот.

Хакимова подошла, протянула ему пакет. Храпычев заглянул в него, достал оттуда два конверта. Вынул из каждого по пачке и положил в верхний ящик стола.

— Завтра еще будет, — доложила секретарша.

— Подойди, — велел декан.

Хакимова двинулась закрывать дверь, но не успела. Отстранив ее, в кабинет вошли несколько человек. Сначала двое крепких мужчин, а потом еще один, с камерой в руках, а за ним женщина в прокурорской форме.

— Вы ко мне? — спросил Николай Михайлович и почувствовал, как проваливается куда-то.

Вошедшие представились и даже продемонстрировали свои удостоверения. Но Храпычев не понимал ничего из того, что ему говорили, и не видел, что написано в удостоверениях. Однако все они обращались не к нему, а говорили, глядя в объектив видеокамеры.

— Производится проверка по заявлению студентов о вымогательстве у них взятки деканом экономического факультета... — донеслось до Храпычева.

«Может быть, они говорят о каком-то другом декане?» — пронеслось в его мозгу.

Николай Михайлович хотел подняться и выйти из кабинета, но его попросили оставаться на месте.

— А теперь покажите, что у вас в верхнем ящике стола, — велел ему один из мужчин. И, повернувшись к оператору, объяснил: — В кабинете декана несколько дней назад была установлена скрытая камера, на которой зафиксирован факт передачи денег и многое другое.

— У меня в столе только личные вещи, — опомнился Николай Михайлович.

Он стал выдвигать ящики стола. Сначала нижний и вынул из него электробритву, гель, мыльницу и зубную щетку. Потом начал шарить внутри рукой, проверяя, не завалялось ли что еще.

— Верхний ящик, — напомнили ему.

Храпычев попытался открыть средний, но потом все же выдвинул верхний и сразу увидел две пачки стодолларовых банкнот, перетянутых тонкой резинкой.

— Это на ремонт факультета, — объяснил Храпычев, — из личных средств.

Деньги достали, и камеру поднесли совсем близко к столу. Потом принесли какой-то прибор, напоминающий банковский аппарат для подсчета купюр, и положили в него одну пачку, а затем другую. На банкнотах появилась светящаяся надпись, нанесенная маркером: «Взятка».

— Честное слово, подменили, — прошептал Николай Михайлович и посмотрел на Хакимову.

А та отвернулась и равнодушно уставилась в окно, продолжая перекатывать во рту жвачку.

Глава 9

«Москвич» покинул Всеволожск беспрепятственно — на посту ГИБДД досматривали лишь прибывающие в город автомобили. Аня сидела на заднем сиденье, и Ладейников поглядывал на нее иногда. Определенно это была та самая девочка, которую он видел на снимке, обнаруженном на полу в квартире убитой Варвары Николаевны.

— Меня зовут Валерий Борисович, — сказал он, как только пост ГИБДД остался позади.

— Я знаю, — последовал ответ.

И юная пассажирка опять стала смотреть на деревья, росшие вдоль трассы.

— Евгения Ивановна — твоя бабушка?

— Можно сказать и так.

Что означали эти слова, Ладейников не понял. Стало лишь ясно, что Аня неразговорчива, хотя, возможно, просто не желала говорить именно с ним, но отвечала вполне приветливо и даже улыбалась. И тут до Валерия Борисовича дошло: получаса не прошло, как на глазах девочки убили человека, а он пристает к ребенку с дурацкими вопросами.

Ладейников достал позолоченную «Верту» и набрал номер следователя Пименова.

— Зачем вы звоните? — возмутился тот. — Я же предупреждал...

— Только что на меня покушались во Всеволожске...

— И добрые люди в очередной раз помогли вам?

— Именно так. Но я звоню не поэтому. Я сейчас еду на Васильевский, чтобы...

— Отключайтесь немедленно, — приказал Пименов, — вас могут засечь.

Связь прервалась. Тогда Валерий Борисович достал свой аппарат и соединился с Кириллом. Сказав, что едет в ту квартиру, ключ от которой частный сыщик уже держал в руках, и что ему требуется его помощь.

— Я понял, — откликнулся Кирилл, — но больше не надо мне звонить.

Дальше ехали молча.

Когда впереди показался комплекс нескольких высотных зданий, Ладейников подумал, что неплохо бы заехать в магазин за продуктами. Надо ведь приготовить что-нибудь и накормить ребенка. Но потом вспомнил, что объявлен в розыск, потому решил не рисковать. Он остановил машину у подъезда, вклинившись в ряд припаркованных дорогих автомобилей. «Москвич» рядом с ними смотрелся так же нелепо, как бомж на корпоративной вечеринке министерских чиновников. Девочка вышла из машины и посмотрела на подъезды. Потом направилась к ступенькам крыльца того, до которого Валерий Борисович не доехал совсем немного.

— Была здесь? — спросил Ладейников.

— Один раз, — кивнула Аня. — Но я все хорошо помню.

Валерий Борисович нажал кнопку вызова консьержа. Когда мужской голос попросил его представиться и назвать цель своего визита, ответил:

— Ладейников. Я живу в этом доме.

Дверь отворилась, и они вошли в просторный вестибюль, Аня сразу направилась к нише, в которой находились двери лифтов. Поднялись на последний этаж, на площадке которого находилась всего одна квартира. Валерий Борисович открыл дверь. Прежде ему не приходилось бывать в подобных домах, и потому, снимая пальто, он машинально отметил:

— Роскошное жилище.

Что делать дальше, Ладейников не знал, но надеялся, когда подъедет Кирилл, он подскажет решение. Вероятно, Евгения Ивановна уже вызвала полицию, а оставшийся в живых киллер дает показания. Теперь у следствия наверняка появятся сомнения в причастности доцента Ладейникова к убийству Варвары Николаевны и прочим преступлениям, совершение которых инкриминируется ему. Видимо, следует как можно дольше отсидеться в этой квартире — пока все не выяснится окончательно.

Валерий Борисович пересек просторный холл, подошел к большому, во всю стену, окну с раздвижной балконной дверью. За стеклянной стеной находилась терраса. С нее открывался великолепный вид на залив — ветер гнал волны, а на горизонте бледнел силуэт Кронштадта, над которым возвышался едва различимый в дымке купол Морского собора.

Аня отправилась осматривать квартиру и вернулась с листком бумаги.

— Мама здесь была, — сообщила девочка. — Скоро вернется, она в магазин пошла. Записку мне на кухне оставила. Прочитать?

— Так она же тебе писала.

— «Я за продуктами, — все же принялась читать девочка. — Вернусь и накормлю вас. Подождите немного».

«Какая мама? — подумал Ладейников. — Откуда?»

Хотя, конечно, мама у девочки должна быть. Тем более что покойную Варвару Николаевну, о гибели которой ребенку ничего не сообщили, Аня называет тетей Варей. Видимо, Евгения Ивановна позвонила матери девочки, у которой почему-то тоже оказался ключ от квартиры. Ах да, ключ имелся и у консьержа.

— Хорошо, если так, — кивнул Валерий Борисович, — а то я и в самом деле проголодался.

Ладейников продолжал смотреть на залив, наблюдая, как к морскому вокзалу направляется огромный круизный лайнер. Подумал о том, что на корабле сейчас плывут счастливые люди, которым не надо ни от кого прятаться. Глядят из своих кают на приближающийся город и ждут, когда можно будет сойти на берег, чтобы осмотреть его. А вот он — Валерий Борисович тяжело вздохнул — понятия не имеет, сколько времени ему придется провести в чужой квартире, не знает, куда можно пойти, не рискуя при этом жизнью, и что делать дальше, чтобы не быть убитым неизвестными ему бандитами или сотрудниками правоохранительных органов, кем-то введенными в заблуждение. Его будущее и дальнейшая жизнь окутана таким же туманом, как и скрытый в морской дымке горизонт.

Вдруг Валерий Борисович услышал, как открылась дверь, — в квартиру кто-то вошел. Аня бросилась встречать маму. Но судя по шагам и по тому, что дверь закрылась не сразу, визитеров явно было несколько человек.

Прозвучал мужской голос:

— Ну, здравствуйте. А где же наш уважаемый доцент Ладейников?

Голос показался знакомым, но кому он принадлежит, Валерий Борисович вспомнить не успел — в холле появился банкир Осин в сером кашемировом пальто. Он расплылся в улыбке.

— А мы как раз в гости к вам направлялись и по пути встретили старую знакомую. Решили ее с собой прихватить... Вот...

Тут в холл вошел мужчина, которого Ладейников уже встречал в банке. За ним еще один, в твидовом пиджаке. Вдвоем они поддерживали за локти молодую женщину. Валерий Борисович взглянул на нее и обомлел. Он узнал ее сразу, хотя не видел больше тринадцати лет.

— Вот, — тихо произнесла женщина, — из магазина возвращалась и...

— Лена? — только и смог вымолвить Ладейников. И повторил потрясенно: — Лена...

Осин продолжал улыбаться.

— Меня всегда поражала ограниченность окружающего пространства! Как тесен мир! — громко произнес банкир. — Надо же, только сейчас я понял, кто за всем этим стоит. Поначалу не сомневался, что все организовала Варя. Потом мне говорили, что скромный преподаватель, умело прикидывавшийся лохом, все придумал. Но тоже как-то не вязалось... Я даже Рубика подозревал в том, что ему было не понять по определению. А теперь...

Осин засмеялся и повернулся к одному из мужчин:

— Давай, Гена, бери продукты, организуй стол. Сейчас мы тут сядем и в тесном кругу все обсудим.

Рожнов поднял стоявшие у стены пакеты с провизией и, не снимая пальто, отправился на кухню.

Валерий Борисович подошел к Лене.

— Я уже надежду потерял, — прошептал он. — А сейчас так счастлив...

— Гражданин Ладейников, — обратился к нему мужчина в твидовом пиджаке, — я — следователь городского управления, моя фамилия Шахрай. И я обязан предъявить вам официальное...

— Угомонись, — приказал Осин следователю, — иди лучше Гене помоги.

Ладейников смотрел на Лену, и ему казалось, что она нисколько не изменилась: была точно такой же, как и в тот день, когда они прощались в аэропорту, уверенные в том, что скоро увидятся, чтобы потом не расставаться никогда.

— Я так мечтал о нашей встрече.

— И я, — кивнула Лена. — Столько лет ждала, представляла, как это произойдет, и уж никак не думала, что увижу тебя при таких обстоятельствах.

Валерий Борисович помог Лене снять пальто и осторожно поцеловал ее.

— Надо же... — удивился наблюдающий за ними Осин. — Как трогательно! Долго репетировали?

Ему никто не ответил. Только Аня посмотрела на банкира с негодованием.

Ладейников с Леной сели рядышком на диване. Осин продолжал смотреть на них, а потом плюхнулся в кресло и заговорил снова:

— А мы к дому подъезжаем, я смотрю и глазам своим не верю — Лена бежит. Торопится, пакеты тяжелые тащит. Думал, показалось. Но потом пригляделся — точно, она. А поскольку случайностей не бывает, сразу все понял... Как меня купили, а?

Леонид Евгеньевич радовался непонятно чему.

— А Варька-то какой стала! Ладно, пластику себе сделала, прямо дама настоящая. М-да-а... Если бы трастовая компания в Довере не накрылась, то все бы у вас получилось. А так налетела на фирму америкосовская налоговая, почти всех взяли, кроме Барбары. Объявили ее в розыск, на своем сайте фото вывесили. Я смотрю — другая баба. Хотя кое-что совпадает — русская. А по поводу всего остального: Гарвард, работа в банке, сумасшедшая прибыль компании... короче, все — полная лажа. И главное — Барбара отбывала срок в русской тюрьме... Варя-то не сообразила, что мне все известно, продолжала меня парить... А когда я выложил все и попросил вернуть мои деньги, вообще сказала, что я ей должен еще больше. И не только ей... Я только на днях сообразил, кем она была на самом деле.

Осин ухмыльнулся и посмотрел за окно.

— Высоко забрались...

Перевел взгляд на девочку, которая подошла и тоже села на диван рядом с мамой. Потом на Ладейникова.

— При виде вас, голубков, что-то меня на лирику потянуло. А где акции?

— Я не знаю, о чем вы, — поднял голову Валерий Борисович. — Вероятно, меня...

Однако Лена не дала ему договорить и ответила на вопрос банкира:

— В регистрационной палате.

— Где?! — удивился Осин. — Ты врешь! Я отправлял запрос...

— Все правильно, — кивнула Лена. — Но запрос может послать только собственник, в вашем владении нет ни одной акции банка. Так что лишь по запросу суда или прокуратуры...

— Будет тебе суд! — перебив, заорал Осин. — Будет тебе прокуратура! В первый раз, что ли!

Лена поцеловала девочку и сказала ей:

— Ступай, родная, в свою комнату. Там компьютер есть, поиграй или фильмы посмотри.

Аня поднялась и вышла из холла, бросив на Осина презрительный взгляд.

— Вы что, не понимаете, с кем связались? — продолжил Леонид Евгеньевич, обращаясь теперь и к Лене, и к Ладейникову. — Я же обоих вас легко посажу. И надолго. Вернете акции — оставлю в покое.

— А как я их верну? — усмехнулась Лена. — Часть своих акций вы приобрели на деньги клиентов банка, потом перепродали фонду, а фонд имел законное право переоформить их или передать в управление кому угодно. Руководство фондом решило привлечь к управлению опытного специалиста. Выбор пал на известного экономиста...

Лена посмотрела на Ладейникова.

— Валера, прости, что тебя не предупредили, но я знала, ты откажешься, поэтому на свой риск решилась на это...

Только теперь Валерий Борисович начал кое-что понимать.

— Считай, что дорисковалась, — хохотнул Осин. — Сейчас прокуратура наложит арест на весь пакет. Потом суд вернет мне все, а вам впаяют по полной...

В комнату заглянул Рожнов. Посмотрел пристально на Осина, потом на Лену и Ладейникова. Вероятно, не сообразив, насколько серьезный разговор здесь ведется, попытался приветливо улыбнуться:

— Прошу к столу...

Осин отмахнулся:

— Погоди ты!

— Тогда мы со следаком все съедим сами.

— На здоровье, — усмехнулась Лена. — Можете даже подавиться, я не обижусь.

Рожнов ушел.

— А ты изменилась... Прежде такой тихой девочкой была, — покачал головой Осин. Помолчал, а потом сказал: — Хотя нет, суда не будет. Зачем тянуть? Все можно решить просто: загнанный в угол доцент убивает свою сообщницу, как до того убил другую, а потом выбрасывается в окно...

— Не выйдет, — улыбнулась Лена. — Камеры видеонаблюдения зафиксировали, когда и с кем вы пришли в дом, а позже останется запись момента, когда будете покидать здание.

— Это технический вопрос. Камеры часто ломаются. А консьерж... Но даже если парень окажется стойким оловянным солдатиком, вещдоки все равно окажутся поврежденными, с дисками это случается. Кстати, можно прямо сейчас это и устроить.

— В квартире находится сотрудник полиции, — напомнил Ладейников.

— Кто? — усмехнулся Осин. — Вы имеете в виду ту крысу, что копошится сейчас на кухне, подъедая ваши магазинные салатики? Вы у нас экономист, а не филолог, а так бы знали, что слово «Шахрай» в переводе с украинского означает «мошенник».

— Я думал, что «мошенник» по-украински будет «торбохват», — вспомнил Ладейников, пытаясь разговором отвлечь Осина. — В Киеве есть профессор-экономист с такой фамилией. В свое время он опубликовал много статей с рекомендациями, как надо приватизировать украинскую экономику.

— Да они все мошенники, — заметил вдруг Леонид Евгеньевич. — Особенно те, кто рвется к власти. Умные люди толкают вперед науку и человеческий прогресс, а дураки и подлецы идут в политики.

— Или в банкиры, — тихо добавила Лена. — Ладно, вы тут дискутируйте, а я к дочке схожу, проверю, как она там.

Лена поднялась с дивана и направилась в комнату, где находилась Аня. Валерий Борисович двинулся следом. Это взбесило Осина.

— Стоять! — заорал он.

— Шли бы вы отсюда, — посоветовала ему Лена, перед тем как выйти из холла. — А лучше бы бежали из страны, пока есть возможность.

— Гена! — крикнул Осин. — Быстро сюда!

Ладейников остановился. На крик Осина из кухни явились Рожнов и следователь Шахрай.

— Значит, так, — обратился к ним Леонид Евгеньевич. — Надо сделать, будто этот урод сам застрелил свою сообщницу и ее дочку, а потом сиганул с балкона. Гена, у тебя волына при себе?

Рожнов достал пистолет и продемонстрировал шефу.

— Я, пожалуй, пойду, — сказал Шахрай, разворачиваясь. — На такое я не подписывался. Скажем, посадить кого надо или закрыть какое-то дело могу, а тут...

— Молчать! — прикрикнул на него Осин. — А то преступник и тебя застрелит перед тем, как в окно выпрыгнет.

Шахрай замер на месте и покосился на пистолет в руке Рожнова.

— Геннадий Петрович, давайте как-то иначе, — негромко произнес он. — Лучше в другой раз. Или когда я уйду.

— Стой здесь, поможешь мне, — тряхнул головой Рожнов. И поднял руку, направив пистолет на Ладейникова.

— Дай ему по башке, — поморщился Осин, — а потом мочи бабу с ребенком. Мне что, учить тебя?

Ладейников закрыл спиной проход к внутренним комнатам. В голове пронеслось, что если на него бросится один Рожнов, то он еще сможет оказать сопротивление, но если на подмогу тому придет продажный следователь, не говоря уже о банкире, то шансов спастись немного.

— Ну, чего телишься? — поторопил Рожнова банкир. — Давай кончай их. У нас через полчаса заседание правления. Хорошее алиби для обоих. Вперед, Гена!

Ладейников уже ни на что не надеялся. Кажется, сейчас он погибнет. Но надо погибнуть так, чтобы Лена с дочкой успели уйти. Валерий Борисович напряженно смотрел, как к нему приближается Рожнов, вооруженный пистолетом, и у него мелькнула мысль, что можно успеть захватить оружие. Если повезет, конечно. Вполне вероятно, что заместитель Осина успеет разок выстрелить. Главное — не подставиться под пулю. А потом перехватить руку...

Рожнов остановился в трех шагах перед ним. Осин продолжал сидеть в кресле.

— О чем думаешь, доцент? — спросил начальник охраны банка.

— Я думаю, что вы совершаете ошибку. Ваш шеф на вас все свалит, а следователь подтвердит.

— Вот и я так думаю, — кивнул Рожнов.

Он резко повернулся и дважды выстрелил в сидящего в кресле Осина. Следователь присел, а потом на согнутых ногах бросился к выходу, начал открывать задвижки замков.

Из комнаты выскочила взволнованная Лена. Из-за ее спины выглядывала Аня.

— Девушки, все нормально, — сказал им Рожнов, а потом посмотрел на Ладейникова: — Я сейчас уйду, а вы мне пару часиков дайте, не звоните никуда, чтоб я подальше свалить мог.

Шахрай выскочил из квартиры, оставив дверь распахнутой. Было слышно, как поднимается лифт.

Рожнов поспешил к выходу, но в дверях на секунду остановился:

— Я помог вам, и вы мне подсобите. Мне нужно всего пару часов!

Кабина лифта подошла, раздвинулись двери, и тут же раздался топот многих ног. В квартиру ворвались люди в бронежилетах — кажется, те самые, которые сопровождали Валерия Борисовича во время его похода в депозитарий банка. По пути они скрутили Рожнова и Шахрая, втащили назад и бросили на пол. Следом появились Кирилл и следователь Пименов.

— Я майор полиции! — кричал Шахрай. — Отпустите меня немедленно!

— У вас все в порядке? — обратился Кирилл к Ладейникову. — А то мы уже в лифте поднимаемся и вдруг слышим вроде два выстрела.

Валерий Борисович кивнул. Затем качнул головой в сторону кресла, возле которого замер Пименов:

— А вот у банкира не очень.

Следователь отошел от кресла.

— Без вариантов, — произнес он и достал из кармана мобильник.

Ладейников ответил на рукопожатие Кирилла и спросил:

— С Сергеем что?

— Живой. Обгорел, правда, здорово, но не смертельно.

Глава 10

Лену с Аней Ладейников привез в свою квартиру. Оставаться там, где только что убили человека, — пусть даже и не очень хорошего, не хотелось всем троим. Но теперь Валерий Борисович менее всего вспоминал о только что произошедшем. Он не мог насмотреться на Лену и удивлялся тому, что у него есть дочка — такая большая девочка. Аня, оказывается, знала, кто ее отец, и удивление Валерия Борисовича ее немного забавляло и смущало.

По дороге заехали в больницу и, кроме выздоравливающего Брадиса, посетили палату, в которой лежал Богомолов. Правда, врачи не разрешили долго находиться там. И все же Сергей успел сказать, что остался в живых, потому что, когда сел в «девятку», не закрыл дверь, и его взрывом выбросило из машины, и еще потому, что никогда не носил никакой синтетики, иначе бы остался совсем без кожи. Валерий Борисович сообщил, что все закончилось: организатор убийств сам был застрелен сообщником, которого тут же задержали следователь Пименов и Кирилл со своими людьми. А еще задержали пособника преступников — следователя Шахрая.

Присутствующий при разговоре Аркадий Ильич попросил повторить фамилию продажного следователя несколько раз и даже требовал описать его внешность. После чего заявил, что если Шахрай просидит в камере столько, сколько он держал под стражей самого Брадиса, то это будет самое убедительное свидетельство существования бога.

Оказавшись наконец дома, Валерий Борисович, Лена и Аня стали готовить обед или скорее ужин, рассчитывая сесть за стол втроем. Но из Всеволожска приехала Евгения Ивановна, и ужинали уже впятером, так как пожилую женщину привез Виктор.

Вообще это был необычный вечер. Почему-то Валерию Борисовичу стали звонить разные знакомые. Первым проявился Владимир Егорович, который спросил, не желает ли Ладейников вернуться на факультет, и намекнул, что, кажется, освободилось место декана. Потом профессор Бродский стал с увлечением рассказывать, как задерживали Храпычева, которого сдала студентка Ермакова, случайно узнавшая о предложениях, сделанных отчисленным студентам новой секретаршей Хакимовой от лица декана. Оказалось, Ермакова караулила этот момент и сделала несколько снимков на камеру своего мобильного телефона. На них видно, как по коридору ведут закованного в наручники Храпычева, а следом его секретаршу без наручников. Студентка Ермакова уже разместила эти фотографии на сайте студсовета, сопроводив бредовыми комментариями. Рассказывая это, профессор Бродский смеялся. А Ладейникову вдруг стало жалко бывшего друга.

Потом позвонила Нина Храпычева. Про мужа она не сказала ни слова, а только сообщила, что подала на развод, что город ей надоел, и она, скорее всего, переберется к отцу в Комарово. А потом добавила: более всего ей бы хотелось жить на природе, встретить мужчину, что называется, с руками и завести с ним фермерское хозяйство.

— Могу познакомить с таким человеком, — пообещал Валерий Борисович.

Он ответил еще на несколько звонков, а потом отключил телефон.

Евгения Ивановна решила не засиживаться. Они с Виктором ушли, прихватив с собой Аню.

Ладейников с Леной убирали со стола, потом вместе мыли посуду и разговаривали.

— Я к тебе в Сабурово приезжал, — вспомнил Валерий Борисович. — Два дня приходил и стоял под дверью. Офис фирмы нашел, но он все время был на замке. Потом еще долго на что-то надеялся...

И тут Лена начала рассказывать в подробностях, что с ней произошло...

— Меня задержали в аэропорту, прямо на поле, как только сошла с трапа. Подошли трое и попросили следовать за ними. Я одному отдала багажную квитанцию, и он получил мой чемодан, когда меня уже в «воронок» впихнули. Доставили в следственный изолятор, и я даже не понимала почему. Думала, какая-то ошибка, перепутали с кем-то. А с утра начались допросы. Причем у следователя, который вел дело, не было никаких сомнений в том, что я преступница. Он требовал указать место, где я прячу деньги. Я же работала в фонде, который обещал людям квартиры по ценам, значительно ниже рыночных. Фонд так и назывался «Жилье-2000».

Внешне все выглядело как нельзя лучше. Люди сдавали деньги и надеялись, что в течение года получат квартиру вдвое дешевле, чем у застройщиков. Вроде так и получалось: фонд принимал деньги, на которые через сторонние организации закупались песок, цемент, арматура, кирпичи и прочие материалы. Все это поставлялось строительным фирмам, которые возводили дома, а в качестве оплаты выделяли фонду жилье. После сдачи домов квартиры должны были передаваться людям, которые внесли деньги. По документам все было законно, и все так и произошло бы, если бы эту операцию не придумал Леонид Евгеньевич Осин, который даже в учредителях фонда не значился. Пожалуй, только я и знала, кто за всем стоит, потому что именно я ему отдавала деньги.

Почти две недели я просидела в изоляторе, и вот Осин прислал мне записку, в которой говорилось, что мой арест — происки завистников и врагов, на суде ничего не будет доказано. К тому же люди уже начали въезжать в новые дома, и состава преступления в моих действиях ни один прокурор не усмотрит, да и самого события преступления не будет, потому что люди уже живут там, куда и предполагали въехать. Я же не знала тогда, что квартиры были проданы по два, а то и по три раза. Там же, в следственном изоляторе, я поняла, что беременна, и надеялась, что меня освободят под подписку...

На суд меня возили, когда я была уже на восьмом месяце. Страшно неприятно было: пострадавшие выступали один за другим, и каждый проклинал меня, буквально плевал в мою сторону, хотя все видели, что за решеткой сидит беременная двадцатидвухлетняя девчонка. Судили меня за мошенничество в особо крупных, за нарушение налогового законодательства, незаконное предпринимательство и за отмывание средств, нажитых преступным путем. Прокурор потребовал назначить наказание в виде пятнадцати лет с содержанием в колонии строгого режима. Суд дал тринадцать. Про Осина я ни слова не сказала, как мне советовал адвокат, которого сам же Леонид Евгеньевич мне и подсунул.

Аню я родила в следственном изоляторе. Если бы это произошло на зоне, можно было бы надеяться на послабление режима и на то, что ребенка оставят при мне до поры до времени. А так Аню отобрали, меня же по этапу отправили в Мордовию...

В лагере я познакомилась с одной американкой из бывших наших, которая вернулась сюда делать деньги. Раскрутилась она на поставках в Россию залежалого товара. Помнишь, в начале девяностых у нас влет шли китайские кроссовки, спортивные костюмы, телевизоры устаревших моделей и видеомагнитофоны. Вот и попала американка под бандитскую крышу... Правда, осудили ее не за коммерческую деятельность, а за убийство. С бригадиром тех ребят она стала сожительствовать, а тому очень хотелось в Штаты уехать. Так хотелось, что парень не просто отбирал у подружки все деньги до копейки, но и бил ее нещадно. Однажды коммерсантка не выдержала — застрелила любовника из его собственного пистолета. За что и получила десятку. Звали ее Варварой, а по американским документам Барбарой Венджер. Профессию бухгалтера она освоила в Штатах, и мы с ней много беседовали о специфике нашего и американского бухгалтерского учета.

А потом к нам пригнали еще одну Варю, той и двадцати лет тогда не было. У нее вообще романтическая история. Познакомилась с предпринимателем, завязались отношения, любовь, даже жить вместе стали. Тот открыл на ее имя фирму, которая принимала деньги у населения, обещая высокие проценты. Но контора и года не проработала: предприниматель исчез вместе с деньгами. Взяли, разумеется, Вареньку, а того и след простыл. Но девушка и на суде думала, что любимый ее вытащит, и на зоне — получила Варя десять лет — еще на что-то надеялась. Потом поняла, что ее просто использовали и подставили, и стала мечтать о мести.

Надо ли говорить, как мы удивились и обрадовались, когда выяснили, что предал нас один и тот же человек — Леонид Евгеньевич Осин. Тогда мы и начали планировать то, что потом удалось осуществить.

Предложение Вари казалось мне полным бредом. Она хотела после освобождения поменять внешность и документы, снова познакомиться с Осиным, затем, уже зная слабые места и пристрастия мужчины, влюбить его в себя и каким-то образом обобрать, поскольку единственное, чем тот дорожит, это деньги. Меня не идея обобрать негодяя возмущала, а то, что Варя опять собирается вступать в любовные отношения с ним. К нашему планированию подключилась и Барбара Венджер. Поначалу-то она просто обучала нас языку, рассказывала об американском быте и разучивала с нами популярные песни. Варя даже в концертах самодеятельности вполне успешно выступала с репертуаром Барбры Стрейзанд.

Но я больше думала о дочке и том, что, когда я выйду, ей уже двенадцать будет. Захочет ли она со мной общаться? А вдруг кто-то ее удочерит? Или того хуже — удочерят иностранцы, как часто случается. Ведь в детском доме вряд ли вспомнят о матери, осужденной за корыстные преступления. Решила я пойти за советом к смотрящей. А та мне сразу и говорит: «Короче так, подруга. Мне скоро на волю, и на кичу я больше не хочу — шестьдесят лет уже, а на воле и половины из них не прожила. Как откинусь, поеду под Питер, там у меня домик от сестры двоюродной остался. Пока что сдаю его, так что мне кое-что и теперь капает, а еще заныкано у меня с полсотни косых зелеными. Так что твоей дочке у меня лучше будет. Не хлебать же ей век баланду приютскую. Подготовь мне бумаги на опекунство. Я знаю, к кому обратиться, чтобы мне не отказали и правильное решение без задержки приняли».

Я пошла думать. И решилась. Дала согласие, документы необходимые подписала. Вот так Евгения Ивановна и стала опекуном Ани. О чем ни я, ни она, ни Аня никогда не пожалели.

Евгения Ивановна освободилась, как раз когда Ане надо было в первый класс идти. Перебрались они вдвоем во Всеволожск и стали мне письма писать. А я с той поры с еще большей настойчивостью стала готовиться к отмщению. Мне хотелось разорить Осина, а еще лучше посадить его на сколько получится. Восемь, десять или двенадцать — не принципиально, — лишь бы понял, что жил неправедно. Мы с Варей планировали, придумывали что-то, каждый день разное. Но даже Варя понимала, что вряд ли мы можем что-то реальное сделать, пока он не почувствует в нас полноправных партнеров, за которых надо уцепиться. А Осин за то время, пока мы сидели, хорошо раскрутился, уважаемым человеком стал.

С фермерскими хозяйствами получилось случайно. Евгения Ивановна написала как-то, что помогла кому-то из фермеров от бандитов избавиться, и тот в благодарность переписал на нее двадцать гектаров, потому что желание работать на земле у него отбили. «И таких, как он, — сообщила Евгения Ивановна, — очень много». Вот я и предложила: пусть эти люди создадут фонд взаимопомощи, ведь вместе выживать легче, чем по одиночке. Тогда все и закрутилось.

Год назад освободилась и вернулась в Штаты Барбара Венджер. Она тоже решила создать финансовую организацию. Нашла партнеров с деньгами, тех, кому надо было пропускать через официальные счета свои средства, и других, кто просто позарился на высокие проценты. А потом открыла отделение своей фирмы в Довере. И там у нее дела тоже шли хорошо. Когда нашему фермерскому фонду потребовались средства на выкуп земель, Барбара без лишних вопросов перечислила необходимую сумму. Потом, когда Варя попросила, Барбара на сайте своей фирмы разместила ее фотографию, сопроводив подписью, что это первый вице-президент фонда Барбара Венджер, и соответствующим резюме: Гарвардский университет, стажировка и работа в крупнейших банках и так далее.

Это было уже после Вариного освобождения и после ее пластической операции. Хирург и в самом деле изменил ее внешность, но больше, конечно, изменила зона — сделала уверенной в себе и выдержанной. Не говоря уже о совершенном знании английского, компьютера, бухгалтерии и жизни, разумеется. До зоны-то она была глупой девочкой, которая слепо верила Осину. Операцию она сделала в Москве, а наш враг к тому времени уже переселился в Питер. Варя туда и поехала.

Надо было менять фамилию, и почему-то ей захотелось стать Ладейниковой. От меня она знала о моей любви и, вероятно, решила мне помочь. Прислала мне позже письмо, в котором сообщила, что узнала адрес и видела моего любимого. Даже как-то сидела в кафе, когда за соседним столиком мой Валера пил пиво с друзьями. Варя познакомилась с какой-то работницей районного ЗАГСа и подружилась с ней. Заходила к ней на работу и однажды случайно застала в ЗАГСе Ладейникова, который наконец-то решил получить свидетельство о разводе. Свидетельство получил, а когда выходил, выронил паспорт и не заметил этого, а у Вари была прекрасная реакция. О фиктивной свадьбе она сообщила мне уже после того, как та состоялась, и я чуть с ней не поссорилась. Потому что Варвара познакомилась еще и с Храпычевым, отправилась к нему в гости, завела речь о старых снимках, под шумок незаметно умыкнула фотографии, на которых Коля был свидетелем на свадьбе своего друга доцента и симпатичной аспирантки, а затем обработала их на компьютере, превратив в фотографии со своего бракосочетания с доцентом Ладейниковым. Она думала, что служба безопасности банка будет копать гораздо глубже, но до этого не дошло — Осин потерял голову мгновенно, как только ее увидел.

А к тому времени уже и я освободилась. И все было готово к наказанию негодяя. Честно говоря, никто из нас и не предполагал, что получится так гладко. Все бы и закончилось без приключений, но неожиданно обрушилась гигантская финансовая пирамида Бернарда Мэдоффа, а за ней повалились мелкие, вроде той, что организовала в Довере Барбара Венджер. И тогда сайт ее фирмы был заблокирован, осталась только ссылка, по которой любой пользователь мог зайти на страничку, открытую ФБР, или на страничку налоговой службы, и узнать, какие обвинения выдвинуты против Барбары Венджер, и оставить на этих страничках описания каких-нибудь эпизодов преступной деятельности Барбары для использования в суде стороной обвинения. Естественно, что там была размещена фотография не Вари, а настоящей Барбары.

Кто-то из банковской службы безопасности увидел это, и Осин взбесился. Но он был влюблен, а потому и решил закрыть вопрос полюбовно — потребовал вернуть акции банка, взамен обещая выплатить приличную компенсацию. Только, во-первых, у него не было денег на компенсацию, Осин разорился, вложив все свои деньги в пустые проекты, которые мы ему подсунули. А во-вторых, мы бы не согласились ни на какую компенсацию, даже на невероятно огромную.

И тут произошла трагедия. Но я думаю, что Варю убили не из-за отказа вернуть акции Осину. Скорее всего, она посмеялась над банкиром и призналась, назвав свое настоящее имя, почему поступила с ним так. Понятное дело, быть униженным американской авантюристкой — это одно, а разориться из-за собственной бывшей любовницы, у которой незаконченное среднее образование, — совсем другое... Когда Варя погибла, я разозлилась по-настоящему. Думала, что не могу уже стать злее. И тут уже на тебя начали охоту... Прости, что так получилось! Честно говоря, я не предполагала, что ты можешь оказаться знакомым Осина. И вообще взять твою фамилию, оформить фиктивный брак и оформить на тебя ценные бумаги — было инициативой самой Вари. Я когда узнала, то... Впрочем, возражать уже было поздно. Хотела подойти к тебе, признаться и предупредить...

Ладейников и Лена сидели за кухонным столом, на котором стояла горка только что вымытой посуды. Валерий Борисович взял руку Лены и, склонившись, коснулся губами ее ладони.

— Все закончилось, и слава богу, — сказал он.

Лена вздохнула, а потом посмотрела на Валерия Борисовича и улыбнулась.

— Однажды совсем уже решилась выскочить из машины, броситься к тебе, чтобы уехать потом уже вместе куда-нибудь далеко, где не будет никаких неприятностей, но не решилась — боялась, что не нужна тебе, что ты забыл обо мне. На зоне представляла нашу встречу и понимала, что этого не будет никогда. А потом, когда Варя уже «познакомилась» с Осиным, когда наш план начал действовать, вдруг поняла, что надежда есть.

— Я счастлив, — произнес Валерий Борисович, — все плохое уже позади.

— Все закончилось... — сказала Лена. — Нет, теперь надо Барбару вытаскивать из американской тюрьмы. Но там просто: нанесенный ущерб распределяется между всеми обвиняемыми. Барбаре надо выплатить свою долю ущерба и назначенный судом штраф. Тогда она, согласившись на сделку с правосудием и до суда признав свою вину, получит условный срок: год или полтора.

— Сколько нужно денег? — спросил Валерий Борисович.

— Чуть меньше двадцати миллионов долларов.

— У тебя хватит, чтобы помочь ей?

— У нас, — поправила его Лена. И кивнула: — Должно хватить.

— Вот и хорошо, — обрадовался Ладейников, — а мы будем работать. Так что нищими не будем, как мне кажется.

— Не будем, — согласилась Лена. И улыбнулась: — У нас ведь еще почти полмиллиарда остается, не считая твоего банка...

СОДЕРЖАНИЕ

Татьяна Устинова. Свобода от условностей 5

Часть первая. 8

Часть вторая. 68

Часть третья 152

Часть четвертая. 244

Литературно-художественное издание

ТАТЬЯНА УСТИНОВА РЕКОМЕНДУЕТ

Екатерина Островская

**МЕРТВАЯ ЖЕНА
И ДРУГИЕ НЕПРИЯТНОСТИ**

Ответственный редактор *О. Рубис*
Художественный редактор *А. Стариков*
Технический редактор *О. Лёвкин*
Компьютерная верстка *Г. Ревцова*
Корректор *Т. Романова*

В оформлении обложки использованы фото:
april70, ssuaphotos, shock, SCOTTCHAN / Shutterstock.com
Используется по лицензии от Shutterstock.com

ООО «Издательство «Эксмо»
127299, Москва, ул. Клары Цеткин, д. 18/5. Тел. 411-68-86, 956-39-21.
Home page: **www.eksmo.ru** E-mail: **info@eksmo.ru**

Подписано в печать 09.08.2012. Формат 70x90 1/32.
Гарнитура «Таймс». Печать офсетная. Усл. печ. л. 11,67.
Тираж 25000 экз. Заказ № 6288

Отпечатано с готовых файлов заказчика
в ОАО «Первая Образцовая типография»,
филиал «УЛЬЯНОВСКИЙ ДОМ ПЕЧАТИ»
432980, г. Ульяновск, ул. Гончарова, 14

ISBN 978-5-699-59159-6

9 785699 591596 >

Оптовая торговля книгами «Эксмо»:
ООО «ТД «Эксмо». 142702, Московская обл., Ленинский р-н, г. Видное, Белокаменное ш., д. 1, многоканальный тел. 411-50-74.
E-mail: **reception@eksmo-sale.ru**

По вопросам приобретения книг «Эксмо» зарубежными оптовыми покупателями
обращаться в отдел зарубежных продаж ТД «Эксмо»
E-mail: **international@eksmo-sale.ru**

International Sales: *International wholesale customers should contact Foreign Sales Department of Trading House «Eksmo» for their orders.*
international@eksmo-sale.ru

По вопросам заказа книг корпоративным клиентам, в том числе в специальном оформлении,
обращаться по тел. 411-68-59, доб. 2299, 2205, 2239, 1251.
E-mail: **vipzakaz@eksmo.ru**

Оптовая торговля бумажно-беловыми и канцелярскими товарами для школы и офиса «Канц-Эксмо»:
Компания «Канц-Эксмо»: 142700, Московская обл., Ленинский р-н, г. Видное-2, Белокаменное ш., д. 1, а/я 5.
Тел./факс +7 (495) 745-28-87 (многоканальный).
e-mail: **kanc@eksmo-sale.ru**, сайт: **www.kanc-eksmo.ru**

Полный ассортимент книг издательства «Эксмо» для оптовых покупателей:
В Санкт-Петербурге: ООО СЗКО, пр-т Обуховской Обороны, д. 84Е. Тел. (812) 365-46-03/04.
В Казани: Филиал ООО «РДЦ-Самара», ул. Фрезерная, д. 5. Тел. (843) 570-40-45/46.
В Самаре: ООО «РДЦ-Самара», пр-т Кирова, д. 75/1, литера «Е». Тел. (846) 269-66-70.
В Екатеринбурге: ООО «РДЦ-Екатеринбург», ул. Прибалтийская, д. 24а. Тел. +7 (343) 272-72-01/02/03/04/05/06/07/08.
В Новосибирске: ООО «РДЦ-Новосибирск», Комбинатский пер., д. 3. Тел. +7 (383) 289-91-42. E-mail: **eksmo-nsk@yandex.ru**
В Киеве: ООО «РДЦ Эксмо-Украина», Московский пр-т, д. 6. Тел./факс: (044) 498-15-70/71.
В Донецке: ул. Артема, д. 160. Тел. +38 (062) 381-81-05.
В Харькове: ул. Гвардейцев Железнодорожников, д. 8. Тел. +38 (057) 724-11-56.
Во Львове: ул. Бузкова, д. 2. Тел. +38 (032) 245-01-71.
Интернет-магазин: www.knigka.ua. Тел. +38 (044) 228-78-24.
В Казахстане: ТОО «РДЦ-Алматы», ул. Домбровского, д. 3а. Тел./факс (727) 251-59-90/91. RDC-Almaty@eksmo.kz

Полный ассортимент продукции издательства «Эксмо»
можно приобрести в магазинах «Новый книжный» и «Читай-город».
Телефон единой справочной: 8 (800) 444-8-444.
Звонок по России бесплатный.

В Санкт-Петербурге в сети магазинов «Буквоед»:
«Парк культуры и чтения», Невский пр-т, д. 46. Тел. (812) 601-0-601
www.bookvoed.ru